新世纪文学批评现场

孙国亮 著

上海大学出版社
·上海·

图书在版编目(CIP)数据

新世纪文学批评现场/孙国亮著.—上海：上海大学出版社，2021.8
ISBN 978-7-5671-4306-7

Ⅰ.①新… Ⅱ.①孙… Ⅲ.①中国文学—现代文学—文学评论②中国文学—当代文学—文学评论 Ⅳ.①I206.6

中国版本图书馆CIP数据核字（2021）第157666号

本书由上大社·锦珂优秀图书出版基金资助出版

编辑/策划　徐雁华　江振新
封 面 设 计　缪炎栩
技 术 编 辑　金　鑫　钱宇坤

新世纪文学批评现场
孙国亮　著
上海大学出版社出版发行
（上海市上大路99号　邮政编码200444）
（http://www.shupress.cn　发行热线021-66135112）
出版人　戴骏豪

*

南京展望文化发展有限公司排版
上海光扬印务有限公司印刷　各地新华书店经销
开本710mm×1000mm　1/16　印张17.5　字数228千
2021年8月第1版　2021年8月第1次印刷
ISBN 978-7-5671-4306-7/I·639　定价　48.00元

版权所有　侵权必究
如发现本书有印装质量问题请与印刷厂质量科联系
联系电话：021-61230114

代序

如果说新时期文学革命的主角是"虚构和形式"问题,那么,新世纪以来的主角则摇身变为"经验和内容",文学语言和形式的先锋性与探索性也相应地被富有趣味性和煽情性的经验书写所取代。生活经验的审美化、仪式化和艺术化,抹平了日常生活与文学虚构之间的界线,以至于人们宣称,最好的小说不在文学期刊中,而在素以真实客观著称的《南方周末》这类报纸的深度新闻报道之中[1]。"对语言艺术的信任的退潮感"[2]已经把文学从艺术的天堂逼到世俗生活的地平线,"真实性"得到了前所未有的强调。同样地,生活和经验正在被不同的写作者重复摹写,"先锋""寻根""新写实"等以"美学思潮"相区隔的文学创作群,正在被"60年代""70年代""80后"等拥有共同生活经验的"代际"划分所取代,生动摹写"生活经验"的故事成为作家们认同和表达的第一要义。尽管在市场需求的利益驱使下,故事"悦读"消费动力强劲,但这导致文学艺术想象力和判断力的孱弱则是不争的事

---

[1] 谢有顺:《消费社会的叙事处境》,《花城》2004年第1期。
[2] 须一瓜:《第二届"华语文学传媒大奖"专辑·须一瓜的获奖演说》,《当代作家评论》2004年第4期。

实,作家主体的价值评判被放逐,文学患上"思想贫血症"也就在所难免,一个在经验和物质上不断强大,而想象力和精神创造力上却节节败退的"群氓时代"正在到来。

"现代化"和"全球化"的愿景,给予禁锢初开的中国文化界以致命的影响,我们对生活和未来的想象已经被一套貌似先验的、成功的"西方范式"宰制。在强势的消费主义文化和社会物化生活咄咄逼人的胁迫下,中国文学的创作资源、精神取向、审美趣味日渐单一和贫乏,好像一个第三世界国家的作家必然要做一个精神上的跟从者和学习者,无形的"牢笼"和"铁幕"正囚禁和改造着作家的精神向度、价值立场和审美想象力。当代文学刚刚挣脱了"以政治定调"的怪圈和歧途,却又旋即陷入了另一种意义上"奴化写作"的泥淖。而这样的现代化想象,正如布迪厄所言的符号权力,通过既是认识,又是"误识"的双重作用,实现了对其他丰富的、"另类"想象的压制和遮蔽[1]。比如,近些年"这个社会几乎所有的文化产品(包括'学术'论文)都汇入了鼓吹城市化、鄙弃乡村生活的潮流"[2]。似乎中国农民的生活和乡村大地,与我们正在进行着的轰轰烈烈的现代生活和快速对接的全球化进程不合时宜。"专业主义"导致的"冷漠美学"让"底层人民的故事"很难进入书写者的视野,整个世界"内化"或"缩小"为个人的生活故事。

我们丧失了多样的想象力,也就无法把散落在世界每一个角落里的有价值的经验碎片,通过强大的想象力整合和内化为自己的生活和体验的一部分。而真实和现实意义上的自我经验与表现又只能是一次性的,多次表现就会陷入无意义的同义反复,文学必然为此付出惨痛的代价。即使作家们为了摆脱这种无

---

[1] 布迪厄、华康德:《实践与反思——反思社会学导引》,李猛、李康译,中央编译出版社 1988 年版,第 221—229 页。

[2] 王晓明:《底层与关于底层的表述(续)——L 县见闻》,《天涯》2004 年第 6 期。

意义的重复，而刻意去寻找现实人生中难以体验的苦难，诸如乱伦、自虐等有违普遍性日常认识的畸形化生活，进而在肮脏的苦难中制造酷似独一无二的真实举动，也由于畸形的"真实"过分倚赖有限的、甚至是虚假的经验，反而遮蔽和伤害了文学走向广阔与崇高的意义。

我们的作家要么在"文学真实"的名义下漠视"生活真实"，要么在炮制"生活真实"的幌子下将"文学真实"狭隘化、庸俗化。由于创作主体精神和人格的孱弱，已经没有多少当代作家能够真正触及现实的肯綮和痛楚，文学更多的是一种遁逃和表演。我们的文学走进了"机械复制"的时代，如出一辙的所谓"自传体小说"，沉溺于一种创伤性的记忆，一种对于公共生活不由自主的回避，陶醉于欲望的暂时满足和虚拟空间的想象与好奇，夜幕下的酒吧间和迪厅里上演的激情游戏与小资趣味，在极大程度上粉饰了我们现实生活的生存本相，抹煞了一代人真实的生活体验和审美想象，矮化了我们这个时代的精神高度！文学与肮脏的现实欲望合谋，甚至被宰制，沦为一种可耻的附庸和随从。价值向度的渐行而下，生活资源的贫乏，生活方式的单调和无聊，底层生活的苦难和现实的不公与不义，并没有激发人们形而上的精神追求和批判，反而使之沉迷其中，逐渐丧失了体验和把握生活的能力，沉湎于过往的历史和毫无希望的生活图景当中，像虫豸一般寄生和享乐。"现在，苦难动机已经遗忘了，爱欲变成叙事的中心。……苦难的本质已经失踪了，不幸的生活其实充满了寻欢作乐的气息。"[1] 所谓的个人化日常生活无非是没完没了的男女纠葛，从情感到肉体，从卧室到酒吧，从自闭症到纵欲狂，这是后殖民的生活与文化方式，而绝不是人民大众的生活。不同的作者和作品只不过是文学叙述的语风和腔调不同而已，如果我们将不同作者的名字掩住，很难辨认出作者的不同，个

---

[1] 陈晓明：《无根的苦难：超越非历史化的困境》，《文学评论》2001 年第 5 期。

人化小说悖谬地陷入了令人沮丧的"群似化"结局。比如,20世纪90年代以来,受西方女权主义思潮影响的女性文学就普遍存在使用"他人的话语讲述所谓自己的故事"的弊症,而温室里成长的"80后"作家们的生活本来就没有太多的波澜和故事,他们只是行走在别人走过的老路上,腔调一致地复述道听途说的故事。在《我们,我们:"80后"的盛宴》中集体亮相的73名"80后"写手,几乎囊括了除郭敬明和韩寒之外当今文坛所有活跃的年轻人,他们都是被评论界称为"对文学和思想有独立思考和见解的实力派作家",最有资格作为中国作家的接班人和候选人。然而,除了李傻傻等少数异类之外,以青春叛逆的生活表现所谓"个性"几乎成为唯一的主题。正如齐美尔在论述"大都会与精神生活"的关系时指出:大都市"把所有的活动与各种相互关系统合在一种稳定的和非个人化的时间表中",使生活形式"最缺少个人色彩的结构",而"货币齐一了所有人的本质"[1]。都市消费主义造成文学的类型化和快餐化,资本以最快的速度为所谓有"个性"的青年树立招牌。前卫作家春树上了美国《时代》亚洲版的封面,实力派作家李傻傻也登上美国《时代》全球版,郭敬明攀上美国《福布斯》杂志中国富豪榜。中国的"80后"作家以青春、叛逆、时尚和假冒的另类刺激了当下文坛,就这样火起来了!然而,他们的生活阅历、审美想象、写作策略、知识结构和书写资源的虚弱却无法支撑起他们军备竞赛般的出书速度,因而陷入"用他人的话语,腔调一致地重述流行故事"的话语圈套也就在所难免了。在习惯以"代"分类的中国文坛,尽管更新换代正以加速度进行——"60年代""70年代""80后"、甚至"90后",但是,如此的复制书写,精神资源和审美诉求却丝毫没有质的突破,可以毫不夸张地说,几代作家作品的思想和境界正以"自由落体"的姿态,毫无节制地从精神和想

---

[1] 齐美尔:《时尚的哲学》,费勇译,文化艺术出版社2001年版,第89—90页。

象的云端跌落到地平线,甚至由于失重的惯性作用力而堕入"地下",成为专注"下半身"的追求畅销和利润的"地下出版物",从而导致整个文学界"一代不如一代"的悲哀。

当下,热热闹闹的文坛进行代际的疏离和造反,追逐知识和话语霸权,主流话语权威对异己话语的敌视和封杀,使诸多合法性和丰富性被搁置,导致我们的文学宛如孪生的兄弟姐妹,在一个共同"精神之父"的规训下,完成了自我同一性的建构。正如哈贝马斯在《历史唯物主义的重建》中所言:"只有在成为中心的群体认同语境中,自我认同才能完成。"[1] 而每个人都貌似独立,貌似自由,实际上同样没有个性,没有自由,所使用的话语恰恰是马尔库塞所谓的"被全面管理的语言"[2]。正如当代美国马克思主义文化批评家詹明信在研究福柯的《性的历史》时所言:"语言是权力和压抑的根源。……人们的心理能量不是由外力控制的,而是储存在语言的行为中,并受其控制的,人们正是通过语言的实践,使自己产生压抑,使自己的主观得到改造。"[3] 所以,不只是流行的"80后"作家,连同我们全部都在浑然不觉中堕入意识形态的话语圈套中,说得越多,离本我越远。我们亲手扼杀了自己的精神想象力、世界的丰富性和审美的感知力,完成了自我的规训和监禁。

既然现实生活能够提供的写作素材如此单调,那么,我们是否可以借助读书获取经验呢?答案是肯定的。当现实经验限制了人的自由时,人们就会从读书中寻求"架空性"的经验,以此拯救现实中趋于停滞和麻痹的想象力。然而,非常不幸的是,这种"架空性"与当下现实的碰撞并未在当代作家笔下擦出艺术的火花。我们当今文坛涌现了一大批卡夫卡、博尔赫斯的追随者和复制

---

[1] Jürgen Habermas. *Zur Rekonstruktion des Historischen Materialismus*. Frankfurt/Main: Suhrkamp Verlag, 1976, S. 96.
[2] 马尔库塞:《单向度的人:发达工业社会意识形态研究》,刘继译,上海译文出版社1989年版,第78—94页。
[3] 詹明信:《晚期资本主义的文化逻辑》,陈清侨等译,生活·读书·新知三联书店1997年版,第303页。

品,却难有"中国作风和中国气派"的名家名作。所谓的"知识分子"写作,只是停留于对西方文学的简单重复,而失去了介入中国现实、对现实发言和拷问的能力。那些毫无社会批判意识的哲学玄思和故作玄虚的现代技巧卖弄,打着追求西方现代主义理想以及表达文学纯粹性的理念和实践的招牌,成为逃避社会现实、遁入艺术想象的知识分子的精神乌托邦。

与"知识分子写作"相对立的所谓"民间写作",也并没有表现出民间自身的生活逻辑、价值原则和自由自在的原始审美生命力,反而在粗鄙中变得丑陋和乏力,并在一定程度上沦为生活表象的展示,甚至是赤裸裸的野蛮展览,而展示和展览绝不是文学。近年来,在内涵丰富的"底层""民间"面前,作家们尽管极度热衷于制造"象征性良心作品",但却总显得空洞隔膜,不得不经常用"个别"代表"一般",用"现象"代替"本质",或以平淡、平庸和低俗的苦难描写过分渲染不幸,或凭空杜撰出一曲乡恋的诗情画意,来皮相地表现"沉默的大多数",这在许多作家的笔下已经成为一种可被界定的、因而是被刻板化的对象。

因此,不管是"个人化写作",还是"知识分子"和"民间写作",其实最致命的缺陷就是丧失了生活和艺术经验的独特性以及丰富自在的审美想象力,丧失了对流行思想的思考和判断,最终造就了一群毫无思想和创造力的"乌合之众"。正如周小仪所言:"生活的艺术化和审美的资本化这两个在表面上似乎完全不相干的社会过程,以'代理审美'的方式完美地结合为一体。资本世界已经占据了我们的位置,填补了我们作为主体的空白,并慷慨地为我们留下美感。"[1]

当然,不能否认当下文坛也有许多作家想写出不朽的经典,但是又缺乏逾

---

[1] 周小仪:《消费文化与生存美学——试论美感作为资本世界的剩余快感》,《国外文学》2006年第2期。

越雷池的胆量。我们在现实主义、浪漫主义、现代主义、后现代主义等主义、思潮、流派、手法中画地为牢，对文学的理解缺乏与时俱进的变化，以至于作家们都不知不觉地进入了福柯所描述的"圆形监狱"：大家相互监视，谁也不敢越轨，而一些老朽的所谓权威批评家更是充当了非常称职的"狱警"，拥有呵护文学不受异端侵犯的天赋人权，文学和生活一样枯燥、单调、墨守成规，呈现出"自闭""失语"和"失效"的特征，实践性品格严重弱化。长此以往，习惯成自然，作家们自觉的自我监视成了内心的需要。

中国文坛迫切需要自觉地、决绝地向囚禁自己的"无物之阵"宣战。从笼罩的"铁幕"中"逃出来"，这显然不是消极意义上的退避和逃跑，而是主动的选择和抗争。尽管当下文坛从来不乏蔑视强权及其束缚、忠于个人经验及体认的斗士，但是要真正"逃出来"无疑是太艰难了。因为我们面临的"笼罩"是那样的强大和隐蔽，犹如鲁迅笔下的"无物之阵"，斗士们不只是无法用力，甚至有被"召唤"的危险。市场经济、物化生活、新意识形态随时都可让一个巧舌如簧的作家哑口无言，甚或胡言乱语。尽管作家们为了博得声名，可以语不惊人死不休，手段无所不用其极，出版自己的作品，吸引众人的眼球，但在一个民主观念深入人心的全球化和信息化时代，许许多多虚拟的假象正在鼓励我们说话，受到各种外力的裹胁，我们身不由己地不得不说，甚至说的是违心之言。正如罗兰·巴尔特所说："语言既不反动，也不进步，它只不过是法西斯，因为法西斯不是阻止人说话，而是强迫人说话。"[1] 如今，挥舞大棒的法西斯暴力早已永逝不复，但是隐形的物化和消费主义的意识形态同样会有力地把人塑造为喋喋不休的"语言狂"。风靡社会的主流话语已经悄悄为文坛织就了一张大网，我们身处其中，为获得私利谗言，为批判异己开炮，为保护自我辩

---

[1] 卡尔韦：《结构与符号——罗兰·巴尔特传》，车槿山译，北京大学出版社1997年版，第221页。

白,为公众呐喊,为民族诤言,我们的言说具有滔滔不绝的语势,好似真理在握,对其他话语方式保持强大的威慑。我们彼此之间唇枪舌剑,貌似每个人都拥有自己的话语权。但是,我们谁又敢说自己的言说已经逃离了笼罩在我们头上的那张话语权力之网呢?

文学要摆脱这种想象力和话语单一化的梦魇,就需要具有穿透被遮蔽的现实、被固化的生活、被扭曲的审美、被低俗的趣味、被否定的价值、被泯灭的精神的能力,而且,还要与人类共同寻找和探究未来,把生存的本相和美好的图景展示给日渐麻木和物化的人们!文学不是定义生活世界是什么,而是探究未来世界的多种可能性;不是要求和教导人做什么,而是发现人能够怎么做;不是虔诚的信仰,而是怀疑的批判的呈现。这需要一种态度、一种睿智、一种立场;一种排除了任何同化于某种政治、某种宗教、某种意识形态、某种伦理道德、某个集体的立场。这一切都有赖于作家具有一种勇气、一种自信、一种姿态、一种关怀、一种献身精神。其意义不仅仅是传统启蒙向度上的一种"他救",更是作家和文学在面临危急时刻的一种紧要的"自救"。正如海德格尔所言:"在贫困时代里作为诗人意味着:吟唱着去摸索远逝诸神之踪迹。因此诗人能在世界黑夜的时代里道说神圣。"[1] 擘画审美的、诗意的、纯真的文本世界,为重建人类心灵的广阔,展示精神和生活世界的多种可能性,以及重构未来美好愿景砥砺前行。这让我想起《圣经·约伯记》里有这样一句话:"我是唯一一个逃出来向你报信的人",唯一一个报信者的勇气是先驱者的勇气,这种勇气和姿态在中国当下文坛是相当切要的,这也正是支撑中国作家逃出"无物之阵"的信念和保证。

---

[1] 海德格尔:《诗人何为?》,载孙周兴选编:《海德格尔选集(上)》,上海三联书店1996年版,第410页。

目录

第一章　文化研究敞开新时期文学的"实践诗学" ——— 001
　第一节　转型期的语词置换与话语场域 ——— 002
　第二节　粗口叙事与财富道德话语建构 ——— 011
　第三节　"操作主义语言"与意识形态过滤功能 ——— 022
　第四节　方言写作与"飞地"抵抗的文化政治愿景 ——— 035

第二章　重返个人化小说的"症候式"阅读 ——— 045
　第一节　"幼女情结":永远无法长大的个人 ——— 049
　第二节　性别错乱:无法实现自我的个人 ——— 053
　第三节　灵与肉的挣扎:迷失自我的个人 ——— 057
　第四节　拟物与滥情:时代症的人格病人 ——— 063
　第五节　结语:时代快车道上的个人"症候群" ——— 067

第三章　乡土文学的主体病灶和发声困境 ——— 069
　第一节　乡土文学的类型和精魂 ——— 071
　第二节　乡土文学的断裂和歧途 ——— 074
　第三节　乡土文学创作主体的悖论性两难 ——— 079

| 第四节 | 乡土文学的发声困境和病灶 | 085 |

第四章 "创伤记忆"的重构与伦理书写 — 091
第一节	"对抗记忆":僭越"新历史主义"话语	092
第二节	"个人记忆":重塑知青文学真实性	104
第三节	重述革命:修辞性隐喻与表达策略	111
第四节	人性悲歌:性/政治的转换与反讽	123

第五章 现代文学研究的拓展与深化 — 133
第一节	现代进步期刊研究:对《新青年》的发生学考查	134
第二节	鲁迅翻译研究:以《小彼得》的译介与接受为例	143
第三节	早期都市文学研究:"新感觉派"的现世情怀	157
第四节	现代文学资源的征用维度及其复杂性	165

第六章 文学的底层叙事与人文关怀 — 169
第一节	在疼痛中触摸流逝的温暖	170
第二节	愤怒的袴镰与伤感的残糖	176
第三节	乡村现代性不能承受生计之轻	181
第四节	跪拜乡土:生命与苦难的抗辩	185

第七章 新世纪初文坛热点与新质 — 193
第一节	文坛病相报告:名家的媚雅与媚俗	194
第二节	"十七年文学":高调与低调间的叙述裂缝	201
第三节	2001文坛:教授作家、自由作家与自传体小说	205

第八章　中国文学"走出去"与德语译介研究 ——— 213
第一节　王安忆作品在德语国家的译介与接受 ——— 214
第二节　沈从文作品在德语世界的译介与研究 ——— 237

参考文献 ——— 253

第一章

文化研究敞开新时期文学的「实践诗学」

第一节
转型期的语词置换与话语场域

中华人民共和国成立后,通过一系列政治和经济举措,建立了工人阶级领导的、以工农联盟为基础的人民民主专政的社会主义国家;同时,借构建"现代民族国家"的理想愿景为契机,通过政治舆论、文艺政策、出版机制、动员规训、互惠协商等策略对知识分子进行多维度的征用和改造,掌控了文化领导权。"政治领导权"和"文化领导权"的双重占有,表征着无产阶级统治地位的确立[1]。专政阶级将自有的"文化"以"知识""道德"和"健康趣味"的名义秩序化,建构成具有普遍意义和价值评判的"标准文化""高级文化",乃至"全民文化",并逐渐演变为一种象征符号,一种阶级区隔和边界[2];在文化宰制的实践过程中投射到文学艺术,形成了彼得·比格尔所谓的"文学体制",指"在一个完整的社会系统中发展形成了一种审美的符号,起到反对其他文学实践的边界功能;它宣称某种无限的有效性……决定特定时期什么才被视为文学。……既决定文学生产者的创作,又规定接受者的行为模式"[3]。"个人性"笼罩于"真理""革命""人

---

[1] 葛兰西在《狱中札记》中对此有经典论述:"一个社会集团的霸权地位表现在以下两个方面:即'统治'和'智识与道德的领导权'",也就是"政治领导权"和"文化领导权"。他结合意大利无产阶级革命实践,倡导借助"文化领导权"的方式夺取和巩固无产阶级革命领导权,在意识形态领域寻求无产阶级政权的合法性,从而维护无产阶级的"政治领导权"。葛兰西:《狱中札记》,曹雷雨等译,中国社会科学出版社 2000 年版,第 38 页。
[2] 威廉斯:《关键词——文化与社会的词汇》,刘建基译,生活·读书·新知三联书店 2005 年版,第 129—131 页。
[3] 比格尔:《文学体制与现代化》,周宪译,《国外社会科学》1998 年第 4 期。

民"等社会"复数"之下，在反抗之前就已经被一种历史虚构的"知识原罪感"解构，即反抗者反抗本身的合法性遭遇了空前危机——外部危机和内部危机的双重困厄。

然而，1980年前后，随着政治、经济、文化三位一体的超稳定结构出现裂缝，"专政阶级"的政治威权和文化领导权一度陷入非同步不协调状态。知识分子把"自由""解放""发展""进步""富强""人性""平等""公正"等话语建构成为撤出激进主义革命话语的概念通道，试图找回丧失已久的"文化领导权"。尽管这在当时乍暖还寒的文坛只能是一场渗透战、游击战，甚或有时不得不转入防御战；但是，"文化领导权是弱小阶级可以倚重和优先发展的反抗手段"，因为"统治"（政治领导权）和"智识与道德的领导权"（文化领导权）存在不同步的可能性，洞开了一种历史的途径，即"一个弱小的社会阶级完全可以依靠其文化优势，夺取统治阶级的文化领导权，来瘫痪统治阶级的集体意志"，从而为随后夺取政治霸权创造历史条件，并赋予革命道义性和合法性[1]。

在清算"左"倾教条和反思抚慰"文革"劫难的过程中，"文学知识分子"[2]扮演了尤其重要的角色，并得到了"总设计师"邓小平的高度评价："回顾三年来的工作，我认为，文艺界是很有成绩的部门之一。"[3]与经济学、法学、社会学的严谨和专业化不同，文学以切近的言词和动人的情节，催发出感人肺腑、振聋发聩的效果。从"伤痕文学""反思文学"到"改革文

---

[1] 参见程巍：《葛兰西的"文化领导权"理论》，《中国社会科学院院报·学术前沿》2006年1月3日。
[2] 英国小说家C. P. 斯诺在《两种文化》一书中对于两种文化，即"文学文化"（literary-culture）和"科学文化"（scientific-culture），两种知识分子，即"文学知识分子"（literary intellectual）和"科学知识分子"（scientific intellectual）进行了区分。参见郜元宝：《智慧偏至论——当代中国知识分子的另一种分裂》，《花城》2003年第5期。
[3] 邓小平：《在中国文学艺术工作者第四次代表大会上的祝词（1979年10月30日）》，《邓小平文选（1975—1982年）》，人民出版社1983年版，第180页。

学",虽然不可规避地是在制度安排和话语规范中言说,充满着意识形态的规训和形塑[1];但是,在客观上,"文学知识分子"还是利用主导阶级让渡的有限话语权,在"须听将令"的同时,利用意识形态批"左"的契机,一再强化自己"受难者"的身份,声讨"文革"对"人性""自由"的践踏,逐渐把一种阶层的情绪演变成一种"大众话题"[2]并借助"人民"的名义,在与现代化诉求同构的基础上,"症候式"地传递出"人性解放"和"民主自由"的心声;在现实主义文学回归的同时,吸收了"现代主义"的表现形式,在激活文学话语的重新发声、乃至想象和重构现代性的历程中起到了积极的作用。

值得注意的是,"文学知识分子"在意识形态话语内部争取的话语权,注定只能是依附性的,是"戴着镣铐的舞蹈"。他们的作品也恰恰属于"次生性的文本",近似于一种"意识形态的寄生体"[3]。比如"伤痕"文学、"反思"文学在很大程度上是来论证"文革"后的"政治正确",而"改革文学"则更是直接参与了"政治实践"合法性的论证,"为当代文坛提供了政治小说的标本"[4]。"文革"文学作为一种控诉式的"诉苦文体",其惯性的话语范式几乎被"伤痕"小说、"反思"小说所继承和接纳,在具体的语言操作中表现为道德主义语词评判的惊人相似,只是以一套名义上的"人道主义"核心语汇代替了"阶级革命"的暴力语汇罢了,"极'左'路线""四人帮""专制""纠

---

[1] 参见何言宏:《中国书写:当代知识分子写作与现代性问题》,中国编译出版社2002年版;书中通过翔实可靠的数据、大量的日记和回忆录、评奖机制和获奖情况的分析等材料,令人信服地再现了社会主义文化领导权的逻辑延续。首先,文学是对国家社会政治实践的合法性论证;其次,文学体现了新时期国家的现代性文化想象和文化意志。

[2] 关于"大众话题"对"大众"雄辩的象征和训导作用,参见阿莫西、皮埃罗:《俗套与套语——语言、语用及社会的理论研究》,丁小会译,天津人民出版社2003年版,第12—26页。

[3] 参见米勒:《土著与数码冲浪者:米勒中国演讲集》,吉林人民出版社2004年版。书中多次运用这些概念,说明中国文学、乃至第三世界文学的"寄生性"和语境化。

[4] 樊星:《而今迈步从头越——当代中国作家的政治观研究》,《海南师范学院学报》1996年第2期。

正""摆脱""呼唤"等相对缓和的词语取代了"阶级""剥削""砸烂""造反""消灭"等强硬的词语,这可以轻易地从小说阅读中得到直观印证;而真正的"人性""爱情""生活"等话语吁求只是一个空壳,很难在具体文本中展开。在"改革"文学中,个人话语仍然依附于"政治语汇"而没有回归本位,在《乔厂长上任记》中,"现代化""改革""经济建设""技术""生产""管理"等词语充满于文本中,"爱情""生活"等话语则完全被遮蔽和置换,甚至成为经济改革的工具[1]。乔光朴之所以向童贞求爱结婚的生活逻辑背后笼罩着一个强大的现代性逻辑,而且后者完全掏空了前者的正当性,即结婚=学习外语=实现现代化的经济改革需要=让国家富强,全国人民过上好日子,这成为最切要、最人道主义、也是最人性解放的话语。与此同时,一大批获奖作品也正是沿着这样的思路和逻辑展开叙事的:《在乡场上》的冯幺爸因经济条件好了,而获得人性尊严;《腊月正月》更是一波三折地上演了"经济人"战胜"文化人"的好戏。随着经济改革在20世纪80年代的全面铺开,经济发展成为最大的政治和新的国家意识形态[2],日益高涨的"财富道德话语"逐步取代了"文学启蒙话语"成为80年代主要潮流[3]。

80年代初,尽管"彻底否定'文革'"被庄严地写进了党的决议,但"文革"遗风尚存;虽然提出"实践是检验真理的唯一标准",但往往却是以"'文革'的方式来否定'文革'",导致对"文革"的批判常常只是把"对与错"简单地互调,凡是"文革"批判和打倒的,就要及时"纠错"和"平反"。那些

---

[1] 事实上,当时举国上下追求的改革目标——实现"四个现代化"指的是国防、科技、工业、农业的现代化,从中可以看出,只有物质现代化的追求,缺少明确的文化现代化的口号和目标。
[2] "经济自身总是现成的'政治',是政治斗争、权力和抵抗之间的话语的地点"。齐泽克等:《偶然性、霸权和普遍性——关于左派的当代对话》,胡大平等译,江苏人民出版社2004年版,第97页。
[3] 关于"财富道德话语"的分析,详见孙国亮:《20世纪80年代的粗口叙事与财富道德话语建构》,《文艺争鸣》2014年第12期。

所谓的"伤痕"小说、"反思"小说,仍旧散发出"大批判话语"的霸道和腐味,让人不寒而栗[1]。所以,"文革"时期的语言暴力特点并没有在经历"文革"的一代文学青年的作品中消失,相反,他们有时变本加厉地以"文革"语言之"道"还治"文革"历史之"身"。正如韩少功先生所言:"新派人士们是憎恶'文革'的,但他们的政治抗议常常摆不脱'文革'时期的流行词语和句式。"[2] 所以,在"形式探索"和"审美自主性"等文学现代性的华丽外衣下,"新生代"的诗人会喊出"捣乱、破坏以至炸毁封闭式或假开放的文化心理结构"的口号(《莽汉主义宣言》)和"捣碎!打破!砸烂!它(诗)绝不负责收拾破裂后的局面"(《大学生诗派宣言》)等诗学暴力宣言,那股子浮躁的情绪、破坏的渴望与红卫兵的狂热几无二致,话语中不自觉地流露出"文革"的"积习"。有鉴于此,有学者断言新时期之初,"小说的叙述语言和表现方式与'文革'中并没太大的区别"[3]。作家们貌似紧握叙事的缰绳,占据了语言制高点,抬笔伸纸,一泻千里,但与语言自觉相去甚远,甚至南辕北辙。如今,重读《伤痕》《班主任》等小说,诧异于如此单调雷同的故事怎么能够笼罩住汹涌澎湃的时代话语,满足亿万读者的阅读期待?可是转念一想,在当时的文学语境下,恰恰是这种情节与语言失衡——一方面离不开简单的情节(读者水平低),另一方面是语言的狂欢(全民体验过)——才能达到如此离间的效果,进而也就很容易揭穿作家叙述的兴奋点是在语言,而非故事;文学的意义在语言的无穷延宕中并没有得到呈现,反而被意识形态规约了。

---

[1] 朱学勤:《往事——说不完的1976》,东方卫视·纪实频道,2006年12月10日。
[2] 韩少功:《世界》,《花城》1994年第6期。事实上,"文革"深度污染了1980年前后的社会语言风气,就连当时《人民日报》的社论里也多次出现了"牛鬼蛇神""混蛋""这简直是放屁""砸烂他的狗头"等暴力语词。
[3] 董之林:《亦新亦旧的时代——关于1980年前后的小说》,《南京大学学报(哲学·人文科学·社会科学版)》2005年第1期。

构建抵制的"飞地"[1]。比如"寻根"文学对故事、神话、传说、歌谣、谚语、歌诀、谜语、童谣、儿歌的嵌入式运用，挖掘"陋民"、乡民、土著民、蛮人的思想，掌握他们的心理积习，发现被主流文学漠视和遮蔽的另一种"风景"，并且把这一"自然风景"对象化和审美化，重返人类的原生地和自由诗意的空间，这与深受政治意识形态规训的现实拉开了距离；通过对方言、俚语等"亚文化"或"边缘话语"的浓厚兴趣，呈现出一种主流文化之外的"亚文化崇拜"和多元现代性探索。"寻根"，试图缝合文化断裂、探询中国式"文化现代性"的努力，既是对单一西方现代性笼罩的挑战，又是对"经济改革"中重塑的"新威权主义"进行反拨；作家们扛着"寻根"的大旗从四面八方走向荒夷之地，以各具特色和生命力的地方文化对抗集权；而这一切以艺术和审美的方式把握对象，与"左翼"文学、"十七年"文学、乃至"后文革"文学以政治把握对象相比，更具文学合理性。而早期"现代派"文学对"雅言"系统的极度迷恋，无条件拥抱西方审美现代性的"文学乌托邦"之举，是对另类的、变形的"中国现代性话语"的疏离和拒绝。

在这里，"寻根"小说以简单节制的风格，"现代派"小说以复杂恣肆的语词形式和感觉，共同颠覆了主流文学的"意义"过剩。诚如维特根斯坦所言："想象语言就意味着想象一种生活形式"[2]，不管是"行动派"寻根作家[3]——他

---

[1] 间引自谢少波：《抵抗的文化政治学》，中国社会科学出版社1999年版，第123页。
[2] 维特根斯坦：《哲学研究》，汤潮、范光棣译，生活·读书·新知三联书店1992年版，第15页。
[3] 之所以把"寻根"作家称为"行动派"或者"逃离派"，是因为他们以"官民之间"的"中介身份"深入乡蛮、获取民意，关注被主流文学及文化漠视的边缘底层。郑义，骑着单车沿黄河走访了二十多个县，行程达五千多公里，在类似考古学家所说的"田野作业"中写出《老井》。在文坛素有"黑骏马"之称的张承志则自述道："为了写作《心灵史》，我花了六年时间穿梭于北中国去收集材料……我不是盲目地收集材料。"李杭育为了创作"葛川江系列"，在杭州外的小县城实地生活了两年，对单一现代化的弊端与乡民们感同身受。史铁生也于1984年重返"遥远的清平湾"重温当年的温馨生活；贾平凹更是因为"商州系列"宣传了家乡，给老百姓带来了实惠，从而备受尊崇和礼遇。参见聂茂编译：《迷失的一代：历史的伤痛从灼热的书本中时隐时现——知青作家群体谈"文革"》，《世纪中国》2004年3月。

们在一定意义上扮演了现代史官的角色,采风记事,调和边缘与中心、底层与上层、精神和物质、传统与现代;还是"书斋里"的现代派作家——他们是先进的"西化"思想的"盗火者"和传播者,以美学个人主义区分主体与客体、个人与社会、专制与自由、计划与市场等[1],都积极参与了中国"现代性"的想象和实践,在中国与现代性接轨的文化政治框架内,谋求适合"专业主义"和"新阶级"利益的文化领导权,践行对"公共幸福的承诺"[2]。纵观1980年前后文学的语词逻辑和话语场域,是与意识形态的话语转向和社会变迁中的文化领导权密切关联,这正是伊格尔顿在其影响深远的《二十世纪西方文学理论》中反复申说的一个主旨[3]。

---

[1] 参见南帆:《四重奏:文学、革命、知识分子与大众》,《后革命的转移》,北京大学出版社2005年版。作者通过对新左派和自由主义者任剑涛、汪晖和李陀等人文章的引述分析,得出结论:"文学词汇表的检索很快发现,'纯文学'可以说是上述分歧的文学代理。"
[2] 蔡翔:《专业主义和新意识形态——对当代文学史的另一种思考角度》,《当代作家评论》2004年第2期。
[3] 伊格尔顿:《二十世纪西方文学理论》,伍晓明译,陕西师范大学出版社1986年版。

第二节
粗口叙事与财富道德话语建构

近年来，透过学界前辈们近乎"复调体"的回忆、访谈和学术研究，20世纪80年代俨然已被构建为中国文学的黄金时代[1]。洪子诚的《中国当代文学史》、孟繁华和程光炜的《中国当代文学发展史》等专著均摒弃了约定俗成的"新时期"文学这一经典的整体性概念，而运用了"80年代"文学的概念，以凸显这个短暂而辉煌的时段在当代文学史上的坐标性价值[2]。可是，喧哗而脆弱的80年代文学，尽管有几次声势浩大的话语"爆破"，炸裂了"大一统文学"的铁幕笼罩，但在主流意识形态话语下，大都转瞬即逝，留给90年代的是抽离后的废墟和黑洞。文学研究界的惶惑、悲观与苛责，全都指向90年代。而对于80年代与90年代的文学断裂，学界给出了简单庸俗的"政治经济学"诊断：政治风波和商品经济。然而，这种外部的、大而无当的老调漠视了文学自身的流变规律。很显然，文学的发生必定是内部孕育与外部催生的双重作用，借用王德威对"断裂"的"五四文学"发生学的解释："没有晚清，何

---

[1] 如查建英：《八十年代访谈录》，生活·读书·新知三联书店2006年版；洪子诚等：《重返八十年代》，北京大学出版社2009年版；马国川：《我与八十年代》，生活·读书·新知三联书店2011年版；张颐武等：《八十年代的诗意》，中信出版社2013年版；新周刊：《我的故乡在八十年代》，中信出版社2014年版；等等。这些有关80年代的书籍，辑录了上百位时代亲历者的访谈、回忆录和研究论文，他们大都对那段激情燃烧的岁月流露出赞誉之辞。
[2] 洪子诚：《中国当代文学史》，北京大学出版社1999年版；孟繁华、程光炜：《中国当代文学发展史》，人民文学出版社2004年版。

来五四。"[1] 那么，循着这样的思路，本节尝试考察 80 年代对 90 年代文学的孕育，勾连 80 年代与 90 年代文学之间的天堑鸿沟，解释 90 年代文学粗鄙化及其"政治寂静"的成因。这需要转换惯常的研究视角和思路，被主流的"革命化叙事"和"现代性叙事"鄙视遮蔽的"粗口叙事"无疑是一条蹊径[2]。事实上，"新时期"小说叙述的一个颠覆性现象是大量的"日常话语"，比如"粗口""大话""口述实录""方言"等，大规模进入文学"雅言"系统，形成了"叙述声口"[3]的变异，是颇值得引起学界思考和研究的。

在中国现当代文学史上，日常话语曾经多次被主流意识形态策略性地挪用，介入文学。如 20 世纪 30 年代的文艺大众化、40 年代的工农兵文艺、50 年代的新民歌运动等。但是，新时期日常话语再次介入文学，却与以前的被动性征用大不相同，其中既有被动性又有主动性，也不乏策略性。通常的"雅俗合流"仅能提供表层的解释，而现象的内里则与中国政治、经济、文化三位一体的社会结构转型紧密相连。普适性的日常话语作为"共时性社会话语光谱"的一束，在与专业性文学"雅言"和政治性主流意识形态话语的博弈中体认"差异政治"，共同谱写多元的"同时代性文化"，既表征了普通人摆脱"被叙述"的境遇，又直接展示了他们的"情感结构"和"生活政治"愿景，也在一定程度上反拨了知识分子的"自我中心主义"和国家现代性的"同质化"建构，从而促进文化的和谐建构与社会结构的转型。

毋庸讳言，20 世纪 80 年代既是纯文学话语高涨的年代，也是日常话语泛

---

[1] 王德威：《被压抑的现代性：晚清小说新论·导言》，北京大学出版社 2005 年版。
[2] 关于"粗口叙述"的价值和意义，可以参见程巍：《霍尔顿与脏话的政治学》，《外国文学评论》2002 年第 3 期；韦津利：《脏话文化史》，颜韵译，文汇出版社 2008 年版；马尔库塞：《审美之维》，李小兵译，广西师范大学出版社 2001 年版；法兰克福：《论扯淡》，南方朔译，译林出版社 2008 年版。
[3] "声口"是美国著名汉学家韩南在《中国近代小说的兴起》中针对中国小说叙述模式的转换而提出的一个颇具本土特色的概念，强调中国小说里极为重要又长期受人忽略的"声音特性"。韩南：《中国近代小说的兴起》，徐侠译，上海教育出版社 2004 年版。

滥的时期。在王朔"横空出世"之前,"粗口"叙事早已大行其道。首先,在主流意识形态主导下的"革命化叙事"文学中,我们惊讶地发现在《1985—1986全国优秀短篇小说评选获奖作品集》辑录的19篇小说中,《狗日的粮食》《窑谷》《你不能改变我》《他在拂晓前死去》《这是一片大海滩》《继续操练》等14篇小说夹杂脏话。同样,《1984全国优秀短篇小说评选获奖作品集》中亦有《麦客》《最后的壕沟》《姐姐》《危楼记事》《父亲》《惊涛》等多篇频爆粗口。如此"粗口成脏"的小说却频频获得褒奖,是何等的吊诡!其次,以反叛"革命化叙事"自居的"现代性叙事"亦流行粗口。在新潮实验小说的代表作《无主题变奏》中,主人公的漫篇粗口,竟然多达几十处,令人瞠目结舌,连"文痞"王朔也难望其项背[1]。而引发文坛轰动的莫言的《透明的红萝卜》,开篇就写一个生产队长张嘴便是粗俗而俏皮的骂人话:"他娘的腿!公社里这些狗娘养的……"通篇杂凑的语言、夹生的官腔、粗秽的调侃,可谓"王朔之师"。

同样,"寻根"文学的语言也不乏"粗口",像陈建功的《鬈毛》,主人公卢森"粗口"成章,韩少功的《爸爸爸》,丙崽的秽语口头禅,张承志的《北方的河》,"研究生"的"粗口咒骂"。稍后的"新写实"小说中,"粗口"更是塑造"真实"的一剂必备良药,池莉的《冷也好热也好活着就好》,短短一段文字里"你个婊子养的"就反复出现多次;刘恒甚至把"粗口"作为文章醒目的标题,如《狗日的粮食》等;而贴着"纯文学"标签的《红蝗》《红树林》等作品,"粗口"更是与"神圣高雅"的审美话语较上了劲。在《城市里的故事》《无为在歧路》《帮忙》等现代派小说中,"粗口"愈演愈烈,堪称"粗口

---

[1] 王朔的成功,"其实是当年刘索拉和徐星首创的写作风格和路数。王朔只是一个跟着哄的,或叫效颦者。我以为王朔在那时并不是一个真正意义上的作者,他几乎没有独立的生活态度和观察角度,基本上处在他人风格的影响之下。"参见葛红兵主编:《王朔研究资料》,天津人民出版社2005年版,第81页。

标本"。及至王朔登上文坛,"粗口"在中国当代文学中终于集束性爆发,也就不足为怪了。

特别值得玩味的是,"粗口叙事"堂而皇之地登上《人民文学》《中国作家》《收获》等官方权威杂志,并大受热捧时[1],并非主流意识形态的疏忽大意,其中存在的吊诡性就在于,这是主流意识形态利用"超意识形态内核"发挥规训的高明之处。在齐泽克看来:"任何一种意识形态中都会包含一些'超意识形态'的核心,因为任何一种意识形态要具有可操作性,要有效地'掌握'个体,它就必须学会如何操纵一种'超意识形态'观点,并从中渔利。"齐泽克通过大量的例证分析后发现:"即便是最'极权主义'的意识形态大厦中也存在一些非意识形态的成分(这里,意识形态指权力关系在政治层面上的工具性合法化)。……这种'超意识形态'观点无法简化为权力的工具合法化(这样的观点有,比如说,团结、正义等等,它们为一个社会共有)。"[2]当然,"共有的"也包括人人都讲、几乎就是"口头禅"的"粗话",如果仅仅在文学语言层面发泄个人情绪,并被默许,那么它就充当了及时疏导不满情绪的泄洪道,根本无法积聚起爆破的力量,不会对主流话语造成颠覆或毁灭。"粗口"暴力只会拓宽意识形态话语容忍的范围和限度,拓宽主流话语的边界。因此,80年代中期,文学界对"现代性"的过分强调和对"粗口"的漠视,可以认

---

[1] 1985年春,《中国作家》第二期发表中篇小说《透明的红萝卜》,引起巨大反响。《中国作家》杂志社组织作家与评论家在华侨大厦举行专门的讨论会。据莫言本人在访谈录《写作时我是一个皇帝》中回忆,与会者以"新潮奇文"相称,文坛泰斗汪曾祺亦对该作评价甚高。是年,多家刊物上集中推出莫言中篇小说《球状闪电》(《收获》)、《金发婴儿》(《钟山》)、《爆炸》(《人民文学》),及短篇小说《枯河》(《北京文学》)、《老枪》(《昆仑》)、《白狗秋千架》(《中国作家》)、《大风》(《小说创作》)、《三匹马》(《奔流》)、《秋水》(《奔流》)等,从此,莫言与新潮实验小说一同在85年中国文坛留下浓墨重彩的一笔;通过马策对徐星和刘索拉的访谈我们可以得知,《你别无选择》和《无主题变奏》都写于1981年,也均在"民间地下"传阅,却不能诉诸铅字,难登"文学"大堂;而1985年的"新潮美学",给了他们一个"合法化"的外衣,他们的"粗口"就是在"现代派探索小说"的掩护下,顺利登上了《人民文学》的版面,并得到时任中国作家协会副主席、《人民文学》主编王蒙先生的大加称赞:"横空出世的现代派"。

[2] 齐泽克:《幻想的瘟疫》,胡雨谭、叶肖译,江苏人民出版社2006年版,第26页。

为是应付审查制度和发表的策略,亦可视为一种集体无意识的情绪宣泄,更可以上升为意识形态有意对"粗口"的"视而不见"的规训手段。正如齐泽克曾经在《主仆的辨正关系》一文中精辟地指出:"仆人(错误地)认为主人公积聚了自己的快感,故而取回(从主人那里窃取)些许快感。而这些许快感(自己也能操纵主人的感觉)得到主人公的默许,因为它不仅不会威胁到主人的统治,实际上更构成了一种'力比多贿赂',确保仆人臣服于自己。简而言之,正是自己也能愚弄主人的快感确保仆人服从主人。"[1] 如此分析,精辟至极。

那么,"粗口"叙事这种"不堪卒读"的"非文学"[2]形式流行80年代文坛,并在"纯文学"没落的90年代初,让"集大成者"王朔独领风骚之势,显然是顺应了社会潮流,具有鲜明的时代特征[3],既反映了当时社会寻找发泄渠道的正当需要,又是一个社会文化受周遭压抑的逆向表征。

一是"粗口"的广场性。80年代中期,民主化思潮在意识形态的策略性妥协中得到一定传播,已经"根本平息,甚至绝迹"的"有规模"的"学生游行""闹事"再次出现,"广场意识"的觉醒必然要求与之相应的"广场语言"。在巴赫金看来,"广场语言"是指"骂人话、赌咒、毒誓、民间的褒贬诗、甚至包括'巴黎的吆喝',集市上的骗子和药贩的吹嘘等等"[4]。它以粗鄙消解崇高,以滑稽消解严肃,从而达成一种坦率的自由、零距离的交往,充溢着对占统治地位的语言、真理和权力的不屑。在文学中常常是以粗口宣泄、双方对骂、集体杂语等形式表现,营造热烈的"广场"氛围。如《一点正经没有》

---

[1] 齐泽克:《幻想的瘟疫》,胡雨谭、叶肖译,江苏人民出版社2006年版,第42页。
[2] 斯冬:《在通俗和纯粹之间:"王朔作品讨论会"综述》,《青年文学》1987年第4期。
[3] 在通常意义上,"粗口"具有民间性、日常性、粗鄙化、暴力性等色彩,在此不一一累述,只谈"粗口"在20世纪80年代具有的时代特性。
[4] 巴赫金:《拉伯雷的创作与中世和文艺复兴时代的民间文化导言——问题的提出》,《拉伯雷研究——巴赫金全集(六)》,李兆林、夏忠宪等译,河北教育出版社1998年版;亦可参见程正民:《巴赫金的文化诗学》,北京师范大学出版社2001年版,第119页。

中，方言与一群大学生的对骂；在《玩的就是心跳》中，高洋、冯小刚、许逊、王若海、方言、高晋等"群侃"的激情场面，既复活了"文革"一代的记忆和革命化的生活方式，又让受压抑的新人有了暗自发泄的渠道。

"粗口"作为"广场语言"，具有较强的"亲和性"。齐泽克在《幻想的瘟疫》中，以士兵间打招呼的主要方式不是说"你好"，而是"爆粗口"——"这句话已经如此的公式化，以至于它已丧失了原有的淫秽含义，成为一句中性语言，被纯粹当成表达礼貌的方式"为例，表明任何"显性的符号结构和隐性的幻想背景间存在着差距"，即存在着"内在违越"[1]；也就是说，符号必然"内在地"存在着"违越"其显在语义的"反意"。在王朔的小说中，"粗口"在"痞子"之间成为身份的象征和彼此关系的黏合剂，这样的语汇非常适合"广场"集合的年轻人，他们群情激昂，胸怀"中国兴亡，匹夫有责"的雄心壮志，"缠绵的朦胧诗""晦涩的先锋小说"此时恐怕只会让他们消磨"革命"的意志，唯有直白宣泄的"粗口"，简洁有力，爱憎分明，立场坚定，界限分明，无疑在增强群体凝聚力和战斗力方面可以起到立竿见影的效果。

二是"粗口"的物质性。"粗口"强势进入文学，表征作家认同的崩溃——对经典诗学传统的背离。那种无奈感既是精神的，更是物质的。"粗口"作为形象直观、通俗激进的"物质性话语"，通过将国家、权力、意义、价值等高高在上的、崇高的抽象和陌生之物，贬低为日常世俗之物，尤其是通过肉体和生理层面经验将高高在上的压迫具体化、"粗俗化"。将生与死、高雅与卑下、强权与弱势界限搅乱的"粗口"，把一切高级的、精神性的、理想的和抽象的东西转移到生活的物质——肉体因素。80年代小说的"粗口"，

---

[1] 齐泽克：《幻想的瘟疫》，胡雨谭、叶肖译，江苏人民出版社2006年版，第23页。

在一定意义上，无不具有"物质—身体"层面的"地形学"意义[1]。权力、意识形态、道德等形而上学，在"粗口"的比拟中，降格为易于理解的形而下学之物。

"粗口"在一定意义上成为当时最"流通"的语言，是文学的通行证。"成功"的王朔——文学轰动、生活富足——为饱受"革命道德话语"困扰的百姓敞开了另一种生活场景。看看王朔笔下的"顽主"们操着一口"粗话"，肆无忌惮地过着自由自在的纵欲生活，这是以往视财富为原罪的"革命"文学话语所未曾有过的。其意义正如葛兰西所言，通俗文学表明了"时代哲学"是怎样的哲学，即在沉默的群众中间什么样的感情和世界观占据主导地位，通俗文学有时是了解时代思想的唯一标志[2]。他批评尼赞"不懂得如何提出所谓的'通俗文学的问题'"，而这正是"关于新文学问题的极其重要的组成部分，因为它是精神、道德革新的表现"[3]。如此看来，以王朔为代表的"粗口"文学，无疑具有塑造新的精神道德——"财富道德话语"的意义。

事实上，随着经济改革在1984年的全面铺开，对物质性的想象和满足征服了大众，构成了社会集体无意识[4]。与此同时，经济发展成为当时最大的政治和新的国家意识形态[5]。"为了重新激活中国出现现代性的可能，国家必须允许个人表达他们的才能和天赋。"而"市场活动导致了新的多样

---

[1] 巴赫金：《拉伯雷研究——巴赫金全集（六）》，李兆林、夏忠宪等译，河北教育出版社1998年版，第33页。
[2] 冯宪光：《西方马克思主义文艺美学思想》，四川大学出版社1988年版，第63页。
[3] 葛兰西：《狱中札记》，葆煦译，人民文学出版社1983年版，第494页。
[4] 80年代初物质生活贫乏，人们对物质的追求无可厚非，甚至得到了国家意识形态的默许，西方镜像首先是物质财富的丰富，继而才是民主自由。1984年第一个下海潮席卷全国，那是第一次在没有国家意识形态的宣传和鼓动之下，人们自主和本能的选择。在吴亮主编的《日常生活（80年代卷）》中说明了当时物质、特别是一件值得炫耀的物件何以在群体日常生活中引发震动，那已经不纯粹是"物"的使用价值，而是其"符号价值"和象征。
[5] "经济自身总是现成的'政治'，是政治斗争、权力和抵抗之间的话语的地点。"参见齐泽克等：《偶然性、霸权和普遍性——关于左派的当代对话》，江苏人民出版社2004年版，第97页。

化的财富形式"和与之配套的、初始的"新阶级话语",既着手篡夺知识分子自以为非己莫属的精英话语[1],也谋求"革命道德话语"的统治权,从而建构一种全新的"财富的道德话语"。正如马克思指出"一切固定的古老的关系以及与之相适应的素被尊崇的观念和见解都被消除了"[2];人民大众受"财富道德话语"的恣肆,展开了对"财富"的攫取和占有。"财富",让国家意识形态和人民大众再次结盟,人民成为"新人",而"知识分子"被再次边缘化[3]。

1949—1976年的文学和社会政治实践中实现了"政治伦理化"和"伦理政治化",革命政治与道德水乳交融[4]。但是,这种"交融"虽然成功地将政治诉求"内化"为人们发自灵魂深处的情感诉求,以一种既是"认识",又是"误识"的"符号暴力"驱逐了人性的本真需求[5],使主体性、人性论、人道主义等诉求在革命道德话语体系中沦为虚假的和错误的"恶之花"。正如美国学者布兰察德在《革命道德》的结论中所言:"寻求一种道德真理并渴望个人之善"

---

[1] 财富道德话语的胜利,在当时小说中有典型体现,比如《乡场上》,冯幺爸富了,不用仰人鼻息,获得道德尊严;《腊月·正月》,出身贫穷、地位卑微的普通乡民王才因为致富而战胜知识、名望颇佳的退休教师韩玄子,赢得乡人拥戴;等等。
[2] 马克思:《〈政治经济学批判〉序言》,《马克思恩格斯选集》第2卷,人民出版社1972年版,第82页。
[3] 像"脑体倒挂""读书无用论""拿手术刀的不如拿剃头刀的""造原子弹的不如卖茶叶蛋的",等等,是当时社会的真实写照,也是知识分子被再次边缘化的表征。参见朱雨晨等:《80年代停薪留职一族追忆五味年华》,《法制早报》2005年11月13日。
[4] 张光芒:《道德形而上主义与百年中国新文学》,《当代作家评论》2002年第3期;亦可参见魏仪:《论当代中国的新德治》,《战略与管理》2001年第2期。
[5] "符号暴力"又叫"符号权力",其运行逻辑颇具吊诡性——社会行动者虽然"认识"到加诸自身之力,却并不认为是一种强制性权力,反而"误识"和认可了这种权力。因为,此权力与人们的生活理念、人生理想和共同利益等诉求有着某种契合的表象,因而在其施加过程中,被支配者不仅接受认可,而且往往还有创造性的理解和发挥,这也就是作家们为何能够把统治的逻辑解释得比统治者自己的意愿还要透彻和极致的缘由。这种认识和误识的双重行为超出了意识与意愿的控制,或者说早就先验地隐藏在主体意识和意愿的深处。民族国家恰恰利用"符号权力"的这一特性,在重构社会结构的同时,也重构了作家(人民)的心灵。通过一种既是认识的,又是误识的"合谋"行为,完成了思想和意识形态的灌输与改造。参见布迪厄、华康德:《实践与反思——反思社会学导引》,李猛、李康译,中央编译出版社1998年版,第221—229页。

的反叛者与革命者，都坚信"这种个人之善只有在为别人受难中才能获得"[1]。"革命觉悟"成为衡量"政治美德"的主要因素，它甚至主宰了一个人的社会价值。意识形态的规范和道德与政治的奖惩机制，有效地完善和修改阶级的标签与划分，从而有效地塑造日常生活和规范机制。根深蒂固的小农式的温情伦理，加上"公有制"的价值理想，演变出了一个热情向上的、实际上又比较虚假的"憎恨物质"与"癖好精神"的"革命道德神话"。正如斯科特所言："农民平均主义"以一种"道义经济"的表征，像安慰剂一样巩固现实的主流秩序[2]。因此，自"土改"文学始，整个当代文学前三十年，财富被视为原罪，并滋生出一种"暴力仇富"和"煽情炫穷"的叙事模式。小说人物道德败坏的程度与财富的多寡成正比，这在《创业史》中体现得极为典型。

清高的文人传统对"财富"的不屑，以及深信"物"对"人"的异化，致使文学只希望同他人在精神层面上神人共舞，却无力甚或无心在财富层面和日常生活层面上同他人（特别是广大下层民众）一道寻找出口，从而进一步延宕了"事实与价值之间的辽阔距离"[3]。纯文学漠视在物质自由（相对于精神自由）层面上与他人共同存在的困难，过分强调"专业主义意识"，在既主动又被动中与国家和人民疏离了。

王朔的"粗口"文学恰逢其时地填补了话语空位，将"个人财富"作为一个公开的主题纳入文学叙述，这与80年代的"改革"文学相比，是一种截然不同的财富观。王朔的财富叙事则是非常个人化的财富叙事，他彻底与此前的"革命道德话语"谱系决裂，转而投入"财富道德话语"的怀抱，这与"让一部分人先富起来"的国家意识形态话语不谋而合。然而，他的致富手段和道路

---

[1] 布兰察德:《革命道德——关于革命者的精神分析》,戴长征译,中央编译出版社2004年版,第343页。
[2] 斯科特:《农民的道义经济学》,程立显等译,译林出版社2001年版。
[3] 蔡翔:《日常生活的诗情消解》,学林出版社1994年版,第81页。

又是体制外的,"顽主"们甚至不择手段地违法乱纪。王朔和此后的新写实小说均以"物质财富"为中心,将文学对精神、审美和道德的追求一一删刈,彻底放弃80年代"纯文学"企图通过存在论意义上的"敞开性"而获取存在之总体性、神圣性、崇高性等价值和快感。这在一定程度上,恰恰暗示或者暗合了一种普遍的现代性"快感大转移":放弃重构总体性精神价值的努力和尝试,进而彻底放弃相关实践的可能性,放弃某些曾经认为必要的"他者",转而埋身于个体自我的低层次物欲满足。凭借"粗口""将自己直接地、赤裸裸地暴露"。此后,王朔借助大众文化和传媒,对"财富道德话语"作赤裸裸的宣扬,甚至以代言者自居,主张以财富为准则,取消审美和价值判断,完全配合了主流话语对经济、政治、精神、文化扁平化和一体化的建构。

至此,我们可以断言:"粗口"对主流意识形态话语的批判,完全可以看作是对主流话语"避让但不逃离"的"抵抗",在整体的驯服中取得局部,至少是"嘴巴"和"语言"上的胜利。然而,"粗口"作为一种"习语"和"俗套"往往是自动生成的"无意识"话语,容易使"革命大话主义"的泡沫膨胀,满足于"口头的快感"。一旦遇到打压和阻力,"粗口"的攻击性常常会把"目标转向属于外部群体的个人,来寻求发泄",造成"一种导泻性质的转移"[1]。正如多数研究者指出,王朔攻击的对象连个处长都没有,全是"软柿子"。此时,"粗口"的反叛性变得可疑,即使出自本性的率真,那也仅仅只是一场语言的狂欢和盛宴。调侃性的"粗口",在"侃痞"[2]生涯中只不过是一个"姿势",所热衷的语言暴力,只是追求一种引人注意的"震惊效果",这是一种自我的推销术。"侃痞"的社会能量已经萎缩到"语言魔术"——搁置了

---

[1] 阿莫西、皮埃罗:《俗套与套语——语言、语用及社会的理论研究》,丁小会译,天津人民出版社2003年版,第44页。

[2] 桑塔格:《"侃皮"札记》,张帆译,http://www.cul-studies.com/Article/contribute/200501/409.html。

价值判断，政治边缘的猫步，绝不撞枪口的话语游戏——这种隔靴搔痒式的反叛，无疑让主流意识形态更有时间和准备来进行制度调整，探索一条对其作无害化处理的策略：抵制和控制、占用和转化"粗口"的话语泡沫，使之边缘化和无害化，这是福柯所谓的民族国家行使"政治寂静教"权力的策略[1]。

事实上，当20世纪80年代的"粗口"从对政治话语和人文话语的明确所指中逐渐滑向暧昧，蜕变为90年代的只有无限能指，而所指模糊的"口头禅"时，其已经丧失了话语斗争的战斗力。如果说，80年代的"粗口"还带有极大的广场色彩，那么到了90年代，人们已经从广场溃退到家庭，在电视机和电脑前消费着"粗口"带来的快感，我们耳熟能详，甚至倒背如流的"大话系列"和"网络文学粗口秀"即为明证。当"粗口"从对雅言和意识形态话语的冒犯，转而成为文学语言合法的一部分时，它的颠覆性也就逐渐消解。滔滔不绝的粗鄙狂欢进一步延宕了思考和行动的意志。正如伊格尔顿抨击保罗·德曼，将语言置于政治之上是"政治寂静主义"的表征[2]，一场软弱的革命可能不得不用夸张的语言来隐藏自己的无能，行动无力最终只有在语言的层面上安全爆发。

---

[1] 政治寂静主义（political quietism）来源于17世纪基督教的一个神秘化分支——政治寂静教。福柯认为，国家权力其实是个性化和统一性相结合的一种权力形式。从人类社会发展的历史来看，只有在现代社会中才存在着个性化技术和统一程序"纠结"在同一政治体制内的现象。为了实现这一目的，现代化的西方国家不得不重拾一种古老的权力技术，并把这种古老的权力技术整合到一种新的政治形式中，这种古老的权力技术就是起源于基督教机构的教会权力。如今，教会权力本身可能已经丧失，但它在教会机构之外所起的广泛作用却还存在。他说，"18世纪左右出现了一个重要的现象：这种教会的个性化权力被重新分配、重新组合。我认为，'现代国家'并非是轻视个体存在的一个实体，'现代国家'并非不想知道这些个体是谁或他们究竟是否存在。恰恰相反，现代国家已拥有完全可以将个体的人融入其中的精密结构，前提是：国家中的这些个体被整合到一种新的形式中，并受制于一系列特殊的模式。即我们可以在某种意义上说，现代国家是将个体的人层层压叠起来的一个大岩层，它是教会权力的一种新形式"，"它仅仅通过语言即可生产和制幻新的信仰"。

[2] Michael Sprinker. *Imaginary Relations: Aesthetics and Ideology in Theory of Historical Materialism*, London and New York: Verson, 1987.

第三节

"操作主义语言"与意识形态过滤功能

伴随先锋实验的退潮和"纯文学"的消弭，小说叙述的一个颠覆性现象是大量的日常话语，比如"粗口""大话""闲聊""方言"等，大规模进入文学雅言系统，形成了"叙述声口"的变异。雅俗合流，或许仅能提供表层的解释，而现象的内里则与中国政治、经济、文化三位一体的社会转型紧密相连，因为话语实践通常是社会实践的表征，而社会实践又在很大程度上依赖于话语实践的阐释和表达。如果说，20世纪80年代的"粗口叙事"在某种程度上配合了新意识形态对"革命道德话语"的批判和对"财富道德话语"的建构，拓宽了意识形态话语容忍的边界，并在语言泡沫中稀释为"政治寂静"的修辞学表达[1]；那么，90年代以来红极一时的"口述实录体"小说及其变种——包括时下流行的纪实文学《生死十日谈》《出梁庄记》等，则在话语民主化、商业化和技术化的策略下，被意识形态话语有效渗透、影响和操控，蜕变成马尔库塞所谓的"操作主义语言"[2]，意识形态话语以更具隐蔽性、扩张力和包容性的手段向底层日常话语的渗透和殖民，起到了弗洛姆所说的"语言的社会过滤器"功能[3]。

---

[1] 孙国亮：《20世纪80年代的"粗口"叙事与话语建构》，《文艺争鸣》2014年第12期。
[2] 参见马尔库塞：《单向度的人：发达工业社会意识形态研究》第四章"话语领域的封闭"，张峰、吕世平译，重庆出版社1988年版，第68—99页。
[3] 参见弗洛姆：《在幻想锁链的彼岸》，张燕译，湖南人民出版社1986年版。详见单继刚：《翻译的哲学方面》第八章"弗洛姆：社会过滤器"，中国社会科学出版社2007年版，第237—266页。

表面上看,"口述"和"闲聊"的文本互动性,在一定意义上消弭了主客体之间的裂痕,解构了过分膨胀而自恋的雅言系统以"过剩的话语"制造的大量与公众无法交流的自闭性文本[1]。尤其对被叙述的客体来说,不再是"事后"被动性的记录,而是"事前"主动地成为文本的制造者,貌似斯皮瓦克意义上的"属下"不再无言。这是文学,特别是文体学和文学语言的一次巨大革命,"'闲聊'就是文学","和我们一般所说的'文学'相比,不仅带来的东西更多,'有很多生活',形式上也更加丰富,更加自由,不受拘束";而且,"打开了我们的文学理解"和"文学的生活视野","生活世界"通过"说话的声音"进入写作里。"闲聊",又是对"文学性"的一个全新的理解和实践,是在脚踏实地的"行而下"的创作实践中,让文学"形而上"的意义自动显身[2],其积极意义自然不容小觑。

但是,一个潜在的危险同样存在,"口述"和"闲聊"往往也容易充当传播特定意识形态的载体,而不再仅仅是作为对抗雅言和权力话语的武器,甚至在很大程度上成为维护权力话语的政治斗争工具[3]。特别是 90 年代以来,话语民主化、商业化和技术化的趋势,使得权力话语对文学,乃至对社会现实的建构和规训变得隐蔽而又微妙。正如古斯塔夫·勒庞所说:"掌握了影响群众想象力的艺术,也就掌握了统治他们的艺术。"[4]

---

[1] 王列生:《先锋批评:需要校正的第三者》,《粤海风》2001 年第 1 期。
[2] 详见张新颖:《如果文学不是"上升"的艺术,而是"下降"的艺术——谈〈妇女闲聊录〉》《当代作家评论》2004 年第 6 期以及张新颖、刘志荣:《打开我们的文学理解和打开文学的生活视野——从〈妇女闲聊录〉反省"文学性"》,《当代作家评论》2005 年第 1 期中的论述。
[3] 在中国现当代文学史上,大众的日常语言曾经多次被主流意识形态策略性地挪用,介入文学,如 20 世纪 30 年代的文艺大众化、40 年代的工农兵文艺、50 年代的新民歌运动等,这明显是作为官方意识形态的"工具"被强制推行,并有效地进入知识分子安身立命的"雅言系统"。一个非常重要的原因是大众日常语言具有普适性、机械性和易操控性,而主流意识形态正在致力于把其意图编码日常语言化,以此实现编码与解码的同质性,从而使意识形态让大众方便理解、自动接受。
[4] 勒庞:《乌合之众——大众心理研究》,冯克利译,中央编译出版社 2000 年版,第 53 页。

主流意识形态话语的"民主化"已经有意识地"消除话语权利和语言权利、义务和人类群体声望的不平等和不对称"[1]，从而加强沟通，消除话语的等级和群体符号界限。许多边缘化的日常话语和声音已经被意识形态话语以文学艺术之名租用和招安，话语权力关系更多地表现为松散的竞争、不断挑战的过程，是意义协商和被不断界定，甚至是相互"邀请"的介入与借鉴学习，而非被一个潜在的结构决定了[2]。更为巧妙的是，当象征性暴力实施影响时，它呈现出"以理服人"和"彬彬有礼"的文明方式与过程，它宁愿采纳不露声色和静悄悄的"屈尊"策略。正如福柯所言"我们不应再从消极方面来描述权力的影响，如把它说成是'排斥''压制''审查''分离''掩饰''隐瞒'的。实际上，权力能够生产。"在意识形态话语发力之前，其他话语先进行了自我审查，自我抑制，自我"规训"，达成了"合谋"[3]。

话语的"商业化"，引入"自由创作""自主消费"概念，既积极又消极地配合了所谓"民主化"，实现了主体的"自动操纵"[4]，小说日常话语在一定程度上落入了话语"商业化"的圈套。加上话语"技术化"的手段和策略，知识分子话语通过"拟定话题""咨询性引导""隐形的权威控制""富有人情味"，乃至"话语权的有限转让"等，连同主流话语无所不在的"笼罩"，使得权力话语更具隐蔽性、扩张力和包容性。这直接导致话语"民主化"充斥

---

[1] 费尔克拉夫：《话语与社会变迁》，殷晓蓉译，华夏出版社2003年版，第187页。
[2] 正如福柯所言：权力是弥漫性、非中心的，它并没有什么中心点，它无所不在，是流动的，而且不完全固定地属于任何个人和集团。"像是毛细血管进入到人们的肌理，嵌入人们的举动、态度、话语，融入他们最初的学习和每日的生活中。"它构成了一种存在于宏观政治体系之外的"新的毛细血管式的微型政权"。福柯：《福柯集》，上海远东出版社1998年版。
[3] 参见福柯：《规训与惩罚》，刘北成、杨远缨译，生活·读书·新知三联书店1999年版，第218页。
[4] 按照布迪厄在《实践与反思——反思社会学导引》的观点，语言扮演了符号权力的角色，发挥了语言暴力。布迪厄认为，符号暴力是通过一种既是认识又是误识的行为完成的，这种认识和误识的行为超出了意识和意愿的控制，或者说是隐藏在意识和意愿的深处。他进一步指出，符号暴力揭示了任何权力系统都是在"合谋"的情况下完成的。参见布迪厄、华康德：《实践与反思——反思社会学导引》，李猛、李康译，中央编译出版社2004年版，第190页。

着诸多的伪饰性变化,口述实录类文学呈现出"虚假的个性化",其实质是"对公共受众话语(印刷品、广播、电视)中私人的、面对面的话语模仿",是"谈话类话语的某种延伸"[1]。日常话语通过"自主学习",貌似"在一个没有任何干扰的、两个人的环境里对话",可以"完整、真实再现'口述'和'实录'"[2],可是,这既非现实主义写作所致力于追求的历史事件背后的本质规律,也不是先锋小说中由虚构所建立起来的主观真实、艺术真实,而仅仅是任意涂抹,根据需要"被消费的真实"。"真实"一旦遭到篡改,大众对"真实"的消费就不再服务于自我意义的生成,而是促成了意识形态的再循环。意识形态不是通过"命令""禁止"等粗暴的方式进行运作,而是以"真实"的名义与社会个体建立起一种想象关系,并通过温和的"询唤",使个体在一种舒适满足的状态中被权力改造、收编[3],这种意识形态更隐蔽,也因此更富有欺骗性。

我们通常只是将"口述实录"作为媒体商业化和市场运作的手段与卖点,却忽视了其更为隐蔽和强大的宰制作用——作为"新的体制性力量",借"口述""闲聊"这样的大众形式,既召唤大众的审美阅读习惯,又正在不遗余力地弥合我们既有的文体分野——即缝合文学与非文学的界限。"口述""闲聊"是披着"文学"形式的合法外衣,借着大众需求的正当理由,在所谓"真实"的幌子下,进一步培育并强化符合意识形态霸权的新的文体[4]。正如费尔克拉夫所言:如今,主流意识形态不只是认识到"语言和其他

---

[1] 费尔克拉夫:《话语与社会变迁》,殷晓蓉译,华夏出版社 2003 年版,第 91 页。
[2] 安顿:《绝对隐私——当代中国人情感口述实录之一·序》,北京出版社 1998 年版,第 4 页。
[3] 阿尔都塞:《保卫马克思》,顾良译,商务印书馆 1984 年版,第 201—203 页。
[4] 福柯强调意识形态话语作为一种典型的权力话语,亦对其他类型话语通过各种方式进行控制和矫正,要求其他话语服从和配合,从而达到维护和巩固意识形态话语秩序的目的。"规训"的含义主要指主流意识形态话语对文学理论话语方式的规范与整合,文学的审美之维遭受压缩,扭曲变形。参见福柯:《规训与惩罚》,刘北成、杨远婴译,生活·读书·新知三联书店 1999 年版。

'符号形式'的某些用法是意识形态式的,也就是那些在特殊环境之下用来确立或维持统治关系的那些用法",而且"在其被弄得自然化"或"获得常识地位"时,"效力最大"[1]。在葛兰西看来:"常识既是过去的意识形态斗争的各种效果的一个储藏室,又是正在进行的斗争所要重新建构的永恒目标。在常识中,意识形态成了自然而然的东西,或者成了自主性的东西。"[2]而来自日常生活中的"口述""闲谈"无疑是建构和推行意识形态"常识"的最易懂的话语。

比如,安顿的《绝对隐私》是叙述者和叙述对象在一对一的情况下,以不直接的、非判断性的、同情的方式,进行日常的话语交流,谈论关于她们自己的"隐私",这就像费尔克拉夫所谓的"咨询工作",是为"咨询者"提供一个宣泄和排遣的渠道,是一种"治疗"。只是现在它作为一种话语技术流传开来,穿越社会结构性领域,成为重建话语秩序的一个表征。大部分"咨询者"或者说"口述者","都认为自己作为个体的人在一个世界——这个世界越来越把人们当做是符号——中留出了空间,这使得咨询工作看上去像是一个反霸权的活动,而且它对于新机构的殖民化也是一种解放性的变化"[3]。然而,事实上,这种如同"咨询"工作的小说"实录"和"闲聊","更像是一个霸权技术,即巧妙地将人们私生活的各个方面引入权力范围"[4]。而在这一"合谋性"的反抗话语中,模仿生活风格的"日常话语"传递的信息,无疑以其平淡无奇的常识性而更具有欺骗性,它正在悄无声息地进入每个受众的语码、编码和解码系统,从而实现自然化的过程。信息和说服、内容和形式在话语秩序中的分界线正在模糊,结果"信息"——带有主流意识形态的本性,被一种貌似平常的话语形式

---

[1] 费尔克拉夫:《话语与社会变迁》,殷晓蓉译,华夏出版社 2003 年版,第 81 页。
[2] 费尔克拉夫:《话语与社会变迁》,殷晓蓉译,华夏出版社 2003 年版,第 86 页。
[3] 费尔克拉夫:《话语与社会变迁》,殷晓蓉译,华夏出版社 2003 年版,第 91 页。
[4] 费尔克拉夫:《话语与社会变迁》,殷晓蓉译,华夏出版社 2003 年版,第 91 页。

极大地遮蔽了。在《妇女闲聊录》中，农妇木珍客观、冷静、不乏幸灾乐祸地"闲聊"中传递出的"信息"——例如，《回家过年》中，几乎所有话题都聚焦在"钱"上，而关于赌博、离婚、"二奶"、假货、卖淫等话题，在老百姓的嘴里、眼中都是那么见怪不怪的，甚至认为是社会和生活转型的必然结果。正如哈贝马斯所言：现代社会日益趋向于控制人们生活越来越多的组成部分，国家和经济"体系"造成了"生活世界的殖民化"[1]。而真诚的对话和交往行为如何会蜕变为策略性行为？生活世界如何会到了"意义丧失"与"自由丧失"的地步呢？这一切无疑是需要技术和技巧的。

在费尔克拉夫看来，"话语技术化"是导致"殖民化"的关键。"话语技术在有关语言和话语的知识与权力之间确立了一种紧密的联系。"在消费主义社会，"话语技术化"似乎正在延伸，即"从诸如访谈这样的文体——在其与一系列公共机构的功能相关联的意义上，这些文体具有某种公共的特性——向私人领域的核心文体延伸，这里的核心文体就是谈话"。在某种程度上，这反映了谈话为机构所占用，而机构又是带着特殊的含义介入其中的。以谈话的方式讨论的绝对隐私话题，被现代媒体利用，一个貌似"私人领域"向"公共领域"转型的过程，实质上却是生活世界逐渐被"殖民化"的过程，因为隐私已经被当作一种商品和卖点，在引导一种消费，在重新制造一种"生活"假象，其中更掺杂着各种巧妙的微观的操控手段[2]。

对媚俗内容的追逐日益成为隐私故事的宣泄场，口述者隐瞒身份出卖痛苦的遭遇，实录者冷眼旁观，甚至不惜以"面部表情""肢体语言""暗示性信号"

---

[1] 哈贝马斯所说的"生活世界的殖民化"，简言之，在交往行为（或语用学）的层面上，生活世界是由参与其中的人们相互界定出来的视域，这个世界以人们的交往意欲为旨归；但是，它却遭到交往中的人们的成功意欲的扭曲，为了获得成功，人们不惜以策略行为来代替真诚的、意在达到共识的交往行为。在社会学的层面上，金钱与权力作为两种最主要的策略行为的媒介，不断地将它们的势力渗透进交往行为的领域，即生活世界。参见沈语冰：《我为什么要批判后现代主义》，《20世纪艺术批评·前言》，中国美术学院出版社2003年版。

[2] 费尔克拉夫：《话语与社会变迁》，殷晓蓉译，华夏出版社2003年版，第200页。

和"廉价的眼泪"来引导口述者,将抵触性的谈话转变为合作性的、协同性的谈话。例如,在《最纯洁的良心债》中,安顿为了让中断的访谈继续下去,"我在刘荔的注视下点头,她释然地一笑";结果,"我没来得及说话她就又接着讲起来,好像根本也不需要我回答什么"。在《总是错误地开始和结束》中,她刻意安排和控制访谈,"我不得不在好几个地方打断她,要求她重新建立一个叙述的顺序"。千万不要小看这个"叙述的顺序",这是"真假访谈"的关键。正如巴赫金所言:"在活生生的会话中,词语直接地、闹哄哄地朝向一个未来的回应它的词语,它激起并期待着回应,并朝着回应的方向构建自己。"[1] 安顿以自己带有主观目的的回应,满足了口述者的"回应期待",然后引导口述者朝着"回应的方向"继续讲述,从而自觉地将自己建构为一个安顿需要的口述者;在更广阔的语境中,建构了一个媒体需要的典型。

同样,在林白看似独白式的"闲聊"中,这样的控制也隐含其中。尽管,林白一再声明:"我还想说,这个作品与那种'口述实录'是不一样的。口述实录,比如说某人讲述他的感情、隐私,作者是有一个采访主题的,是带着某个目的去问的。……而我的这个东西完全就是'闲聊',我就让叙述者放松地,随意地,想说什么就说什么,里面什么内容都有。一般的口述实录是肯定不会讲草长什么样,糯米饭怎么做,红烧肉怎么做的。"[2] 诚然,从内容和形式上看,"闲聊"的内容更加琐碎驳杂,语言更加反"雅言",作者更加隐蔽,但是,这只是表象更逼真罢了。事实上,同安顿的"实录"一样,林白的目的和观念也是先行的。在《妇女闲聊录》中,貌似木珍一个人在闲聊,是故事的"原始叙述者",林白最初只是一个听众,但就是这个"听众"与"叙述者"共同完成了这奇特的"闲聊",甚至是这个"听众"主导了这次"有意义"的闲

---

[1] 引自李战子:《话语的人际意义研究》,上海外语教育出版社2002年版,第12页。
[2] 林白、田志凌:《彻底向生活敞开》,《南方都市报》2004年10月19日。

聊。知识分子林白尊重木珍，与木珍平等对话，但这是次要的。主要的问题是，林白通过"话语技术化"[1]手段成功操控木珍"闲聊"，表现为以下三点：

首先，是话题的拟定。比如，全书中随处可见的"性话题"，是林白有意为之的结果。"在木珍讲述的过程中，我也有意地引导她讲述这方面（性）的情况。"[2]如若不然，一个农村妇女，是绝对不会对自己的"性"和"身体"如此关注的，显然这有违木珍的本意，这只是作者为了使闲聊不"闲"，赚取卖点的风味佐料。

其次，是选择表述的语言。林白坦言："我还起了一个作用，就是不断地提醒木珍必须用农村妇女的口语来讲述。"[3]如果我们把这个理由仅仅理解成是为了保持"闲聊"的原汁原味的话，那么，这本身就是一个悖论：因为林白所谓纯粹"农村妇女的口语"同样可能干扰了木珍的"闲聊"——进城多年的木珍，已经自觉地"另类现代化"了；"她（木珍）是个有文化的农村妇女，来到城市里之后，她读书，也看杂志，看报纸，因此，她在把自己的家乡话转化成普通话时经常使用书面语。"[4]或许很多农村妇女的语汇，已经被木珍不经意间书面化了，既然如此，俗语和雅言的杂语，才是木珍"闲聊"的日常话语。"实际上，木珍口述时讲的大量方言，我（林白）并没有使用。我认为使用了会有阅读障碍的，就放弃了，方言的比例数是由我来把握的。"[5]

---

[1] 在费尔克拉夫看来，"话语技术在有关语言和话语的知识与权力之间确立了一种紧密的联系"。在消费主义社会，"话语技术化"似乎正在延伸，即"从诸如访谈这样的文体——在其与一系列公共机构的功能相关联的意义上，这些文体具有某种公共的特性——向私人领域的核心文体延伸，这里的核心文体就是谈话"。在某种程度上，这反映了谈话为机构所占用，以谈话的方式进行的绝对隐私话题，被现代媒体所利用，一个貌似"私人领域"向"公共领域"转型的过程，实质却是私人的隐私已经被当作一种商品和卖点，在引导一种消费，在重新制造一种"生活"假象，其中更掺杂着各种巧妙的微观的操控手段。详见费尔克拉夫：《话语与社会变迁》，殷晓蓉译，华夏出版社，2003年。
[2] 林白、田志凌：《彻底向生活敞开》，《南方都市报》2004年10月19日。
[3] 林白、田志凌：《彻底向生活敞开》，《南方都市报》2004年10月19日。
[4] 林白、田志凌：《彻底向生活敞开》，《南方都市报》2004年10月19日。
[5] 林白、田志凌：《彻底向生活敞开》，《南方都市报》2004年10月19日。

最后，保持隐形的干涉。尽管林白一再声称自己完全放弃价值判断，但却时时处处心有不甘，终于还是忍不住做出了自己的评判。书的结尾，作为另卷出现的《在湖北各地遇见的妇女》中，与其说作者将木珍一个人的闲聊和遭际置于更广阔的空间加以验证，还不如说是作者要对木珍的"闲聊"做一个总结评价。"在另卷中，直接叙述和间接叙述是交替的。有的是那些妇女说的话，还有大量我的话，有我的情绪在里面。"[1] 由此可见，林白作为"隐形的权威控制"，通过"话语权的有限转让"，实现了精英话语有效地渗透、影响和操控日常话语的效果。

显而易见，单纯的话多话少与权力关系之间并不存在对应关系。道理在现实生活中一目了然。例如，工作面试、法庭审讯等，发问的一方往往是权力的所在，但是话却很少；回答的一方，即无权者，必须用大量的语言来回答。而在公共咨询中，发问的一方却处于弱势，即至少知识和话语解释权由回答的一方掌握。可以说，在某种程度上，说话的多少与权力无关。说话人得到叙述角色后会说什么？谁给出信息和服务？谁要求得到信息和服务？这些权力是否是互换的？这才是话语背后的主要问题。显然，不管在"实录"还是"闲聊"中，安顿和林白等才是叙述"权力"的掌控者。特别是，当权力缺乏互换性时，其地位关系高下立判，表明了不对等的权力关系。

然而，这样的不对等关系，在话语"技术化"的作用下，显得富有"人情味"，正如"口述"和"闲聊"在安顿的小说中，几乎每一个口述者都会涕泪俱下，一是被安顿的细心、爱心与同情心感动，二是被自己——一个被"本我"操纵的"自我"感动。她们是一个个"自主的学习者"，甘愿暴露和表演自我，"实录者"根本不用强迫她们，一切目的即可达到。而且，由于小说的模式是谈话式的、"生活世界式"的，"口述者"即使是进行"主题性的谈话"

---

[1] 林白、田志凌：《彻底向生活敞开》，《南方都市报》2004年10月19日。

（如"口述实录"），也不再固守在一个单一话题上，而是在一系列相互关联的话题上游走（如闲聊）。这貌似离题，但正是这种不经意间的全方位"坦白"，却从不同侧面让"主题性"更加得以彰显。这种表象与实质的断裂，使话语权力不对称的隐性标志更具有潜在性，权力不对称变得更加微妙，而非消失。

当然，如果把视野放开，我们就会发现，促使白领女性乐于"口述隐私"的力量绝对不止是记者安顿，影响一个农村妇女闲聊的因素，也远远不止是面对面的知识分子林白，而是"时代话语"，特别是大众媒体语言。正如马原所言："我的学生满嘴都是幽默、调侃，他们使用的语言都是《上海一周》《申江服务导报》的语言。"[1] 媒介的变化的确引起文学语言质地的改变，一个消费的"语言的共同体"正在形成。而20世纪90年代以来，文学语言和空间的裂变与转型，无疑都受着主流话语、大众文化和传媒语言的巨大影响[2]。而这一切，都让日常话语刚一介入文学，就被罩上了无可避免地走向"操作主义语言"的宿命。

马尔库塞认为当代语言与整个文化一样受到工具理性的清洗，成为单向度思维的工具，被同化到技术组织的整体中，沦为服务于主流意识形态的操作主义。所以，语言问题也是一个政治问题，对语言哲学的批判就是对异化社会批判的一个组成部分。这种对文化和语言的判断，也较为准确地描述了中国文学自90年代以来"实录"和"闲聊"最终沦为"操作主义语言"，并潜移默化地执行了操作主义的功能[3]。

---

[1] 马原等：《文学究竟能承担什么？》，《南方都市报》2005年6月21日。
[2] 参见陈霖（林舟）：《文学空间的裂变与转型——大众传播与20世纪90年代中国大陆文学》，安徽大学出版社2004年版。该专著从"文学面对大众传播与大众文化兴起后的新语境""大众传播与作家身份""新闻传播与文学""期刊与出版""影视与文学""互联网与文学"等多侧面多角度表现了文学被"传媒"操控的命运。
[3] 马尔库塞：《单向度的人：发达工业社会意识形态研究》，张峰译，重庆出版社1988年版。书中对语言（话语）的批判主要集中在第四章"话语领域的封闭"、第七章"肯定性思维的胜利：单向度的哲学"及第八章"哲学的历史承诺"，指出人类对社会现实只有服从而没有反抗和超越的精神，思想和行动都失去了独立性，艺术语言也因此失去了原本的力量而变成便于操控的俗套。

首先,"操作主义语言"的特点"是认为概念与相应的一套操作是同义的"和"一致的",并最终使"词语成为滥调",而且,"作为陈词滥调来支配言语或写作"[1]。如果,我们对90年代红极一时的"口述实录"做一个调查,"隐私"无疑是最"滥调"的。在中国这样一个礼仪之邦,从常识来讲,隐私无论如何都不可能如此公开操作。但事实上,操作主义却把隐私概念与一套看似南辕北辙的商业操作话语紧密联系在一起,制造了一个文学市场的神话。当人们将隐私作为资本炫耀和商品兜售时,一套操作规则将隐私炒作为滥调,概念和操作系统一致了;反过来,这样一种隐私的概念作为滥调,在利益驱使下来支配写作,形成了操作主义的一个圈套。

其次,"操作性语言"对事实的描述性分析封闭了对事实的深层理解。概念成为"一种虚假的具体性"[2]。于是,它压抑贬低人们的政治意识,并过滤了一切否定性的深层思维,维持现存事实的一个意识形态因素。在《妇女闲聊录》中,这样的例子比比皆是。比如,林白通过农妇木珍之口,表达中国农村"懒"和"脏"这两个概念。如今农村的人"都很懒","村里的地荒了";"王榨只有买菜的,没有卖菜的,主要是懒";"我们在家天天打麻将","不睡觉,不吃饭,不喝水,不拉不撒,不管孩子,不做饭,不下地";"我们村女的都这样,天天打麻将,还爱吃零食";等等。通过这种仅仅停留在对"懒"的描述性叙述来看,王榨村的农民确实够懒。然而,对于他们为什么会这么懒的原因,木珍说:"王榨的人都挺会享受,有点钱就不干活了,就玩麻将,谁不会玩就被看不起。"事实上,这样的答案并不能令人信服。把农民之"懒"归结为"会享受",显然是皮相的、表面的、浅薄的。这套描述性的词汇和日常语言在一定程度上阻断了人们对现实进行思想批判的路径,因为它仅仅叙述了

---

[1] 马尔库塞:《单向度的人:发达工业社会意识形态研究》,张峰译,重庆出版社1988年版,第73—74页。
[2] 马尔库塞:《单向度的人:发达工业社会意识形态研究》,张峰译,重庆出版社1988年版,第90页。

一个现实，归结为一个常识——人性中固有的追求"享受"的一面，从而流于表面，放过了追问导致当代农民"懒"的深层社会原因。比如，过去农业税收过高，农资价格高，农民负担重，有些乡村甚至出现"种地赔钱"的现象[1]，这是导致祖祖辈辈、勤勤恳恳以种地为生的农民，突然变"懒"的深层社会原因之一。同样，如果进一步深究下去，这也与国家政策、社会舆论导向、城市化进程，以及消费主义带来的享乐文化有着密切关系。这些在中国当下亟待反思的重大问题，被"日常闲聊"轻描淡写地遮蔽过去。

同样，比如说"脏"。在闲聊中，木珍并没有描述凋敝的乡村卫生条件的整体落后，而是具体写了秋莲和李丽两个农村妇女的"脏"。秋莲家的"厨房和牛栏是对门，牵牛要从厨房过，牛栏从来没有扫过，堂屋里养了一头猪，屋里的地上被猪拱得大坑小坑，睡觉的房子到处都搭着衣服，沙发、桌子、柜子、床，到处都是"。因为，"秋莲是一个嘎故"，"有点傻"。而李丽，"从来不扫地，屋子里洗屁股的水就在门的后面放着，不倒，尿在洗脸盆里，满满的，白天也不倒，屋子从来不收拾"。为什么会这样呢？因为，李丽为了生儿子，躲计划生育，"她公公自己把门堵上了"。把"脏"归结为秋莲、李丽等农村妇女个人的特殊原因，这无疑正是马尔库塞所谓"操作主义语言"的"巨大艺术"和"规训力"的展现。在《单向度的人：发达工业社会意识形态研究》中，马尔库塞采用罗特利斯伯格和迪克森《管理与工人》一书中的例子，说明根源于资本主义社会制度的恶劣的工人生活和生产条件，如何通过语言转换变成工人个人的问题[2]。比如，"工人抱怨工资低"，通过访问得知，是因为"妻子正在住院，他担心自己承担不了医疗费用"，从而掩盖了工人工资整体水平低这一事实。工人的抱怨是在特殊情况下发生的，言外之意，就

---

[1] 参见陈桂棣、春桃：《中国农民调查报告》，人民文学出版社2003年版。
[2] 马尔库塞：《单向度的人：发达工业社会意识形态研究》，张峰译，重庆出版社1988年版，第90页。

是工人平时对工资水平是认可的，工资也是够用的。一旦把个人的不满同一般的不幸分隔开来，把一般概念分解成特定的指称，事情也就成了易对付并易控制的偶然事件。

在闲聊中，"脏"和"懒"这样的一般概念，被落实到了特殊的个人身上，以个体批判取代整体反思，这无疑起到了"操作主义语言"的功能和效果。长此以往，日常话语只能表达自己所谓"真实"的表象，从而起到"过滤"的功能。正如法兰克福学派的早期思想家弗洛姆所言："任何一个社会都有它自身的'社会过滤器'。只有特定的思想、观念和经验才能得以通过。"而组成社会过滤器的重要方面是语言。它通过词汇、语法和句法，通过固定在其中的整个精神，决定哪些经验能进入我们的意识之中，因此，"语言仍是经验生活中的一种僵化的表述"[1]。"操作主义语言"通过对语言、无意识的过滤，最终形成一种"绝对意识"，从而全面控制人的言行和思维。

"闲聊"和"实录"语言由于过分经验化和实指性，缺乏必要的想象力和穿透力，加上语言技法的匮乏，从而在不经意间起到了过滤社会无意识的表达、压抑人类某些感性的叙述、乃至消灭异声等消极功能。这就提醒我们，在大众文化中，大众貌似收回了自己的话语权，却难以掩饰"大众仍然缺席"这一尴尬的事实。事实上，各种大众符号——"俚语、俗话、民歌、各种地域性传说以及不同的民风、民俗和民间艺术"都"不足以表述大众的困境、不幸和渴念"[2]。

---

[1] 弗洛姆：《弗洛伊德思想的贡献与局限》，申荷永译，湖南人民出版社1986年版，第5页、123页。
[2] 参见南帆：《符号角逐》，《天涯》2004年第4期。

第四节

方言写作与"飞地"抵抗的文化政治愿景

20世纪90年代以来,中国文坛涌现出了一批颇具影响力和代表性的"方言小说"。韩少功、李锐、莫言、张炜、阎连科、孙慧芬、林白等中坚力量都不约而同地向方言伸出橄榄枝,自觉地采撷和运用这一本土资源,拓展和提升汉语文学的独特魅力,既有效缓解了现代汉语写作的焦虑,又在文学地理学和文化政治学的向度上营造了一块块颇具自足性和抵抗意义的"飞地"[1],进而深入开掘文学与政治、边缘与中心、地方与中央、族群与认同,以及差异政治、解放政治和生活政治之间的深层关系。

一、方言与"飞地"的内涵

在通常意义上,方言指的是通行在某一特定地域的语言,貌似与政治相去甚远;但是,著名文化学者雷蒙·威廉斯在《关键词:文化与社会的词汇》中通过考辨"方言"一词的演变史,发现在方言的词义里,"争论的点并不是这个

---

[1] "飞地",在地理空间上,是被外围领地包围的土地,与周围环境和条件迥异;在文化上,相对完整地保存着一种外来的、异质的"声口"和非物质文化的形态;在政治上,是一个政治抵抗色彩较为浓厚的概念。本节所论及的"飞地",是指如韩少功的"马桥"、莫言的"高密东北乡"、张炜的"胶东"、阎连科的"受活庄"、李锐的"吕梁"、孙慧芬的"上塘村"等独异的文学地理空间。鉴于"方言写作"在建构"纯文学",如塑造人物形神、传递别样情致、承继地域文化、提升文学审美等方面的积极作用已被学者多次论述,故本节的重点在于阐释"飞地"这一文学地理空间的文化政治学意义。

明显的事实,即说话的方式会因为在一个国家里的各个区域有所不同",而是方言处于"附属的性质和形式"。它总是被"标准的"或"优雅的"概念———一种具有"阶级意识的""成为权威的""被选定的"用法——所排挤、筛选,甚至被认定为"低劣或错误"[1]。由此,形成了一种语言符号的区隔和边界。正如乔纳森所言:"不同的语言对世界的划分是不同的。"[2]而以方言呈现出的小说世界,自然地形成一个独特的地缘世界和时空观念。尽管自然、鲜活、原始、感性的方言能够提供给人们对世界及其密码,以及背后所蕴含的社会体系和情感体系最直观、最切近的表述;但是,其不断被"标准化"的命运却始终未变[3]。因为,它与近代以来民族国家的现代性话语诉求之间存在着巨大分歧:方言相对封闭、自说自话的言说方式,以及宣扬相对稳定、保守的地方性意识形态,都与现代性话语中的"开放""发展""一体化""全球化"等诉求相悖逆。

现实生活中,许多方言区被迫成为名副其实的"语言孤岛",在地理空间中沦为颇具特色的"飞地",祖祖辈辈生活于此的人们以自己的视角看世界,并且以独异的方言为这个世界和自己的生活命名。因此,当作家试图用方言写作,用方言逻辑对世界进行思考时,他就进入一个"隐语式"的世界,一个与现代性经验完全不同的世界。正如彼埃尔·V.齐马所言:"一种社会方言暂时可以被确定为一套代码化的词汇,也就是按照一种特定的集体合理性形成结构的词汇。"[4]比如,韩少功小说中的"马桥"、阎连科小说中的"受活庄"等,在各方面独立于周围地区,是一个迥异的区位和空间,无疑都属于地理学意义上的"飞地"。而独特的地缘特征形成了当地独有的文化属性,亦称"文化飞地",即在一个文化区域之内,有一块文化形态相对封闭的较小的地区,相对完整地

---

[1] 威廉斯:《关键词:文化与社会的词汇》,刘建基译,生活·读书·新知三联书店2005年版,第129—131页。
[2] 卡勒:《文学理论》,李平译,辽宁教育出版社1998年版,第62页。
[3] 参见赫德森:《社会语言学教程》,杜学增导读,外语教学与研究出版社2000年版。
[4] 齐马:《社会学批评概论》,吴岳添译,广西师范大学出版社1993年版,第161页。

保存着一种外来的、异质的"声口"和非物质文化的形态。比如，马桥人独特的"词典"、受活庄独特的"絮语"、高密东北乡独特的"猫腔"等。同时，"飞地"也是一个政治文化色彩较为浓厚的概念，亦有"政治飞地"之说，即"在总体制度的空隙内建构抵制的据点"[1]。而在中国文学语境下，方言小说营造的"飞地"，不管是博格斯在消极意义上定义的"堡垒型的飞地"[2]，还是詹姆逊在积极意义上定义的"乌托邦式的飞地"[3]，都保留了自足性和抵抗性的一面，同时又暴露了脆弱性的一面，并典型地表征在方言、官话和文学雅言（普通话）之间的互动博弈中。正如维特根斯坦所说："想象一种语言就意味着想象一种生活方式。"[4] 而"飞地"里流行的方言，尽管长期处于被征用和改造的状态，甚至濒危，但作为与"生活世界"相生相伴的"野生语言"，"给我们的日常生活带来了比强势'事物'更多的安慰，更多的激情"[5]，复活了被日益挤压和机械复制的"生活世界"，而"生活世界"的种种命运又集中地在相对自主的"飞地"中展开。

二、方言在"飞地"的生存博弈

（一）方言与官话（意识形态话语）的博弈

在马桥这块"飞地"中，方言永远是主角。最不受待见的三耳朵，在向

---

[1] 谢少波：《抵抗的文化政治学》，陈永国、汪民安译，中国社会科学出版社1999年版，第123页。
[2] 博格斯认为："受反对精英控制的道德愤怒所鼓舞……飞地意识主要将政治激进主义和普通人的反抗纳入了'别干预我们'的需要之中。在特征上，它是保护性的、排他的和反动的，因此产生的政治是'地方小区的地缘政治'……每个飞地都变成了一个微型堡垒。"因此，飞地的意义是消极的。参见博格斯：《政治的终结》，陈家刚译，社会科学文献出版社2001年版，第240—241页。
[3] 詹姆逊认为，苏联是全球资本主义下的一块"飞地"——抗衡着资本主义单调的一体化。因此，苏联也是乌托邦的代名词。而我们现在缺少的正是这种乌托邦想象，因而"飞地"弥足珍贵。推而广之，民族国家内部，由于差异性和不均衡性而导致的"方言飞地"亦有乌托邦的诉求。参见 Fredric Jameson. Five Theses on Actually Existing Marxism, *Monthly Review*, April 1996, Vol. 47, Issue 11.
[4] 维特根斯坦：《哲学研究》，汤潮、范光棣译，生活·读书·新知三联书店1992年版，第15页。
[5] 敬文东：《被委以重任的方言》，中国人民大学出版社2003年版，第78页。

村书记本义打听生身父亲之谜时,竟然使用满口的"官话",因为他自认为是在跟书记——国家官员对话。"现在全国革命的形势都一派大好,在党中央的领导下,一切牛鬼蛇神都现了原形,……革命的真理越辩越明,革命群众的眼睛越擦越亮。上个月,我们公社也召开了党代会,下一步就是如何落实水利的问题……"没想到,谈话还没有转入正题,就被书记本义用马桥的方言粗话骂了个狗血喷头,"话末讲散了,有什么屁赶快放……"为查明身世而执拗蛮横、百折不挠的三耳朵这一次却意外地在方言面前败下阵来,而且是完败,在本义的方言骂腔中哑口无言。精心学习来的"官话"在土生土长的方言面前失语了、失效了。他只有束手就擒,"彬彬有礼地等待着,等书记骂完了,闷闷地扭头走了"。

当然,野生的方言在"飞地"中,也时刻受到处于权力中心的"官话"的宰制。比如,在乡里开会的本义,也会一本正经得官话连篇。只是这些官话已经与马桥方言杂交了、变了味。在马桥最高领导人——党支部书记马本义嘴里,毛主席语录言不达意,甚至被曲解,成为不折不扣的"马桥版语录"——"路线是个纲,纲举目张"变成了"路线是个桩,桩上打桩",等等,在外地人听来觉得很不对头,但马桥人却习以为常,漠然置之,甚至熟稔于胸,出口成章;因为马桥"每个人都有一本自己特有的词典",其中都渗透着马桥人的生活哲学和生活政治,官话在马桥这块"飞地"里被生活化和"在地化"消解。同样,在"飞地"受活庄,官话并不以它官方的面目出现,所谓的"大炼钢铁"等公共话语,却被受活人的情感、体验和记忆重新改写,说成了具象化的"铁灾、红难"等。方言与"官话"的对垒博弈,昭示出"飞地文化"的自足性和生命力。

(二)方言与雅言(普通话)的博弈

在《马桥词典》的"乡气"一节中,人们最初对"文化人"希大杆子和他所说的普通话"知之甚少",甚至认为"他讲话'打乡气',就是有外地口音,不大让人听得懂",从而自发地抵制。希大杆子和他的雅言在马桥这块"飞地"中,一开始无疑是另类的、失败的。

但是,作为外来文明和现代性象征的希大杆子,其操的普通话对马桥方言还是产生了不可低估的影响。比如,在希大杆子的雅言中,"看"可代替"视";"玩"可代替"耍";还有"碱",意指肥皂;等等,"也一直在这里流行,后来影响到周围方圆很广的地方"。而且,颇具象征性意味的是,希大杆子以医病为名,还在马桥留下了至少三个私生子,这无疑暗示了知识分子的雅言(普通话)与方言的杂交,已然在马桥结出了"硕果",雅言对方言取得了阶段性胜利。

然而,在马桥这样一块饱含作者感情和诉求的古老"飞地"里,以方言为表征的文化根性毕竟是深厚的,不久"希大杆子被捕","他的老爹很快就死了。他们在马桥的乡气也消失了,只留下了'碘酊'、'碱'这样几个孤零零的词"。方言最终还是胜利者,而两种语言的犬牙交错和兴衰成败也体现了话语博弈的复杂性与长期性。

(三)方言"飞地"的博弈策略

常常以胜利者的姿态示人的方言及其"飞地",究竟采用何种方式与"外来话语"博弈呢?如今,在广义政治的范畴中,官话常常征用"地方性文化资源",采用与"飞地"协商,而不是取消的方式,达成妥协性的协调,从而建立文化和政治霸权,进而发展成为一种能贯穿上下层社会的治理策略[1]。而相对弱势和边缘化的"飞地"也只有在保全自我生存目标的前提下,

---

[1] 杨念群:《"地方性知识"、"地方感"与"跨区域研究"的前景》,《天津社会科学》2004年第6期。

通过妥协性地出让"部分自我",与主流话语"对着干"——人们将日常生活中不起眼的、撒泼放赖、小偷小摸、装痴扮傻、流言蜚语等"刁术"(斯科特语)作为生存之道,利用顺口溜、打油诗、插科打诨、笑话段子等语言,排解压力。

比如,马桥人对"模范"的选拔和理解。"公社里要各个队推举一名学习哲学的模范,到公社开会。"村干部罗伯决定:"万玉不去哪个去?他一个娘娘腰,使牛使不好,散粪没得劲……算来算去,没有人了呵。只有他合适。""在场的人也都觉得叫万玉当模范合理。"而最合适的人选——复查却因为"劳动好",正赶上"今天一个好晴天",需要他抓紧时间,好好劳动。"模范么,(只有不能劳动的)万玉去当。"由此可见,对于上级派下来的政治任务,马桥人总是以自己的生活为中心去装模作样地"配合",这种名义上的合作,实际上却是"阳奉阴违"地抵制。

又如神仙府中的马鸣,土改、清匪反霸、互助组、合作社、人民公社等"都对他无效,都不是他的历史,都只是他远远观赏的某种把戏",对于"棒打鞭抽",强行拉他"入社"的行为,"硬是赖在泥浆里打滚不站起来",干部拿他没办法,只好作罢;但马鸣却依旧不依不饶,"既然来了就不那么容易回去,他口口声声要死在那个干部面前,干部走到哪里他就爬到哪里……"他利用正统观念看来属于"下三烂"的手法——装痴作傻、死缠烂打、耍滑放赖,却"比任何权威更强大,他轻易挫败了社会对他的最后一次侵扰"。他只想做一个自由自在的"仙"。这样的例子在"飞地"中不胜枚举,如"觉觉佬"中万玉对纯正的"发歌"艺术的捍卫,"晕街"中本义的"晕街",都是马桥人特有的生活艺术和抵抗策略,这些斗争属于"飞地"里的人们独有的"生活政治"。

由此可见,"飞地"有其灵活的、在地性的,如马桥人既不会轻易公开反抗，也不会完全逆来顺受，一有机会便玩成本不大的"鬼伎俩"，这些"有啥玩啥"的把戏，不是为了改变世界，而是为了让世界不至于太不能忍受，"以保存一点起码的自我感觉"[1]。

三、"飞地"抵抗的意义

全球化时代，地区的趋同性正以加速度进行，空间成了同质的、千篇一律的抽象空间，并丧失了地方的独特性；而"飞地"却因其自足性，为拒绝时间对空间化的侵削提供了可能。在"飞地"里，那些冷冰冰、干巴巴的数字，在马桥人的记忆中成为有血有肉的具象化时间和事件。比如，用"张家坊竹子开花那年""茂公当维持会长那年""光复在龙家滩发蒙那年""长沙人会战那年"等描述 1948 年。受活人用刻骨铭心的"铁灾、红难"标记 1958 年，以食不果腹的"大劫年"表示 1960 年。马桥村的摆渡老人"不觉得快慢是个什么问题"；"神仙府"的马鸣，是一个完全没有"时间观念和现代感"的人。他们的生活与新社会的主流脱节，独立于时势之外，挣脱了意识形态建构的"意义世界"的规训，他们以生活为最大的政治，以独有的方式与"飞地"之外的一切"对着干"。这是一种"回退"的姿态——一种"进步的回退"——"这种回退，需要我们经常减除物质欲望，减除对知识、技术的依赖和迷信，需要我们一次次回归到原始的状态，直接面对一座高山或一片树林来理解生命的意义。"[2] "飞地"里发生的故事，是一个个寓言，一个个置身于现代性语境的寓言。

然而，相对自足的"飞地"在当下正遭受着前所未有的逼迫，方言及其型

---

[1] 徐贲：《弱者的抵抗》，《文化研究》2002 年第 3 期。
[2] 韩少功：《进步的回退》，《天涯》2002 年第 1 期。

塑的"飞地",尽管可以用某种策略改写、戏仿,甚至颠覆"官话"和雅言的某些逻辑,然而,在时代洪流面前,其脆弱性尽显无遗。它最终能否避免自己不被现代性席卷的命运呢?事实并不乐观。一向自足的受活庄,"入社"后,几经"铁灾""大劫年""黑灾红难"的摧残,受活人不再"受活",从而"退社",重返"生活乌托邦"成为全村人的渴望。然而,他们可以不知道"大跃进""文化大革命"等公共世界的话语事件,但却被"改革""致富""挣钱"等话语点中了死穴,受活人组成"绝术团",欢天喜地地走出"飞地",投身商品经济的大潮之中,但最终他们的发财梦幻灭了,还遭受了心灵和身体的双重摧残。饱受打击的受活人,终于在茅枝的带领下"退社"了,他们再一次折回"生活政治"的道路。而"开了眼界"的受活人真的可以重回"受活"之路吗?小说的结局交代:"槐花和儒妮子们……全让人家(圆全人)糟蹋了。"由此可以断想:受活这块"飞地"可能不再纯粹,直至最后沦陷、消亡。

令人倍感欣慰的是,"飞地"作为一个"异己空间",具有强大的离心力,至少在精神上游离于中心的控制之外。在"飞地"中,以"解放"之名存在的"阶级政治"和"阶级差异"并不被生活经验认可,甚至常常还被边缘化,包括语言差异、文化差异、生活差异等多种"差异政治"却被生活实践认同。马疤子的"匪"、马鸣的"懒"、万玉的"醒"、铁香的"神"、三耳朵的"痴"、戴世清的"倔"、盐早的"愚"、希大杆子的"淫"、马本义的"蠢"、罗伯的"俗";受活庄里的聋子、瞎子、瘸子、瘫子各怀绝技,他们活出了本色的自我,成为"飞地"颇具特色的差异文化碎片和精神表征,也回答了困扰我们的"生活政治"问题:我们在传统与习惯已趋衰落之后应当怎样生活、如何选择身份、做出生活决定、追求自我实现、重构生存价值等一系列抉择[1]。

---

[1] 参见吉登斯:《现代性与自我认同:现代晚期的自我与社会》,赵旭东、方文、王铭铭译,生活·读书·新知三联书店1998年版。

四、方言与"飞地"抵抗的展望

如果我们把眼界稍稍放开，中国作为有古老文化根基的文明古国和正在坚持中国特色社会主义政治的国家，被资本主义世界和意识形态所包围，无疑属于一块独特"飞地"——不管是在地理学、文化学和政治学的向度上。所以，坚持汉语写作和发声，坚持"中国根性"和中国特色社会主义政治就显得尤为宝贵与必要，这是对抗全球同质化和霸权主义的宝贵资源与重要力量。在此意义上，我们就完全可以理解王蒙、韩少功、李锐、朱竞等学者，在面对汉语的"危机"时，发出"汉语保卫战"的呐喊[1]，而汉语内部的方言无疑又符合"最民族的，也是最世界的"标准，因此，"汉语保卫战，首先要保卫方言"[2]，这顺理成章，而且意义重大。

詹姆逊曾乐观地认为"飞地"这样一块相对独立的空间，可以充当第三世界对抗第一世界殖民化的根据地。在宏观层面上，这不无道理，甚至可行。因为带有异质性的"文化飞地"的确可能成为对抗世界"同质化"和第一世界霸权的寄托。第三世界的结盟可以增强"飞地"的疆域、内部的资源，乃至战略实力，以此对抗新一轮的"外部殖民"。

---

[1] 王蒙指出：在全球化的语境下，由于英语、拉丁文在国内的普遍使用，使得中华母语遭到前所未有的伤害。面对母语危机，他呼吁全球华人保卫汉语，展开一场保卫战。参见王蒙《为了汉字文化的伟大复兴》，在"2004文化高峰论坛"的发言。由此揭开了一场全国范围内的"汉语"、乃至"方言"政治的大讨论，比如冯庆株教授就旗帜鲜明地指出："保卫汉语就是保卫祖国！"参见《中国青年报》，2004年12月29日。李锐、韩少功等作家，多次表达了建立汉语主体性的价值和意义；朱竞在《汉语的危机》一书中疾呼"拯救世界上最美的语言"，并指出：今天汉语危机的背后，是中华民族的文化危机，长此以往，将危害国人的文化认同与民族认同。参见《中国青年报》2010年12月21日。

[2] 在知识分子和民间都颇有影响的《南方周末》，2004年11月10日以"保卫汉语，先保卫方言"为题，刊发一组文章。《新闻周刊》2004年第30期，更是刊出了"拯救方言"的专题。上海多位学者齐聚一堂，就方言问题开展了专题研讨会，其中就方言与身份认同、区域认同等问题达成共识。参见《多一种方言，就是多一种文化特色》，《文汇报》2005年7月17日。

但是，如果我们的眼光从世界范围的宏观层面落实到民族国家内部的微观层面，像马桥、受活庄这样作为"意识形态内部"的"飞地抵抗"，因为地理位置、语言、风俗和信仰等，是差异的、分散的、碎片化的，而难以结盟；它们除了采取手段更为安全的"刁术"之外，更多表现为一种随意性的、情绪化的、间歇性的、充满悖论的抵抗，故而抵抗的效果是破碎的、不彻底的、无组织的。更为糟糕的是，在全球化和现代性的不断侵蚀下，方言已经无力统一乡土农民的生活，许多方言都行将失传，而导致"飞地"纷纷"沦陷"。不管是走出"飞地"讨生活，还是留守"飞地"过日子，人们都将面对越来越"普通话化的世界"："不仅是教育的彻底普通话化，而且是生活也越来越深入地普通话化，就连娱乐也是，娱乐内容是普通话化的……他们的语言不断遭受剥夺，他们生活世界的完整性不复存在。"[1] 普通话宰制着人们的生活、想象和审美，并最终迫使人们屈服和认同单一的"同质化"逻辑。

可是，即便如此，我们也要看到方言与"飞地"在严峻现实中的意义。韩少功、阎连科、张炜等用方言为我们呈现的"飞地"——因"晕街"而回归马桥、因"受活"而坚决"退社"、因自由自在而奔跑在"登州"的大地上——无疑是一种坚守，承载着理想和寄托，传递着民间和底层的文化、政治、生活的诉求，它会引领我们去重新寻找与悠久的"根性"相沟通的方式，重新建立生活、语言、写作之间息息相通的联系，重塑一种诗意生活的召唤和期许。

---

[1] 张新颖：《行将失传的方言和它的世界》，《上海文学》2003年第12期。

第二章
/
重返个人化小说的「症候式」阅读

20世纪80年代中期，以刘再复为代表的一批文艺理论家强调"文学主体性"命题，张扬自我意识和主体精神，提倡文学重心从客体向主体转移，从"外"向"内"转折[1]，并与意识流、先锋派等新潮实验美学创作实践相互激荡、交融生发，文学貌似形成了有别于宏大叙事的个性化审美叙事风格。但事实上，在政治意识形态话语一家独大的笼罩下，整个文学的知识背景、思想预设和价值取向仍然保有惊人的一致性。即便是在"貌似漫无规则的意识流动中"，"一种相当经典的'宏大叙事'，只是，它经由'内心叙事'的形式表露出来"[2]。这种追求个人化的显在文本与遵循一体化的潜在文本之间蕴藏着巨大张力，生产出虽无"主体独立"之实，却有"个人解放"的幻象和感觉。创作主体在"认识"与"误识"的双重作用下，暴露了不自知的"无意识趋向"，具有深层意涵，昭示了文学的时代"症候"[3]。

---

[1] 参见刘再复《文学研究思维空间的拓展》，《读书》1985年第2、3期；《论文学的主体性》，《文学研究》1986年第6期、1987年第1期；专著《文学的反思》，人民文学出版社1986年版等。

[2] 参见蔡翔对王蒙《春之声》的"意识流"叙事分析，"在这种貌似漫无规则的意识流动中，我们仍然可以感觉到叙述者的思路其实非常明晰：北平、法兰克福、慕尼黑、西北高原的小山村、自由市场、包产到组……'意识流'在此所要承担的叙事功能只是，将这些似乎毫不相关的事物组织进一个明确的观念之中——一种对现代化的热情想象。严格地说，这是一种相当经典的'宏大叙事'，只是，它经由'内心叙事'的形式表露出来。"参见蔡翔：《专业主义和新意识形态——对当代文学史的另一种思考角度》，《当代作家评论》2004年第2期。

[3] 蓝棣之在《现代文学经典：症候式分析》（清华大学出版社2006年版）中以文学文本的表象症候为切入点，以现代文学史的叙事性文本为研究对象，剖析掩藏在作品背后的潜在文本和结构，开创了我国文学批评史上全新的批评模式，即"症候式分析"。

及至90年代伊始，蓄力已久的文学张力终于崩裂了先前貌似铁板一块的文学地壳，"个人化"写作，尤其是女性"个人化"写作率先成为文坛最嘹亮的"尖叫"；小说中的女性不再作为美和善的化身，而是作为一个个人存在。尽管，这表面上与80年代文学格格不入，实则却与80年代文学主体性探索紧密相连。回望90年代那场轰动文坛的"断裂"[1]，更多的文学遗产是姿态性的表演，意义也非想象的那般重大[2]；因为，困扰80年代文学主体建构的那个"症候"，90年代依然存在，且积贫积弱，俨然已成顽疾，并悖论式地解构了作家美好的创作初衷。阅读和批评焦点斗转星移，但围绕"个人化"写作而生发的话题，以及从中泛溢出来的"迷思"其实并未水落石出，相反，愈加氤氲弥漫，"个人化"貌似成为阿尔都塞意义上的"召唤结构"。在中国文坛，许多时候，语词常常超越了它的能指和所指意义，而具有了多种象征功能。假使我们回看那一时期的研究和批评，虽然新理论、新名词层出不穷，热闹非凡，但根底大都借"个人化"放纵之酒杯，浇心中长期压抑之块垒，表面地鼓与呼，热情有余，却少有反躬文本自身的解剖，导致帽子乱扣、概念生搬、理据暧昧、价值含混、思维混乱。如今，时过境迁，运用"症候式分析"——"作家说出了什么样的意思，是一个层面，作家到底想说什么又是一个层面；作品表现了什么，象征了什么，是一个层面，作家没有明确觉察到他想说什么或说了什么也是一个层面。这个没明确觉察到的意向很深地左右着创作。"[3]因此，通

---

[1] 90年代，由韩东等人发起的"断裂问卷"，言辞激烈地宣告与现存的文学决裂："如果我们的小说是小说，他们的就不是；如果他们的是小说，则我们的就不是。"朱文：《断裂：一份问卷和五十六份答卷》，《北京文学》1998年第10期。

[2] 由章培恒、陈思和教授发起并主持的"文学史分期"大讨论中，谈蓓芳教授把90年代作为"中国现代文学与当代文学的分期"，强调中国现代文学一直到90年代才结束，而中国当代文学则从90年代正式开始。它不仅回归并赶上了现代文学，而且超越了现代文学，开启了一个全新的"文学时代"，原因就是90年代以前的文学都是"依附性的工具"，90年代以后的文学则因为"个人化"写作的高扬而回归了自身。谈蓓芳：《再论中国现当代文学的分期》，《复旦学报（社会科学版）》2001年第1期。

[3] 宁肯：《好书是碰到的》，《京华时报》2007年8月27日。

过重读90年代早期个人化小说文本，努力发现文本的各种悖逆、含混、反常、疑难现象，即作品的"症候"，从文本的矛盾和断裂处入手，通过对作者或作品中人物的无意识分析，读出这类文学的真意和要义，这有助于我们从个人、乃至私人的名词和理论喧嚣中回归文本的深处。

第一节

"幼女情结":永远无法长大的个人

在个人化写作中,女性作家多喜欢用个人成长经历作为素材,而人物又多以幼女的面目出现。陈染的《私人生活》讲小女孩倪拗拗生理与心理的个人成长秘史,以及围绕少女成长期的种种矛盾微妙的个人心态和体验,是一部典型的"女性个人成长史"[1];林白的《一个人的战争》则以多米童年朦胧幼稚的性认识和肆意清晰的性幻想,营造出了热烈而坦荡的个人经验世界,作为一种"女性主义"和"个人化写作"的"范例"被强调到了"几近无以复加的极端地步"[2]。这两部代表作不约而同地选择"幼女"作为主人公,可谓用心良苦。

首先,幼女与女人相比更是弱者之中的弱者,幼小的心灵毫不设防地暴露于男权社会,孤独而又无助,难以抵御和修复来自男权的创伤和压迫,烙刻在心灵世界的阴影终其一生都无法抹掉。所以"幼女"是抨击男权社会最有力的武器,她们的遭际更能唤起人道主义的同情和怜悯。其次,幼女本身作为个人成长的初始阶段,一切都是纯粹的、本我的,她们与成年女性相比,较少受到男权社会的浸染和创伤,纯真的"幼女",感觉和体验会更敏锐、更真实、更自我,是一个理想的纯粹的个人化身。她是脱域的,不受意识形态宰制,更接近本真状态。因此,女性个人化写作不约而同地将目光投向了幼女,以幼女之

---

[1] 张颐武等:《〈私人生活〉研讨会》,《花城》1996年第4期。
[2] 施战军:《让他者的声息切近我们的心灵生活——林白〈妇女闲聊录〉与今日文学的一种路向》,《当代作家评论》2005年第1期。

所思所想所为来展示女性主义思想，这是一种不错的叙述策略。可是，担心和疑窦却陡然而生：当作家用细致的笔触表达幼女纤微复杂的内心世界，以近乎本能的欲望重构女性个人心灵人格时，幼女的稚嫩之肩能否承受使命之重，扛起女性个人主义的理想大旗呢？答案显而易见，"幼女情结"分明使女性企图挣脱男权社会的束缚、进而成长为真正独立个人的愿望成为不切实际的虚幻。

《一个人的战争》可以一言蔽之：早熟的多米在儿童时期的病根总爆发。五六岁的多米在孤独的自慰中唤醒了性意识，产生了"抓住快感的冲动"。可是，恐惧和孤独却结伴而来，并伴随着性快感顽固地统治她的内心世界。与其说，多米在自慰中体验到的是快感，毋宁说是恐惧和孤独；而排解孤独的渴望又反向刺激她创造更多的快感，不可自拔地愈陷愈深，促生出更深沉的孤独，在阴翳、闷热、单调的小小世界里体认自己的"小"和"弱"，并时时处处用夸张的能力来证明这种虚假的"个人的优越"。整部小说自始至终随处可见幼女多米的天赋异禀，小学时的数学天赋，下乡时的写作天赋，敏锐的超常预感，几近先知先觉。"天才总是孤独的"，而且是一种丧失了挑战的孤独，一种越孤独越快乐的"享受"。

众所周知，孤独是现代主义的基本生存形态，是苦难意识的个人化形式，更是获得深度存在的必要途径。体验孤独是带有强烈焦灼之感和切肤之痛的人性升华过程，它导致个人从群体中分化和决裂出来，是一种与禁锢的社会体制和思想作斗争的决绝的姿态，从而使个人成长为有健全人格和独立思维的个人；而"享受孤独"却在很大程度上是个人从社会主动撤离后的超然钝化与自虐的快感，勃勃的生命力在孤独和黑暗中无形地萎缩，这是生命的一种"伪自由"境界。这种自我享受必然使文本中的主人公拒绝社会、逃避责任。现代意义上的孤独体验在幼女多米对快感的癫狂追求中被置换为自欺的孤独，在自恋中完成"小我"的自我封闭。用林白自己的话说："一个人的战争意味着一个巴掌自己拍自己，一面墙自己挡住自己，一朵花自己毁灭自己。一个人的战争意味着一个女人嫁给自己。"[1]

屏弱的"幼女"亟须寻求庇护。由于自身的"弱小"和稚嫩，幼女必然本能地寻求庇护和依靠。在男人是假想敌的情况下，"恋父"已无可能，只有"恋母"——寻求成熟而富有魅力的女人作为自己的保护伞。《私人生活》中的倪拗拗找到的是禾寡妇，《一个人的战争》中多米多次邂逅美丽而神秘的女人。男教师T引领倪拗拗跨过性爱的门槛，使她感受到性爱的震撼；可是，T留给她的只是欲望的废墟，她心系禾寡妇，彼此爱恋，这种近似母女的关系，显然有别于女性个人主义提倡的"姐妹情谊"。与其说她们之间是同性间的互帮互助、人格独立的姐妹关系，不如说是幼女倪拗拗对禾寡妇的倚赖依附，是一种畸形的母女关系。在《无处告别》和《另一只耳朵的敲击声》等有关女孩黛二的系列作品中，窥视与反窥视、控制与反控制相伴相生，虽然对母辈的爱恨交织掺杂着强烈的反叛，但女孩们最终却又无力挣脱精神与肉体的双重依赖关系。

表面上，"为了与男权社会决战，女性之间在有意建立一种同性之爱"[2]，但小说处心积虑营造的"同性之爱"又是那么脆弱，几乎不堪一击。《瓶中之水》中的意萍和二帕天性厌恶男人，是一对情投意合的同性"朋友"，她们相信"女人之间一定能有一种非常非常好的友谊，像爱情一样"[3]。但只是一次小小的口角，意萍伤害了二帕，"同盟关系"顷刻瓦解，转而迅速沉溺于异性爱的汪洋大海。

这种幼女对"母女关系"的依附，以及"同性之爱"的脆弱同时体现在《羽蛇》中，女孩羽遇到了成熟美丽的金乌，产生出莫可名状的冲动，两个人建立了深厚的友谊，从此羽的生活充满了幸福和快乐的感觉。然而，羽最终不

---

[1] 林白：《一个人的战争》，江苏文艺出版社1997年版，第1页。
[2] 李洁非："她们"的小说，《当代作家评论》1997年第5期。
[3] 林白：《瓶中之水》，江苏文艺出版社1997年版，第268页。

得不离开金乌,不是她随着年龄增长具备了独立面对社会的能力,而是因为她独自拥有金乌的梦想破灭了,在男人的入侵下,孱弱的她无力呵护自己心爱的"女性同盟",更不敢与男人决战,只有无可奈何地落荒而逃。总之,离开成熟女人的保护,像羽一样的"幼女"——"罗莉""水水""雨水""黛二"等能够独立面对现实生活吗?小说的回答是否定的。一场突如其来的大火夺走了禾寡妇的生命,成为倪拗拗心灵上无法治愈的伤痛,她最终发疯了。

小说《玻璃虫》中,林蛛蛛貌似是在幼女多米未曾完成的旅途上继续前行,但是,成人林蛛蛛却采取了幼女般的行为策略,在她犹如婴儿般的假天真中为所欲为,从而大获全胜。是啊,谁能去责怪一个不守规矩的小孩子呢?这种孩子气使林蛛蛛赢得了一大群男友,她看上去大彻大悟了,和男人们玩着恋爱游戏而毫无负疚之感,俨然是男权社会中众星捧月般的女皇。然而,她必然要为此付出沉重的代价,因为她所获得的一切,包括男人的怜悯和认可,都是奠基于自己的孩子气和清纯可爱,她势必要千方百计地保有这一资本。那么,结局自然是,她终将是一个不能、不愿也不敢长大的女孩。"幼女情结"使她抹煞了自己成熟女性的身份意识,强忍着一掬苦涩的辛酸泪,在"装天真"中丧失自我。

幼女们自我封闭的结果就是,她们无力在复杂多变的男权意识形态的世界中保护自己,而她们倚靠的"保护伞"也不能自始至终为她们撑起一片属于个人的自由天空;寻求"女性同盟"的庇护,却更进一步使得女性失去独立成长的可能,她们永远都是长不大的个人,一个精神和人格不能自立的孱弱的个人。自《万物花开》始,林白就自觉地与幼女挥手告别,"一个人沿着一条羊肠小道走,有可能会越走越黑,离充满阳光的世界越来越远"[1]。意识到这一点,林白慢慢从自我封闭的空间里探出头来,试着向更广阔的天地走去。

---

[1] 林雪娜:《林白:长风过处绽芳华》,《广西日报》2017年8月10日。

第二节

性别错乱：无法实现自我的个人

两性敌对和仇视男人是 20 世纪 90 年代早期女性个人化小说所极力标榜的重要立场。猥琐化、丑陋化男性大行其道，甚至不乏杀死男性的极端"暴力美学"。《致命的飞翔》中，"鲜血立即以一种力量喷射出来，它们呼啸着冲向天花板，它们像红色的雨滴打在天花板上，又像焰火般落下来，落得满屋都是，那个场面真是无比壮观"[1]，一种快意恣肆的抒写，使得女性对男人的仇视得到了爆破式的宣泄，完成了一次自我觉醒和个体生命的升华。《双鱼星座》中，卜零用刀刺进石的身体，"她看见了紫葡萄般浓艳的血。这血洗清了她的全部羞耻……全身心都在享受着复仇的快感。在两性战争中，她觉得战胜对方比实际占有还要令人兴奋得多"[2]。显然，女人企图通过杀死男人来实现自我独立的逻辑是幼稚的。"走进来几个警察模样的人，为首的一个人高高举着逮捕证。卜零看到他的眼里藏着阴险的笑意。"[3] 女人落入男人设下的圈套和陷阱，从一个受害者成长为复仇者，却终将为短暂的冲动和复仇的快感付出惨痛代价，沦为男权社会定义的"犯罪者"，跌入万劫不复的深渊，这显然不是女性个人化小说所希望达到的结果和目标。

---

[1] 林白：《致命的飞翔》，《花城》1995 年第 1 期。
[2] 徐小斌：《双鱼星座》，载孙颙主编：《中国新文学大系 1976—2000（第 12 集）中篇小说卷四》，上海文艺出版社 2009 年版，第 407 页。
[3] 徐小斌：《双鱼星座》，载孙颙主编：《中国新文学大系 1976—2000（第 12 集）中篇小说卷四》，上海文艺出版社 2009 年版，第 407 页。

那么,"个人化小说"所塑造的绝大多数普通女性呢?她们也许没有如此决绝的胆识,抑或聪明地识破男权社会的阴谋。她们克制又自闭,完全拒斥男性,并兼起男人的角色。在《一个人的战争》中,多米从小养成了"一种男性气质",她"胆子特大"、"拒绝撒娇"、"千锤百炼,麻木而坚强",鄙夷女性化的男孩肥头,却又自豪做他的"保护神"。从主人公多米身上自然投射出作家林白的价值观:女性坚强、勇敢、"男性化"值得肯定;男性依附、懦弱、"女性化"会被鄙视。"男性化"的多米,内心却是一个女性主义者,甚至是"女性崇拜者",那么,多米的性别取向和价值判断在多大程度上摆脱了男权意识形态的束缚、实现女性个人的独立是存疑的。

多米曾宣称"在与女性的关系中,我全部的感觉只是欣赏她们的美,肉体的欲望几乎等于零,也许偶然有,也许被我的羞耻心挡住了,使我看不到它"[1]。这无疑表明她在"女性同盟"关系中性别意识明确,尤其是对"同性恋"女孩南丹的拒绝,表明自己绝非一个同性恋者。可是,接下来,多米的举动就让人费解了:小时候,她就特别痴迷成熟女性的美丽身体,对女性的身体抱有一种狂热的迷恋,"女人的美丽就像天上的气流,高高飘荡,又像寂静的雪野上开放的玫瑰,洁净、高级、无可挽回……"[2]并产生一种无可抑制的偷窥欲。当她看到女演员姚琼的身体时,内心充满了渴望:一想抚摸,二想拥有。如果说,多米希望自己长有美丽的躯体,是女性爱美和女性意识的觉醒,"抚摸"是自恋的表现,那么,在她极力否定自己是同性恋的前提下,"占有"则分明显示出男性化的欲望体征。"我的脸一下碰到她的乳房上,柔软而富有弹性的肉体从我的半边脸摩擦而过,我猝不及防,如触电一般,我惊叫一声,

---

[1] 林白:《一个人的战争》,江苏文艺出版社1997年版,第37页。
[2] 林白:《一个人的战争》,江苏文艺出版社1997年版,第30页。

然后飞快地逃跑。"[1] 在此，作者已经把女孩多米的性感觉完全男性化了。由此可见，多米的性别意识在男性和女性之间游弋摇摆，暧昧而又模糊。《私人生活》中的倪拗拗对自己和对同性肉体的欣赏、崇拜及类似同性恋的心理，与多米如出一辙。"我就是想拥有一个我爱恋的父亲般的男人"[2]，充满暴戾之气，T符合标准；然而，寻找男人的渴望比快感消失得更迅猛，她又爱上了大学同学尹楠，一个具有女性气质的漂亮男孩。这也像极了多米的爱恋对象，"像女人一样白而细腻"的皮肤和"少女一样"的体香。

如果通过以上分析，我们对多米的性别意识还不能下判断的话，那么，接下来的描写则可以清楚地显示出多米女性意识的溃败。在"傻瓜爱情"之前，多米与两个男性有亲密接触。一个是试图强奸她的"红唇男孩"，另一个是"长得出众"却卑鄙的矢村；此外，还有两个纯洁好心的"红唇男孩"。在林白的笔下男人长着"红唇"像"雾中花朵一样美丽"，这明显是将男人女性化。而因为女性化的男人——"红唇男孩"无法完成对多米的强奸，导致了后来矢村对她的诱奸。尽管她清楚与矢村交往的危险，却又心甘情愿地走进花花公子的圈套。与其说她是"诱奸"的受害者，不如说是同谋者。与女性化的"红唇男孩"相反，矢村"脸上的皮肤较粗糙，显示出岁月沧桑的痕迹，他的气质深沉冷峻，简直比高仓健还高仓健"，多米被这极具男性气质的阳刚之美彻底征服了，她对矢村"一见钟情"，像羔羊一般蒙受初夜的奇耻大辱，既为她以后的生活蒙上了阴影，又为她的成长历程开启了一扇新的门扉。此后，多米甘愿献身的那个电影导演也同样具有"比高仓健还高仓健"的英俊外貌。由此可见，女孩多米对男性的审美标准是那般中规中矩，在价值判断上全然无法斩断与男权社会和传统文化的联系。

---

[1] 林白：《一个人的战争》，江苏文艺出版社1997年版，第36页。
[2] 陈染：《私人生活》，作家出版社1997年版，第154页。

同样，在《与往事干杯》中，当叙述者描述到"我"与男医生爱抚以及"我"回忆此事时，第一人称"我"迅速转换成第三人称"她""小女人"，叙述"我"与老巴的沉醉痴迷时，也将"我"转为"她"。在《私人生活》中，随着"我"与T进入性场面，叙述角色随即换为"她""女学生"等。尽管这是一种叙述的策略，但是，也暴露了作者急于摆脱道德判断的尴尬身份，这种有意识的身份剥离，削弱了作为代言人之主人公的真实性和批判力度，暗示出传统道德价值判断对女作家潜意识的有力钳制，这也制约了90年代女性个人意识的真正形成。

如此性别意识的错乱状况，或许并没有被女作家们自觉地意识到。在林白的《玻璃虫》中，作为成年"多米"的林蛛蛛初到电影厂的时候，没有后台、势力和根基，感觉到生活"密不透风、冰冷、残酷，像一台巨大的机器，在它面前，我只是一只蚂蚁，没有任何朋友可以帮我的忙，只有我自己"[1]。作家为她的女性主人公创造了要生活只有靠自己的严酷环境。那么，林蛛蛛又是采取了什么生存策略呢？她把自己装扮成一个无畏泼辣的女人，有时甚至近似于"我是流氓我怕谁"的"无赖"，这使她"既坚定无畏，又胆大妄为"，混迹男人圈中如鱼得水，大获成功。作者于是高声欢呼："一个新的林蛛蛛就诞生了。"但是，如果我们透过这种"流氓""无赖"的表象，可以看出林蛛蛛的性别意识已经被男性同化，她为了生存不得不屈从于男性社会的淫威，甚至不惜抹杀自己的性别身份认同。

---

[1] 林白：《玻璃虫：我的电影生涯：一部虚构的回忆录》，作家出版社2000年版，第21页。

第三节

灵与肉的挣扎：迷失自我的个人

相对于林白、陈染的欲说还休，卫慧、棉棉等的女性话语姿态已经相当明显。因为属于林白、陈染一代人最初的成长背景，肯定无法闯入70年代后出生的青年记忆中，其中的狂乱、焦灼、孤独、疼痛，似乎与这一代人的心灵无关。生于70年代，意味着从懂事开始，就与一个日渐涣散和个人化的时代结盟。她们根本不用费任何力气，以前那种笼罩在个人心头的群体思想和群体欲望就已经瓦解，代之而起的是如何使自己的个人经验得到充分表达和维护。正如卫慧所说："没有上一辈的重负，没有历史的阴影，对生活有着惊人的直觉，对自己有着强烈的自恋，对快乐毫不迟疑地照单全收。"[1] 她们没有上代人对身体和感觉的拘囿与限定，愿意相信自己的感觉和身体，并愿意展示出来给大家看。在《上海宝贝》的后记中，卫慧写道："这是一本可以说是半自传的书……我写出来有我想表达的意思，不想设防。"所以，卫慧等人写作的一个典型特征就是，将私人居室变成公众场所，当众上演一出由隐私改编的戏剧，也就是把令女性羞涩的所谓的隐私公众化；把大街变成居室，在酒吧里、在客厅里、在地铁上，就像在闺房里一样自如。一个人"坐在空空荡荡的电车里，就像躺在似曾相识的摇篮里"（卫慧），"坐在酒吧里，就像坐在自己的小房里一样自在"（周洁茹）。这种视域界限的扩大，本

---

[1] 卫慧：《"美女作家"不服气——听听卫慧棉棉怎么说》，《中国青年报》2000年3月20日。

来较之前代是具有革命性意义的，是一种解放的前提。毕竟"小我"已经不再自我封闭，开始敞开自我，以自己最了解、最有把握、最自我的身体为对象，向外部世界敞开，来表现她们这代人对社会、对生命、对价值的独特理解。在她们看来，就社会现实来说，女性的政治平等、经济独立、性别意识业已不是一个需要公开讨论的话题，因为社会已经给女性提供了生存和发展的机会，就看她们能不能大显身手，去展示自己的魅力和价值，来实现自我的人生目标，而实现目标的最大资本就是独属于女性的身体。如果说陈染、林白对性的态度可概括为"体验／压抑／痛楚型"，性"成为反抗压抑和绝望的手段"；而作为"新新人类"的卫慧、棉棉等，"她们已拂去'性'身上的遮羞布，性就是本能，是天性，她们甚至把性与爱剥离，贪婪地汲取性给她们带来的肉体之欢"[1]。毕竟除此之外，她们没有任何可利用的资源，没有可炫耀的家庭背景、大权在握的社会关系、一技之长的现代技术，她们是生活在社会边缘的一族，不是循规蹈矩的"好孩子"，而是一群游走于都市的"问题女孩"。

关于作为"问题女孩"的"宝贝们"，都市的确是"70年代人"的唯一巢穴，并展示出当代都市这一颓废、混乱、蛊惑之域与这群"艳情部族"的生活相伴相生的互动关系。陈思和先生说她们的创作是"现代都市社会的'欲望'文本"。"我们在一种比较'另类'的声音下，依然能够感受到年轻一代体制反叛者的恍惚而真实的心境"；然而，"新富人享乐主义"滋生出"对欲望的向往和迷醉"，导致她们"缺乏理性批判能力，放任身体的生理反应与强调感官对世界的把握自然都不可能产生强有力的力量，以抗衡现代文明所造成的人性异化"[2]。评论家朱大可先生则斥之为"情欲在尖叫"，她们有的只是欲望，无所

---

[1] 马春花：《刀刃上的舞蹈——评卫慧〈上海宝贝〉兼及晚生代女作家创作》，《小说评论》2000年第3期。
[2] 陈思和：《现代都市社会的"欲望"文本——以卫慧和棉棉的创作为例》，《小说界》2000年第3期。

不包的欲望,没完没了无法终结的欲望;她们的人生就是永远无法满足的欲望。然而,"消费时代在解放情欲的同时,也消解了它的社会毒性",中国的个人化"身体写作","正在沿着性解放和性享乐的道路疾行",并最终深陷"价值迷津"[1]。除了欲望,你还能看到什么呢?然而,我们大可不必如此断然地下此结论。如果我们仔细地读一下作品,我们就不会那么悲观。我们会发现"宝贝们"的欲望之后,还是有精神追求在的。

就以卫慧的《上海宝贝》来说吧。作者在这本"表达自己简单真实的生活哲学"的"半自传体小说"中,有意设计了两条线索:一条线索是"我"(女作家倪可)与天天和马克的浪漫爱与肉体爱之恋;另一条线索就是在爱与肉的升华和堕落之同时,也完成着自我写作的使命。在浪漫爱与肉体爱发生交战时,作为灵魂工程师的"我"就可以跳出肉体的贪欲,进行灵魂的自责;小说从"我"的视角出发,编织了"我"与天天、马克之间的浪漫爱与肉体爱的故事。天天像婴儿一样纯真无助而又性无能,马克富有且性欲旺盛;"我"不断地在两者之间,在CD、吧台、浴缸、镜子、厕所、大床、轿车之间周旋。天天有着婴儿般纯洁的眼神、天才般的智商、疯子般的柏拉图式的爱情,让"我"迷恋,使"我"每一次与马克交往时都有一种灵魂上的不安。然而"我和马克的每一次肌肤相亲都给我一种微痛而又飞翔着的感觉。我曾经让自己相信一个女人的身与心可以分开,男人可以做到这一点,女人为什么不可以?但事实上,我发现自己花越来越多的时间在想马克,想那种欲仙欲死的片刻"[2]。"我"最终还是不可避免地滑向了肉欲的深渊。你可以指责"我"背叛了浪漫爱和灵魂,但是如果我们设身处地地从女性角度出发,也可以从中看出那些经

---

[1] 朱大可:《从卫慧到木子美:肉身叙事的文化逻辑》,人民网 http://www.people.com.cn/BIG5/wenhua/27296/2563746.html,2004年4月26日。
[2] 卫慧:《上海宝贝》,春风文艺出版社1999年版,第225页。

由风尘曲笑掩盖和隐瞒的女性生存本相终于浮出历史地表,女性生存最本相的层面——"食色"欲求终于"堂而皇之"地陈列在文本表面。最终,天天自杀了,但"我"又受到了灵魂的谴责和羁绊,而无法义无反顾地追随马克到德国,谁又能说"我"只有肉的一面而没有灵的一面呢?可以这样说,"我"与马克越是疯狂和放纵,在肉欲上越是痴迷、陷得越深,但最后作出留在国内的抉择就愈是显出灵魂的力量之强大和传统浪漫爱的束缚在女性身上是多么根深蒂固,它足以消灭任何一个疯狂可怕的而同时又是鲜活的肉体。每一个女性都无法挣脱束缚在忠实于自己的真实的生命感受之上的绳索,放纵的"宝贝们"在灵与肉的两极挣扎中无法实现个人自我的特立独行。倪可最终在灵与肉的挣扎中迷失了自我。小说结尾那句"我是谁?"虽然有些做作,但也满含辛酸。

如果说,"宝贝们"真的像她们的宣言那样:性和爱、灵与肉可以分离,那么,倪可就不会迷失自我;如果"宝贝们"真的像批评家贬斥的那样——将性后退到动物的本能阶段,那么她们也不会迷失自我,至少她们会将自我定位于动物般的肉体生存上。如果"宝贝们"能够像她们的前辈那样自觉自愿地扼杀自己的人性欲求,达到灵魂的最高境界,她们更不会迷失自我;可悲的是她们恰恰是在灵与肉的两极游走,而最终迷失了回家的路,她们无法为个人找到哪怕是一个最最形而下的家园,她们只能是戴着传统和意识形态的枷锁放纵游走的一族。

这种灵与肉的挣扎,也同样表现在棉棉的创作之中。棉棉在《糖》的篇末写道:"现在,真实的故事和我的作品有关,和我的读者无关。"是的,这是一个"个人化写作"的宣言,也是笔者读棉棉小说的真实感受:虽然可以强烈地感受到一个另类的生活世界,但无法感受它独立存在的活性。那个另类的世界就像一个保险箱,只有叙述者才可以有密码将其打开;而作者又随时随地受到一种监控,她又无法完全彻底地向公众敞开自己,"我的小说不是我的自传"[1]。尽管棉棉就是为抒写城市生活而存在,"她的天性中有一种成分与这些东西是过敏的,她就在这个时代的城市生活的内部"[2],并通过尽情挥洒个人的自由,挥霍自我的青春,追求个人的实现来叙写着这个时代城市生活中最显著的特征。但是这样与城市兼容的生活并没有坚定棉棉的自我身份感。她一方面渴望在都市情境中实现个人叛逆人格的生成,另一方面又通过父亲的信任重塑自己的身份:"我女儿绝对是个好孩子,她只是迷了路。"当父亲从深圳把她接回家时,"飞机起飞的那一刻,我他妈哭了,我发誓再也不回这个城市了"(《街上的孩子》)。谁能说这是一个融入都市、在都市中实现了叛逆人格的个人呢?这样的心境使棉棉处于叛逆和循规蹈矩、边远生活和普通生活的矛盾之中。她试图在自己真实的另类经历中寻绎个人的价值和意义,摹写和认同"坏孩子"的真实经历,却又同时宣称"我们都是好孩子"。"我的每个故事都有三个版本,你的,我的,真相","以上的故事并不是我的自传。我的自传得等到我成为赤裸的作家之后。那是我的理想",而"现在,我的写作只能是一种崩溃"[3]。在这里,故事真相已经与自我灵魂紧张对峙乃至疏离。灵与肉的冲突,使棉棉无法实现叛逆的"个人"。

尽管,作家在90年代已经时尚化,但卫慧、棉棉对"女作家"的头衔还是"沾沾自喜"。棉棉的小说《香港情人》中,女主人公自称为"女作家",在卫慧的笔下,带有自传色彩的"我""卫慧""艾夏"都有一个体面的头衔——"女作家""移居海外的艺术家"。在《爱人的房间》中,女孩对一个从事艺术的男子的房间的窥视与幻想给她的生活带来了爱的寄托。在这里,

---

[1] 棉棉:《"美女作家"不服气——听听卫慧棉棉怎么说》,《中国青年报》2000年3月20日。
[2] 葛红兵:《序·棉棉的意义》,载棉棉:《盐酸情人》,上海三联书店2000年版,第1页。
[3] 棉棉:《糖》,中国戏剧出版社2000年版,第273页。

她强调的是"艺术者"而非"大款"。所以，尽管在这样一个物化时代，物欲和享乐是"宝贝们"行为遵循的基本法则，但是我们还是可以通过以上分析看出传统文化对她们的影响，而且她们也有追求灵魂和精神的要求。灵与肉，一个让个人无法绕过的抉择，不管身体的欲望之力如何强大，也无法真正挣脱灵魂早已织就的网。愈是过分信赖肉体之力，愈会感受灵魂之痛。她们正在受着灵与肉决裂的煎熬。

第四节

拟物与滥情：时代症的人格病人

如果说女性作家作为弱势群体的一员，她们的抒写只是利用自我的身体语言进行曲折隐性的抗辩，像陈染、林白的个人化小说试图通过个人空间的建构表现一种独立自持的精神世界的话，那么以朱文、韩东为代表的男性个人化小说则是借助世俗化的物质追逐和满足情欲的个人生存经验的摹写，来确立个人生存空间和真实体验的存在。而与同样热衷在当下时髦生活中游走，注重物欲和情欲满足的卫慧、棉棉又有所不同，他们没有可资利用的身体和美色，没有"一个在日本的妈妈和在美国的爸爸，每月能收到大笔汇款"（《硬汉不跳舞》）；不像赛宁，母亲总给他很多钱（《每个好孩子都有糖吃》）。他们的少年时代经历了物质和精神的双重匮乏；长大之后，作为"红色时代的移民"[1]，他们的理想和激情统统化作泡影；作为无产者和小市民，他们切切实实面临着物质匮乏的尴尬，他们没有嘲弄和瞧不起金钱的资本，也没有享受爱情的权力。相反，为了生存，他们整天不得不挖空心思挣钱，在他们看来只有对物质、金钱的占有，才是自我在社会得到充分确认的最好方式，因为这也完全符合当下消费社会的价值认同标准，时代赋予他们对物欲无餍足的合法性。

在朱文的小说《幸亏这些年有了一点钱》中，尽管作者以恶作剧调侃的形式揭开了人类虚伪的假面，但也同时看出他对市场经济时代金钱地位的完全认

---

[1] 葛红兵：《障碍与认同：当代中国文化问题》，学林出版社2000年版，第27页。

同。在何顿等人的笔下，更是展示出了一群守财奴的形象，他们宁愿出卖灵魂也不愿失掉对物质的占有。在《跟条狗一样》中，作者将人格的物化认同发挥到了极致。小说的主人公"我"在物欲满足而人格受损后，却来了一段阿Q式的宣言："人跟狗一样也是有道理的。"而一直为人称道的《我爱美元》历来被认为是一篇挑战权威和传统合法性，从而确立年轻的个人独立意识的作品。"我"正在与情人性交时，却不得不被父亲敲门打断。我是父亲性的产物，而我的性却不能面对父亲，甚至受父亲的束缚和压抑。这就有"只许州官放火，不许百姓点灯"的极端不合理性。我于是一次次作为父亲的"导师"企图唤起他作为"性的人"的本质，以此摆脱束缚，完成个人的独立。但是作者在此却频频把性作为金钱的交换，在饭店，在电影院，在歌舞厅，都是因为金钱的原因而使性没有实现，好像只要有了钱，人生就不再窘迫，两代人的观念差异就可抹平，一切矛盾都得以解决一样。由此可见，朱文对物的强调已经严重消解了小说的深刻内涵，我们也可以看出小说对物化的过分强调，从而对人、对个人实现的破坏。物的逻辑取代人的逻辑，使原来支配物的人变成了被支配的对象，形成了一种"物化文学"。个人被物所奴役，人格的残缺也就在所难免。

而在朱文、韩东的小说中，我们也可以看出情欲的泛滥对个人人格的蚕食和毁灭。像朱文笔下的小丁等人"不分昼夜""不管场合""不分老丑"，只要是活着，能够躺下，她是女人，他们就可以上床。他们不是为了爱情，甚至连体验激情都算不上，他们精神空虚，体力孱弱，尽管他们乐此不疲，却常常显得力不从心；那些女人，像李萍、栾玲、王小霞等既不性感，也不美丽，又不可爱，但她们却能在突兀的毫无先兆的情况下，就能轻而易举地发生两性关系（如《去赵国的邯郸》中的小丁与王小霞）。而欲望发泄之后，就是感到无尽的厌倦。他们或她们作为欲望时代的符号，已经无力控制自己的身体和欲望。他们在床上的麻醉中失掉了自己，又在大街上的游走中徒劳地找寻，他们随遇而安，迷茫地、无聊地、散漫地在大街上游荡，成为欲望时代的"零余者"。你能指望这样的"个人"实现新的精神创造，实现90年代的真正的个人吗？更可怕的是，这种"力比多中心主义"不只是体现在这群"零余者"身上，而且已经侵入了大学生的精神和躯体。在小说《弟弟的演奏》中，那群毫无抱负的、不屑于谈论学业理想的、只对自己的本能感兴趣的当代大学生，青春的性骚动成为他们苦恼的根源，也是他们无休止放纵的理由。性饥渴成为他们生存的最重要问题，而这个问题的解决之难又使他们不得不倾尽全力。"时代病"没有激起他们批判性的反思，反而催生出自甘堕落的认同感，他们的生活目标和精神追求已经不足以承担起个人与民族未来建设的重担。

在韩东的笔下，主人公尽管不同于朱文笔下虚弱的小丁等人，他们都是一群"身体健康的正常人"，有工作，甚至是体面的工作，如供职于机关大院的杭小华和作家成寅（《美元硬过人民币》）、体面的大学老师闻山（《革命者、穷人和外国女郎》）、大学教师王舒（《我的柏拉图》）、歌星李红兵（《交叉跑动》）等，他们对性的无餍足的追求预示着他们渴望实现"身体化的自我"，以此求证麻木的自己还有存在的"追求"，在身体上证明自我的存在。在《障碍》中，夫妻间的情感、朋友间的友谊、恋人之间的爱情原本虽然不是那么动人、那么牢靠的，却也处在相对稳定的状态，但是机械的、外部的、程式化的欲望生活，已经让人失去了自我存在的感觉，所以，在"黑裙女"王玉的到来所引发的性的狂欢中，先前的一切变得风雨飘摇，顷刻间崩溃瓦解。《美元硬过人民币》中，称职的丈夫杭小华上班下班、回家、家务、夫妻生活，在没有意识到的"百无聊赖"中"百无聊赖"地生活。然而因为一次偶然的被误解，他萌生了嫖妓的念头，并排除万难达到目标，麻木的自我终于找到了一丝"感觉"。在此，我们尽管可以从中看出世俗生活对活生生的个人的戕害，人与人之间爱情的脆弱和"障碍"，但是更可以看出个人抵御诱惑的能力低下和人格尊严的丧失，脆弱的人格已经濒临崩溃。同样是社会病和时代症造成的人格病人，与郁达夫的"零余者"相比较，"小丁"们并没有反身社会、观照社会、从社会中寻找病因的自觉性和批判性，他们毫无抵抗地认可了社会病、时代症对人的异化和侵害。所以，最终的结果不管是"我"和王玉肉体上多么融合但最终走向了身心的疲惫和精神自虐的诉求（《障碍》），还是王舒终于从费嘉的精神幻觉中出走，沉迷于钟佩珊的肉体（《我的柏拉图》），抑或是李红兵最终无法获得真爱而毛洁无法摆脱笼罩着死亡阴影的爱情（《交叉跑动》），都表明他们无一例外地在肉体的沉醉后，受到灵魂的审判。社会病和时代症造成了这样一群欲望时代的俘虏、人格不健全的病人，但他们对病因又不能作出批判性的探究，在放逐自我的身体满足中变相地消灭了自我。人格病人是无法承载起"个人"之重的。

第五节

结语：时代快车道上的个人"症候群"

20世纪90年代早期的女性个人化写作，个人主体作为一个社会和思想体制认可的独立者而真实存在，貌似是实现了"个人"的自由、精神的独立思考。然而，正是这种错觉损害了写作主体的真实定位，不仅是现实的生存定位，更体现在小说所展示的精神定位上。文学创作中潜在的诸多"症候"，暴露了作家不自知的"无意识趋向"，我们"考察作家创作中的这种无意识趋向，把作家没有明确察觉的东西阐发出来，从而越过表层外层空间，通往作家心理、文本结构的里层、深层空间，以重新解释作品中某些悖逆、含糊的类似症候表现的疑团，和重新阐释作品的意义"[1]，是尤为必要的。从女性个人化小说的裂隙和悖谬入手，发掘小说所具有的互相解构、然而又同时构成文学张力的双重效果。首先，价值选择两极化：一方面是个人通过对传统道德价值体系的反叛来获得个人建构的力量，而另一方面对于反叛过分强大的传统又显得信心不足。其次，面对日常生活焦虑的反应：个人对物质的过分追逐与物质相对满足后的不安；再次，人格分裂的表征：一个人的刻板自闭与青春反叛的激情放纵。此外，对外部世界认知的矛盾：渴望与世界先进文学接轨，展示个人精神的高度和魅力，却又安于本能的惰性，自甘精神的平庸，走向随波逐流的"时尚化"文学。这些"症候"直接加诸作家的创作心态、审美风格、精神诉求，

---

[1] 蓝棣之、梁妍：《深入到艺术创造的生动内核中去——蓝棣之谈文学的症候批评》，《中华读书报》1999年5月19日。

导致她们无法在文本中表现出应有的反叛力量和精神高度。

至此，我们不得不承认 90 年代早期女性个人化写作的性别意识是混乱的，价值判断是游移的，个人意识是孱弱的，自然难以真正触及问题的肯綮和痛处，创作更多的是一种遁逃和表演。步其后尘，韩东、朱文等"新生代"男性个人化小说则陷入拟物与滥情的狂欢，沉醉于世俗化的物质追逐和情欲化的个人满足，社会病与时代症催生了一群欲望的俘虏，蚕食和毁灭了个人人格，孱弱的"小丁"们在放逐自我的身体满足中变相地消灭了自我，而时代症的人格病人自然无法承载起"个人"之重。及至 90 年代后期卫慧、棉棉等"美女作家"的个人化"身体写作"，陷入没完没了的男女纠葛，从情感到肉体，从卧室到酒吧，从自闭症到纵欲狂，如出一辙的所谓"自传体小说"，沉溺于一种创伤性记忆，一种对公共生活不由自主的回避，完全陶醉于欲望的暂时满足和虚拟空间的猎奇。昔日，那个在林白、陈染笔下形象模糊、固执叛逆、懵懂地探索自我的纯粹"个人"，如今早已在时代的快车道上渐行渐远，不知所终……虽然，私人化小说"提供了当今都市生活空间中以感官放纵为核心的狂欢的神话"，然而，"狂欢的神话不但不是迈向天堂的大道，相反它是自我戕害、自我毁灭的绝路。和其他种类的神话一样，狂欢只能是生活中偶尔浮现的庆典，一种可望而不可即的梦想，一旦被现实化，只能带来料想不到的灾难性后果"[1]。

---

[1] 王宏图：《狂欢的神话——也读〈上海宝贝〉和〈糖〉》，《解放日报》2000 年 3 月 1 日。

第三章 / 乡土文学的主体病灶和发声困境

作为农业文明大国，乡土文化的底蕴无疑让中国文坛处在"乡村包围城市"的基调之中，我们的审美经验、价值标准和精神向度往往不假思索地以乡村为中心想象来安排文学的叙事；而乡土文学也总在"茅盾文学奖""鲁迅文学奖"等各种官方和民间的评奖中备受青睐。然而，如果我们由此断言，乡土文学可以凭借自身独特的诗性乡土、审美乡土和神性乡土在当下中国文坛继续高歌猛进，那显然是被表面的假象和想当然所蒙蔽。因为，当下文学创作的现实和趋势，已经清楚地表明乡土文学的繁荣也许只是传统的审美趣味和价值判断的惯性在我们的认识与思维中制造的幻象而已，而整个社会搭建的"精神病灶"分明让乡土文学陷入了发声的困境。

第一节

乡土文学的类型和精魂

自鲁迅先生开创和奠基了 20 世纪中国乡土文学以降，乡土文学就承载和记录着乡土中国翻天覆地、沧海桑田的历史，书写着中国农民为争取"人"的地位而不断觉醒又不断陷入困惑、不断遭受苦难又不断艰难前行的曲折历程和心灵轨迹，其流变可谓多元而复杂，难以概言定论[1]；但就创作主体的精神认同和价值诉求划分，大致可以归为以下四种类型：第一种是启蒙批判型，创作主体将超级保守的和稳定的乡土视为愚昧和落后的象征，并以启蒙者的身份和姿态播撒启蒙话语，对愚昧与落后的乡土进行批判或改造，展现启蒙与被启蒙之间的悲剧冲突。从 20 世纪 20 年代的鲁迅、蹇先艾、许钦文、王鲁彦、彭家煌，到 40 年代的胡风、路翎、姚雪垠，直至 80 年代后的高晓声、韩少功、王润滋、李锐等，基本上都在重述着阿 Q 在未庄的故事。第二类是精神皈依型，创作主体对乡土进行主观的想象和诗意化，以民间的视角凸显其田园牧歌的内质，把它塑造为理想的精神栖息之地，叩寻个人的精神家园，或皈依净土，遁入梦境，或烛照人性之美，批判城市之恶。自 20 世纪 20 年代的废名，到 30 年代的"京派"作家沈从文、萧乾，及至 40、50 年代的芦焚、孙犁，80 年代后的汪曾祺、刘绍棠、贾平凹、迟子建等属于此类。第三种是社会政治

---

[1] 关于乡土小说的百年流变历程，有学者按时间发展划分为七个阶段，参见康长福：《百年沧桑与文学记忆——简述 20 世纪中国乡土小说流变》，《德州学院学报（哲学社会科学版）》2002 年第 1 期；亦有学者按流派划分为三个派别，参见尹康庄：《现代乡土文学流派描述》，《广州大学学报（综合版）》2001 年第 7 期。

型，创作主体因为政治因素的介入，将乡村作为开展阶级斗争和培育新人的阵地，揭示乡村社会的阶级苦难，展示乡村农民的反抗斗争，为农民斗争的合理性张目；或扣紧时代脉搏，表现农民阶级的政治觉悟和精神解放。代表作家有从20世纪30年代早期的"普罗"作家阳翰笙、蒋光慈、柔石，"社会剖析派"作家茅盾、吴组缃、沙汀、艾芜，到40年代的丁玲、周立波，"十七年文学"时期的柳青、梁斌，直至80年代后的古华、何士光、路遥等。第四种是使命代言型，创作主体自觉地扎根乡土，认同乡土社会的情感、习性、意志与品格，并融入新的时代特质，在耳濡目染间将其积淀为记忆的永恒，同时外化为作家的生命品格和价值尺度，在文化和价值整合中培育出独具魅力的乡土秉性，以乡村的视角和语言代言乡土的心声，表达乡土社会的真实诉求，诠释乡土社会的变迁，使乡土文学真正实现了在体化、大众化和民族化。代表作家有从20世纪30年代的李劼人、沙汀，40、50年代的赵树理，到80年代后张炜、韩少功、莫言、阎连科、陈忠实、刘醒龙等。尽管如此划分亦显粗疏，或不尽如人意，但20世纪中国乡土作家们对农民阶级及其文化的态度基本上是真诚的、同情的，尽管往往有居高临下的姿态，甚至常常遭受时局的干预。乡土作家们不管是一生扎根乡土，与乡民为伍，还是被生活"驱逐到异地"，作为"侨寓文学的作者"[1]，都与乡土之根有着割舍不断的血脉联系，承担着安东尼奥·葛兰西所谓的"乡村型"的"有机知识分子"的领导职能和解放使命[2]。只是我们今天习惯用流行的后殖民理论夸大他们与乡土的隔膜而已[3]。比如鲁迅，我们常常以《祝福》中的祥林嫂、《故乡》中的闰土来"责难"他与农民

---

[1] 鲁迅：《鲁迅全集（第六卷）》，人民文学出版社1981年版，第247页。
[2] 葛兰西：《狱中札记》，曹雷雨等译，中国社会科学出版社2000年版，第189—204页。
[3] 钱理群先生指出："用后殖民主义的眼光看'五四'那一代人，他们的改造国民性的思想，鲁迅对阿Q的批判，不过是对西方文化霸权主义的文化扩张的附和。"参见钱理群：《鲁迅的"现在价值"》，《社会科学辑刊》2006年第1期。

情感的隔膜，对于乡土来说完全是个局外人，却恰恰漠视了鲁迅先生的乡土根性和"农民情结"，其实，我们完全可以从《风波》里的农村晚景、《社戏》里的水乡夜色、《朝花夕拾》中的乡俗与童趣，体会到鲁迅对乡土的热爱。他持续关注乡土社会和农民生活，致力于"揭示其病苦，期望引起疗救的注意"的毕生努力也许就是最好的明证[1]。而中国的乡土小说也正是依恃着创作主体的乡土根性和"农民情结"，一方面贴近、切入乡土现实，真切感受生活的风云变化；另一方面又具有超越乡土的视野，突破樊篱。这两种看似悖反的向度，实际上是同一旨归：在追随时代前进的步伐中，实现对乡土现代意识的把握，履行代言乡土和农民演变史的历史使命。正如葛兰西在论述"知识界"的状况时指出的：作为"新阶级"的知识分子必然与一定的生产方式和阶级关系相联系，从而引发诸如"城市型"与"乡村型"知识分子的分化和迥异的诉求[2]。在中国，正是众多"乡村型"知识分子的不懈坚守，维系着乡土话语的血脉和声音。

---

[1] 关于鲁迅先生的"农民情结"，详见陈运贵：《二十年代乡土作家的农民情结》，《现代语文（文学研究版）》2008年第5期。
[2] 葛兰西：《狱中札记》，曹雷雨等译，中国社会科学出版社2000年版，第189—204页。

第二节
乡土文学的断裂和歧途

然而，时过境迁，乡村型"文学知识分子"[1]的"专业主义"已经和"新意识形态"结成了甜蜜而微妙的关系，导致知识分子传统的断裂和分化、普遍性与超越性的衰退、趋利性和排他性的强化[2]。强烈的"于连情结"正驱使他们集体"逃离"并强迫自己遗忘乡土[3]。好像占中国人口三分之二的农民的生活，包括寄托着广袤中国漫长的历史文化传统和无穷可能性的乡土，与我们正在进行着的轰轰烈烈的现代生活和快速对接的全球化竟毫不相干。"文学知识分子"以"专业性"不断确认符号边界，刻意生产一套与自己的"根性"相区隔的话语，制造与农民阶层的鸿沟和隔膜[4]，以"排他性"谋求新的属性认同感。正如著名社会学家塞勒尼所言：如今的"资产阶级"已经不是马克思意义上的"资产阶级"，而是"由物质财产所有者及文化或知识所有者所组

---
[1] 英国小说家 C. P. 斯诺将文化区分为"文学文化"（literary-culture）和"科学文化"（scientific-culture），并据此将知识分子区分为"文学知识分子"（literaryintel lectual）和"科学知识分子"（scientificintel lectual）。详见斯诺：《两种文化》，陈克艰、秦小虎译，上海科学技术出版社 2003 年版。而对知识分子作如此区分在中国也大概是适用和有效的，且不说新时期以来，文学思潮与政治运动异常紧密的互动和呈现关系，单从统计数据表明，从 1978—1995 年间，中国人文社会科学文献中，文学类一直排名居首，且所占比重很大。详见范并思：《社会转型时期的中国社会科学——社会科学的科学计量学分析》，《新华文摘》2001 年第 11 期。
[2] 蔡翔：《专业主义和新意识形态——对当代文学史的另一种思考角度》，《当代作家评论》2004 年第 2 期。
[3] 朱学勤指出，中国知识分子虽大多出身寒微，但身上有着很强的"于连情结"——为了向上爬不惜付出一切代价，甚至忘掉根性。详见朱学勤：《狼奶反思录》，《瞭望东方周刊》2003 年 11 月 24 日。
[4] 米歇尔·拜肖指出，话语是指语言在特定历史条件和主导思想的限制下，社会阶层的群体表现方式。"话语是没有单个作者的，它是一种隐匿在人们意识之下，却又暗中支配各个群体不同的言语、思想、行为方式的潜在逻辑。"详见拜肖：《语言、语义学与意识形态》，载赵一凡主编：《欧美新学赏析》，中央编译出版社 1996 年版，第 92 页。

成的一个社会群体"[1]。事实上,掌握了文化资本和话语权的文学知识分子们如今早已由"清贫寒士"摇身变成了中国当下的获利阶层,专业性和逐利性使其逐渐丧失了代言的热情与使命,而几个近乎"异类"的"乡村型"有机知识分子重建乡村的"百年乡恋",犹如堂吉诃德般悲壮,他们在"笑料"和"疑窦"中显得不合时宜[2]。

农民阶级的整体失语,已经是人所共知的事实。这是一个漫长的动态过程,从清末改制到改革开放后的百年间,农民阶级的经济资本、政治资本和文化资本被蚕食鲸吞,几乎剥夺殆尽;农民阶级赖以发言的革命话语、阶级话语和道德话语在现代性话语面前统统失效,堕入了无所倚傍的话语真空。"此时,知识界所要做的,也许只有一件事,那就是帮助农民走出失语状态,让他们用自己的话语,组织自己的自治,或者帮助农民以熟悉的形式,掌握现代话语。"[3] 这固然是知识界责无旁贷的任务,然而,在笔者看来,知识界首先能不能意识、体会、进入、理解、乃至共有农民阶级的深层困惑,是实现任务的关键所在。事实证明,当下热闹的知识界根本无力介入农民的生存世界和底层结构的情感内里,甚至还生出诸多误解[4];"专业主义"导致的"冷漠美学"让"人民的故事"很难进入书写者的视野,整个世界"内化"或"缩小"为个人

---

[1] 塞勒尼、伊亚尔、唐恩斯利:《打造一个没有资本家的资本主义·导言》,杨开云译,载李友梅、孙立平、沈原主编:《当代中国社会分层:理论与实证》,社会科学文献出版社 2006 年版,第 36 页。
[2] 2004 年,温铁军等一批知识分子在社会的质疑和同行的批评中,于河北省定州市翟城村重新办起了"晏阳初乡村建设学院",但是这些"秀才们"却因种种原因被农民看了"笑话",而且最终陷入了"是来教育农民,还是接受农民的教育"的疑惑中。详见曹筠武、徐楠:《晏阳初到温铁军:知识分子百年乡恋》,《南方周末》2006 年 3 月 16 日。
[3] 张鸣:《农民"失语症"的病史考察》,《三农中国》2004 年第 1 期。
[4] 媒体报道和文学中,经常将"欺骗、自杀、跳楼、爬塔吊、赌博、强奸、抢劫、讨薪、性饥渴、讹诈、偷窥、械斗、口吐秽言、不可救药、素质低下、馋嘴……"用来描述农民(工)形象,大众媒介和文学作品对农民(工)这一特殊社会群体的再现方式及再现中存在的刻板印象已经潜移默化地植入人的脑海。详见孟庆红:《浅析媒体对农民工形象的再现与刻板印象》,《东南传媒》2007 年第 4 期。

的情感生活[1]。在主流意识形态和专业主义知识话语的垄断下，与现代性不相协调的乡土叙事作为生活的"杂质"无权进入文学的诗意和审美范畴，自然无法被雅言系统所表述。也许，他们不是有意放弃这个曾经作为书写主体的世界，而是他们的情感和语言在面对农民和乡村时，失效了、失语了。一个有着庞大农民群体的国度，如今在文学的世界中，我们却难以看到关于他们的作品[2]。圈禁在繁华都市中宽敞明亮的书斋里，仅凭想象，他们已经很难逼真地再现乡村世界的本相和农民阶级的欲求。大多数中国作家，"并不了解真正的中国农民，更不了解现实生活中的活生生的农民。中国作家在生活上和乡村中国割裂，在精神上同样难以达到对中国乡土社会的理解"[3]。越来越多的作家正在千方百计地逃离农村，奔赴文学书写的"钱线"——都市。而乡村对于都市现代人来说，可能只是一味审美疲劳的调节剂，他们可以为摆脱烦乱和厌倦而暂时逃到乡村，但却没有能力摆脱都市现代生活的诱惑和压迫。生长于繁华都市的年轻作家宝贝麦琪在《不快乐的孩子》中无奈地写道："就算是远离城市的喧嚣来散心，我还是感觉到了一股强大的磁力把我召唤回上海。我大概这辈子都忘不了世俗霓虹的繁华了，山区毕竟不是我的归宿。"文学界正在形成一条不成文的规则：写乡村是没有市场的，因为贫困的农民根本买不起高价的图书；在商业社会，没有利润，也就没有前途。一旦某位作家执迷不悟地在乡村的小天地里穷折腾，那他肯定会被淘汰。因为现代人的公共经验和主流价值观不再把乡村视作"广阔天地，大有作为"，而认为城市才是他们"寻找意义的

---

[1] 蔡翔：《专业主义和新意识形态——对当代文学史的另一种思考角度》，《当代作家评论》2004年第2期。
[2] 葛红兵通过观察《作家》《青年文学》《钟山》《花城》《北京文学》等当代文坛重要的杂志，发现这些杂志上会连续数期都看不到一篇农民或者工人题材的小说。详见葛红兵：《让农民发声，还是让农民沉默？——我对尤凤伟〈泥鳅〉的批评》，《当代作家评论》2002年第2期。
[3] 葛红兵：《让农民发声，还是让农民沉默？——我对尤凤伟〈泥鳅〉的批评》，《当代作家评论》2002年第2期。

场所"[1]。作家们写日渐萧索的乡村，只是练练笔。等笔头硬了，说话利索了，就会一头扎进金灿灿的都市，淘金去了。他们可不像陈奂生进城那般老土，还在乡村的老家，就已经西装革履了，刚到城郊，满嘴就夹杂着洋腔怪调，家乡话忘得连渣都一点不剩。他们亲手剪断了自己的"脐带"，或合法或非法地涂改了自己的户口簿，一心只想做城里人的黄粱美梦。其实，从乡村到城市是写作者的一条合法的生存路径，就中国现代文学来看，中国作家始终存在割不断的乡土情结和源远流长的乡村血脉。鲁迅、沈从文、萧红等许多作家的写作都是鲁迅先生所谓的旅居城市的"侨寓文学"，及至当代文坛，如贾平凹、张炜、余华等作家，虽进城多年，但仍能够写出打动人心的乡土作品，所以，进城不可怕，可怕的是拔掉了自己的根，人为设置了城乡的尊卑贵贱。当然，笔者并不是反对都市文化和都市文学，在笔者看来，酒吧、摇滚、名牌汽车和高档消费品、速度、力量、乃至疯狂、放纵、颓废等一切现代符号和都市文化景观，都提供给我们书写和批判的审美与精神要素，但同时，我们也不能容忍和漠视随之而来的吸毒、酗酒、性乱等消极的欲望宣泄。所以，当以所谓新锐、破碎、颓废、残酷，甚至无耻的态度歌唱都市的文学强有力地一统文坛时，即使我们从多元共生的角度，是不是也要反思一下太过单调、时尚的文学大一统呢[2]？它的强势是不是意味着某种不公，意味着文学的某种变质和变味呢？我们的文学好像越来越热衷于只为读者提供现实世界的一半，而另一半——乡村和乡村的贫困、乡村生活的残酷，在这里被遗忘和放逐，甚至被有意遮蔽、改

---

[1] 吉登斯指出，城市并不仅仅是资本主义经济势力的根本性产物，同时还是一种寻找意义的场所。正是寻找这一"意义"，导致人对故土的"背叛"和对"异乡"的认同与吸纳。参见蔡翔：《离开·故乡·或者无家可归〈二〇〇四中国最佳短篇小说〉序》，《当代作家评论》2005 年第 1 期。

[2] 如果说这种"大一统"的现象现在表现得还不分明，会被看作是一种杞人忧天的焦虑的话，那么在汹涌澎湃的"80 后"作家群中，李傻傻或许是唯一一个被媒体和读者捧红及认可的出身农村的写作者。我们的确很难指望一个出身都市、根在都市的青年写作者，能够在日后真正转型为一位出色的乡土作家。所以，通过"80 后"作家的构成，或许可以预见中国文学未来单调的局面和情状。

写、抹杀了，而且这种失衡正愈演愈烈。当下文坛为数不多的执着于书写乡村的中年作家，早已功成名就，远离了观照的对象，而许多作家对乡土的感悟，深陷审美疲劳的精神困顿之中，所以不得不经常用"个别"代表"一般"，用"现象"代替"本质"，或以平淡、平庸和低俗的苦难描写过分渲染不幸，或凭空杜撰出一曲乡恋的诗情画意，来皮相地表现"沉默的大多数"，这已经成为一种可被界定的、因而是被刻板化的对象。他们的乡村底层代言尽管也表现出了对制造"象征性良心作品"的极度热衷，但却总显得空洞隔膜，难以令人感动和信服。所以，像《平凡的世界》《古船》《浮躁》等20世纪书写农村的扛鼎之作，在新世纪文坛几乎绝迹。

第三节

乡土文学创作主体的悖论性两难

中国的底层农民，难道真的就像斯皮瓦克所断言的那样："属下无言"了吗[1]？在最先提出"属下"这一概念的葛兰西看来，底层农民要想重拾自己的话语权，只有倚仗自己培育的乡村型有机知识分子，因为"农民大众的每一步有机的发展在一定程度上与（乡村型有机）知识分子的运动相关联并且有赖于此"，他们代表着农民希望摆脱或改善其处境时所参照的社会典范[2]。所以，失语的农民阶级非常迫切地需要一个与自己感同身受的"新阶级"来代言心声[3]。由此可见，当下中国的农民阶级能否从乡村日常生活和生产中培育出自己的"新阶级"——乡村型有机知识分子，就显得尤为关键[4]。

美国社会学家古德纳指出："教育对新阶级的再生产"是一条值得倚靠

---

[1] 斯皮瓦克通过对"寡妇殉教"在印度历史中的叙述的分析，断言"属下（底层）"是不能说话的。首先，话语系统的分裂和生存圈层的隔膜，"属下"真正作为主体的他者，是掌握话语权的知识分子所接触不到的；其次，被压迫者即使获得机会打破沉默来表达自己，他们也不一定就能够开口说话，表达真实的自我主体的欲望与需求。详见斯皮瓦克：《属下能说话吗？》，载罗钢、刘象愚主编：《后殖民主义文化理论》，中国社会科学出版社1999年版。

[2] 葛兰西：《狱中札记》，曹雷雨等译，中国社会科学出版社2000年版，第2页。

[3] 葛兰西指出："新阶级"就是"彰显的新型社会中部分基本活动的'专业人员'"，而且，"所有社会集团，既产生于历来经济基础之上，也就同时有机地给自己造成一个或几个知识分子阶层，此种'有机'知识分子使该集团在经济、政治、社会等不同领域具有同质性"，无产阶级可以形成并培养本阶级的"有机知识分子"，进行文化上的直接斗争，实行思想征服和组织同化，夺取"阵地"，建立起崭新的"无产阶级文化领导权"。详见葛兰西：《狱中札记》，曹雷雨等译，中国社会科学出版社2000年版。

[4] 赵旭东指出，从方法论的角度看，外来者（非乡村型有机知识分子）的单向度观察，特别是带着先入为主的观念观察，在遮蔽农民自身问题的表达，使农民失去自我随意表达的话语权。详见赵旭东：《乡村成为问题与成为问题的中国乡村研究——围绕"晏阳初模式"的知识社会学反思》，《中国社会科学》2008年第3期。

的途径;而所谓的"新阶级"正是"转向了批判的话语文化"的"新式知识分子"[1]。在现代性的历史转化过程中,伴随着现代教育脱离教会而世俗化、民族国家的兴起和民族语言的形成,拥有专业技术和大量稀缺性文化资本的知识分子聚合在一起,成为所谓的"新阶级"。他们作为对现代社会颇有贡献的知识和技术精英,奉行自主化生产和独立判断的原则,其鲜明特征是通过控制文化资本而非货币资本,获得一种审慎的批判话语文化。毋庸置疑,这样一种通过教育而掌握和操控"批判话语文化"的"新阶级"无疑让当下弱势失语的农民看到了希望,他们砸锅卖铁,倾其所有让后辈接受教育,以此改善生活境遇当然是显在的一个方面;希冀培育出能为本阶层代言的乡村型有机知识分子,实现底层农民向上层社会流动的梦想可能更是他们潜在的诉求。

尽管古德纳与葛兰西都不约而同地认为学校是培养各级知识分子的工具,但是在中国,情况又有所不同。首先,葛兰西关于知识分子"新阶级"产生的论断,是奠基在坚信劳动者能够从自身生活和生产中获取新的认同感与意义的信念上,他没有预见到,在科技时代,体力劳动已经变得不再重要,甚至有些卑微。作为中产阶级的白领取代了农民和蓝领成为社会生产的主力军,劳动者的自信心和群体认同正在丧失,甚至转向了对城市资产阶级的崇拜;更为糟糕的是,那些即使是从乡村走出的"新阶级"也对自己的"根性"丧失了归属感和认同感。"他们不仅是空间的离去,更是精神的背弃,彻底的决裂,从而形成一种新的社会排斥,即出自乡村走向城市的精英对乡村的厌弃。"[2] 其次,即使知识分子并未丧失自己的"根性",但是,他们身处话语操控体系中,还

---

[1] 古德纳:《知识分子的未来和新阶级的兴起》,顾晓辉、蔡嵘译,江苏人民出版社2002年版,第44—45页。
[2] 赖长春:《社会排斥视角下的乡村教育》,《三农中国》,http://www.snzg.cn/article/show.php?itemid-10979/page-1.html。

在多大程度上能够为本阶级代言呢[1]？最后，在现实层面上，当"技术知识分子"和"人文知识分子"在当下的社会地位与社会回报率差距惊人时，贫困的农民也许更愿意把自己的下一代培养成为掌握"货币资本"的"技术知识分子"，而不是古德纳期待的、作为"批判文化"载体的"人文知识分子"[2]。即使我们把诸如此类的假想和问题暂且悬置，存而不论；那么，当下客观的事实是，中国农民阶级已经开始排斥自己过去引以为豪的文化资本和精神道德资源[3]，而且这种排斥的可怕之处，不仅仅是来自城乡对立中"他者"的排斥，而是来自乡村群体意识本身，是一种集体式的因不认同乡村社会而产生的主动叛离，导致文化认同、群体凝聚力、经济自主权、社会声望、政治参与等各个方面加速丧失。正如费孝通所言，自近代的乡村工业对乡村社会的瓦解，是对乡土社会的"蛀蚀"，原本存在于乡土社会中"有营养"的东西，都被新的资本主义城市化及其生活形态一点一点地侵蚀干净了[4]。当下消费主义无限制的扩张，正在使越来越多的村民乃至整个村庄成为一个纯粹的物质躯壳，传统的乡土文化受到冲击而日渐式微，现代的外来文化蜂拥而入，侵入我们的民族智慧和灵魂血脉，保留着我们最纯粹最古老的文化记忆和文化基因的精神财富正迅速离我们远去，特别是分田到户、农民进城、农村精英的出走和劣化、乡村

---

[1] 王晓明在《后一种可能》中着眼于教育界的状况，讨论了走出校门的大学生从驯顺冷漠的乖孩子到更加驯顺冷漠的白领这一人生体验日益膨胀的过程，让我们看到了青年知识分子的批判性话语的糟糕状况，以及批判性话语与追名逐利的努力媾和的情形。参见王晓明：《后一种可能》，《读书》2003年第5期。

[2] 古德纳认为"人文知识分子将体味着一种地位上的不协调：即他们自视拥有的'高雅'文化层次，与他们获得的较低的尊重、名誉、收入和社会权利的不协调。人文知识分子的社会地位，尤其是在一个技术专家统治的工业社会里，变得比技术知识分子更加处于边缘的地位，更加受到冷落。新阶级的内部开始出现分化。"古德纳：《知识分子的未来和新阶级的兴起》，顾晓辉、蔡嵘译，江苏人民出版社2002年版，第4页。

[3] 蔡翔在对"底层人民与德行"的论述中指出，过去劳动人民引以为豪的"德行"准则在今天已经被彻底"他者化"和"沦陷"了。详见蔡翔：《专业主义和新意识形态——对当代文学史的另一种思考角度》，《当代作家评论》2004年第2期。

[4] 费孝通：《中国乡村社会结构与经济》，载王铭铭主编：《中国人类学评论》，世界图书出版公司2007年版，第15—17页。

文化的话语链断裂，使仅有的集体主义传统瓦解，出现了既无内生秩序，也无传统秩序的真空，打着各种"现代"旗号的强势话语乘虚进入，传统的礼法秩序陷入混乱，农民阶层对自身问题和社会事务的发言能力、群体的认同感和归属感已经大幅度退化与异化。

与此同时，被古德纳等人所寄予厚望的"新式学校"也不再是一个相对中立的机构，它的文化教育和社会关系绝对不是机会平等原则的体现，而是文化和权力结合的产物；在某种程度上，是社会等级权力以知识的名义，通过学校这样一个场域，压制和消除边缘的声音[1]。在中国，"教学内容与教学模式的选择，教学大纲和标准的制定，教材内容的编选，考试内容的设定，都是以城市学生为依据，长期忽视农村的教育环境、教育资源和学生的承受力。在实际教学过程中，课堂几乎不给学生传授能够在农村中有效发挥作用所需知识、技能和思想"[2]。确切地说，教育的"一个重要内容就是培养对工业、城市与现代生活的向往与羡慕，这种内容面对乡村小学及其学生时愈发显得突出。城市在这里成了工业、现代化和幸福生活的象征。这种内容也许是课本与课程的编订者下意识设定的，但它们在乡村学校中则会被接受为一种明确的意识……那些显现与渲染高楼大厦、立交桥、大街、公园、古迹与机场画面及文字恰足以形成城市生活的强烈诱惑。语文课与社会课本中无意出现的事物与形象，如动物园、公共汽车、电话亭，在乡村学生的眼中也都成为城市生活隐约但诱人的闪现"[3]。高等教育的市场化和规模的快速扩张，貌似有利于教育的普及和大众

---

[1] 葛兰西指出，资本控制下的"新型学校仿佛是民主的，力图使统治者与被统治者相互关系和谐化……（但）一开始就力图使学习狭隘的专门化"，对于广大劳动人民而言，只能意味着极端的不公平，所谓新型学校的"用途不仅为了使社会差别永恒化，而且为了把它们固定化于凝固不变的形式上"。教育的内容和目的就是使广大劳动人民分化并永久处于原始的沙化状态而难以联合起来进行斗争，进而达到分而治之。葛兰西：《狱中札记》，曹雷雨等译，中国社会科学出版社2000年版。

[2] 杨东平：《对我国教育公平问题的认识和思考》，《教育发展研究》2000年第8期。

[3] 李书磊：《村落中的"国家"：文化变迁中的乡村学校》，浙江人民出版社1999年版，第105—106页。

化,精英教育走向大众时代,文化资源丧失了排他性和特权,但是,如今的大众化教育已很难培养出一个个时代先锋式的"青年精英",加之就业和成才过程中的各种不公与偏见,使"精英循环转变为精英复制",精英群体明显"具有代际继承性"和"排他性",对农民阶级而言,要培育出掌控一定话语权的代言的"新阶级"无疑更加困难[1]。很显然,古德纳和葛兰西虽然看到知识分子的批判能力和自治品格的可贵之处,但专业化和理性化的体制还是极大地阻碍和钳制了培育乡村型知识分子及其参与社会公共问题的能力和激情。

对农民阶级培育的"新式知识分子"而言,也许最为致命的是,为本阶级代言和获取代言资格的文化资本之间,存在着悖论性的宰制关系——要想获得代言的话语权就首先必须获取文化资本,而一旦获取了文化资本却又意味着代言能力的弱化,甚至丧失。换句话说,乡村型知识分子在城市中心论价值取向的教育之下,"被迫放弃许多从小就接受的价值准则,乡村的'自然野趣之习染'不断地受到侵蚀,对他们来说,这是一种内心的煎熬,而这种煎熬伴随着自身文化水平的提高日益明显"[2]。布迪厄指出,所谓文化资本,是借助不同的教育行动(传播教育、家庭教育、制度化教育)传递文化物品,有具体的、客观的、体制的三种存在形式[3]。家庭出身不仅仅通过单纯的经济收入来影响孩子的学习,文化资本的传承也是阶级再生产的重要一环。布迪厄发现,在剔除了经济位置和社会出身的影响因素后,来自更有文化教养的上层社会家庭的学生,更加适应现代文化教育和社会选拔制度,也就是说,他们更容易获得学业的"成功",因为他们更容易与社会希望建构的语言和话语代码相互适应[4]。

---

[1] 陈金光:《从精英循环到精英复制——中国私营企业主阶层形成的主体机制的演变》,《学习与探索》2005年第1期。
[2] 黄复生:《从"俯视"到"平视":新世纪我国教育价值取向的转型》,《当代教育科学》2003年第1期。
[3] 布迪厄:《文化资本和社会炼金术》,包亚明译,上海人民出版社1997年版,第192—201页。
[4] 布迪厄、华康德:《实践与反思——反思社会学导引》,李猛、李康译,中央编译出版社1998年版,第212页。

同时，布迪厄在《教育、社会和文化的再生产》中分析了资产阶级语言和工人阶级语言之间隐藏着的不平等关系。学校培养的目标是将"语言的实践掌握"转化为"语言的符号掌握"，并形成与社会主流意识形态相配套的"精密型代码"，这套精密的"符号代码"与优势阶级（资产阶级）更为接近，而对于底层和边缘的农民阶级来说，则无异于增加了其失败的概率[1]。事实上，我们的所谓现代教育对乡村学生来说无疑是一门"他者的课程"，使城乡学生在竞争中处于极不平等的地位。可以说，掌握一种语言就获得了一种语言关系，学校的语言教育与底层的本质语言之间是一种教育与被教育、改造与被改造、合法与不合法的关系，农民话语所代表的那种朴素的、乡野的、未经文化体系系统改造过的思想、情感、智慧与生活方式不可避免地被规训和改造。主流的、合法的、体制的、现代的规范语和书面语作为评估和认定学生的符号系统，是天经地义的。所以，底层的孩子要获得文化资本，就必须彻底抛弃家庭或乡村中已经根深蒂固的话语系统，转而认同文化资本所认同和操控的语言，由此，导致了谋求代言和获取文化资本之间的悖论性两难。

由此看来，语言和文化具有社会基础，是隐含在知识、价值和身份的生产中的斗争场所，而每一种教育体制，它与随之而来的知识和权力一起，维持和改变话语的占有程度。在城乡差距日趋严重的中国，教育差距既是城乡差距的反映，又是其重要原因，中国知识界的现状，恰恰证明了这一悖论的现实存在。

---

[1] Pierre Bourdieu, Jean-Claude Passeron. *Reproduction in Education, Society and Culture*. London and Beverly Hills: Sage Publications, 1977: 116–120.

第四节

乡土文学的发声困境和病灶

在《我们，我们："80后"的盛宴》中集体亮相的73位"80后"写手，他们对中国的发言和表态是很有代表性的，也是未来文学走势的预演。但是，这样一批未来作家中，只有李傻傻等个别作家来自乡村，并将写作的触角探向了乡村世界。这形单影只、近乎独语的乡村书写，在都市的"青春合唱"中显得势单力薄，不合节拍。当然，笔者并不否认非农民出身的作家也可以书写乡村和农民，也绝对拒斥"阶级出身论"的老调重谈。但是，读罢《我们，我们："80后"的盛宴》中编选的作品，农村和底层书写的缺失的确是一个不容忽视的客观事实。当农民阶级不能在日常生产和劳动中培育自己的"新阶级"，新式教育又进一步加剧了知识分子从语言到情感上失去对乡村的认同时，中年作家的疏离和冷漠，年轻一代的集体缺席，必将使中国文学失去乡土这块广袤的文学场域。而事实上，我们又可以从李傻傻受欢迎、被期待的现象中，分明看到对乡村和农民阶级的书写在中国这样一个传统农业文明大国中的重要位置。可是，势单力薄、尚且稚嫩的"李傻傻"们能否经得住利益的诱惑，在名利和物欲的重重包裹中坚守前行呢？一个长期游离于集体和体制外的孩子，面对诱惑是危险的，诚如年轻作家盛可以所言："实际上，在'80后'颇有市场的嚎叫、愤青、无厘头中，李傻傻的风格是一种冒险。这意味着他要么被嚎叫淹没，被愤青干掉，被无厘头毁灭，要么以沉静恬淡与忍耐杀出一条路，傲然独立。"[1] 但是,从"李傻傻"们的创作趋向看,他们显然有被"都市合唱团"整编的危险,当下农民阶级的优秀分子在进入"新式学校"、掌握文化资本之后,恰恰丧失了"根性"和"代言"的能力。

早年来自乡村的李傻傻,在网络间刮起了一股另类的、彻底陌生的,而不是朋克的"青春旋风",他有着"80后"写手们普遍没有的、在大自然中成长的经历,以及粗砺的、充满原始生命力的乡村生活经验。乡村大地、风、雨、河、物,在他的作品里是那么自然而然,一个农家孩子对早日长大成人的兴奋、真挚热烈的少年意气、真实的情感和欲望,交织成一部"阳光灿烂的日子",放任自己的青春像树木一样疯长、茂盛。处女作《被当作鬼的人》以作者自己的亲历为题材,在波涛汹涌的都市书写潮中淘洗出被淹没的乡村记忆,为"80后"的文学世界呈现出乡村的图景和言说。家乡亘古美丽的神话传说,百听不厌的掌故野史,稀奇古怪的奇闻轶事,都给李傻傻的创作注入了一种能量。他没有主题明确地去倾诉农村的苦难,也没有加入田园颂歌的行列,只是以一个农村孩子的视角真实地看待自己的生活以及和自己生活在一起的人们,比起那些美化农村经验、将苦难诗化的作家,李傻傻以原汁原味的乡村话语展示出一名优于以往乡村和农民阶级"代言人"的潜质。

然而当他考上大学,跨入城市后,尽管也写出了《打口古都》等对都市诟病和批判的作品,但是,"仅仅有对(乡村)破碎经验的迷恋是不够的"。[2] 当原先供自己消费乃至挥霍的乡村资源已经不再唾手可得,乡村大地所赋予他的从容气度和身份认同让他惊慌失措了,小说《红×》价值判断的中止和混乱就是最好的佐证。"像李傻傻《红×》,性交、杀人、摸女人、

---

[1] 江筱湖:《多读书少上网,文坛前辈忠告"80后"》,《中国图书商报》2004年12月28日。
[2] 张柠:《乡村与都市的双重梦魇——谈李傻傻的创作》,《南方文坛》2007年第4期。

流产、安全套、开除等字眼成为青春叛逆的符号（这并非青春的普遍真实），喋喋不休的自言自语也有些让人厌烦。……血腥、暴力、愤怒、性交、女人，这些成为他（们）文字的新的增长点，生活在都市，却爱强调自己是个农民，……如果连起码的人文关怀都做不到，文字再熟练再机俏再花哨（这些来自阅读与书写的勤奋，与天赋和精神高度无关），作品的价值等于零，甚至对读者是有害的。"[1]这样的批判也许有些极端的情绪化，但是，平心而论，作者对乱伦、偷窃等行为没有真诚的反思，而是百般狡辩："我喜欢他（指沈生铁）身上自由的一面，自然的自由，听从心，而不是逻辑规范。比如对杨晓、杨繁母女的爱恋，他自始至终都没有想过这个问题：我可不可以爱她们。他只是想如何去爱。又比如偷窃，他关注的是，想，还是不想，而不是对或不对。"[2]走进都市的自然之子，迷失了；乡村大地无比宽广的胸怀和包容的气度，那种在平淡从容中对抗强暴的坚韧和耐力消逝了，我们根本读不出乡村的记忆和诗意怎样影响了他对当下都市的想象和认知的独异性与批判性。如果把"李傻傻"三个字掩住，很难把《红×》与大都市里的其他"80后"作品区别开来。都市制造的新压迫与新侮辱，尽管激起了他不认同的反叛性格，但是我们又分明能够从主人公沈生铁身上读出像野心家于连一般"无耻"地"向上爬"的野心：企图迅速融入都市消费一族，打肿脸面充胖子，拼命打工，做家教，挣扎，然后把辛苦挣来的钱挥霍掉，妄图以此抹掉贫穷的农民出身造成的"屈辱"；这种可怕的虚荣，对于贫穷的而又自尊的乡村少年来说，也许是真实的，但更是触目惊心的。然而，不可思议的是：身份认同的焦虑，成为放任欲望洪水吞噬自我的借口，甚至产生了病变心态和无耻的宣言："我想把她们中最漂亮的强奸掉"，因为，"伟大的

---

[1] 胡传吉：《80后实力派五虎将：一场虚幻的盛宴》，《新京报》2004年5月26日。
[2] 欧亚、李傻傻：《网络时代的自然之子》，《花城》2004年第4期。

女性，引领我们堕落"。城市的糜烂生活伤害了他，他愤怒了，失衡了，绝对没有"少年沈从文"应有的从容和批判的力度，更多的是以暴制暴，自暴自弃，自我放逐，甚至同流合污。这绝对不是一个来自乡村的、操控着批判话语文化的"新阶级"应有的姿态和表现，而是对商业逻辑的屈从和炒作，对消费主义话语的媾和，被寄予厚望的李傻傻终于捧着《红×》接受"招安"[1]。这不是李傻傻个人的失败，而是农民阶级集体的不幸，更是整个社会的悲哀。

然而，眼下的农民阶级已经沦为边缘，群体认同感和归属感也几乎丧失殆尽，这直接导致了乡村知识分子主体的自我迷失和集体"叛逃"，他们在浑浑噩噩地"向上爬行"中进入了福柯所描述的"圆形监狱"：大家相互学习、"监视"，在枯燥、单调、规则中生活和思想，长此以往，习惯成自然，自觉地自我监视成了内心的需要，亲手扼杀了自己的精神想象力和审美感知力，完成了自我的规训和监禁。历史证明，外部的殖民和压迫并不可怕，因为最铁血的统治，只会招致更猛烈的反抗；最可怕的是，主体的"自我殖民"和"自我取消"，"被殖民"而不觉，"被暴力"而不痛！这种可怕的"自我取消"，在现实生活中逐渐"内化"为布迪厄所言的"符号暴力"，通过既是认识又是"误识"的双重作用，实现了对其他丰富的、"另类"的文学世界和想象的压制。这种认识和误识的行为超出了意识和意愿的控制，或者说是隐藏在意识和意愿的深处[2]。正如古斯塔夫·勒庞所说："掌握了影响群众想象力的艺术，也就掌握了

---

[1] 李傻傻不仅被媒体夸张地捧为"2004年最受关注的十大文化人物"，而且更被跨国资本神奇地推上了《时代》周刊。人民网在评说李傻傻时直言："2004年前还无人知晓的一个在校学生，一夜之间便被媒体捧红。当然，被捧的人没有几个不能红，不过像李傻傻这样红得发紫，还是少见。"也许在主流的商业主义消费文化看来，李傻傻非常适合扮演"都市青春合唱团"中引人眼球的"唱怪调"的丑角。

[2] 布迪厄、华康德：《实践与反思——反思社会学导引》，李猛、李康译，中央编译出版社1998年版，第221—229页。

统治它们的艺术。"[1] 我们的文学丧失了想象力的多样化和世界的丰富性，也就无法把散落在世界每一个角落里的有价值的经验碎片，整合和同化为自己生活和体验的一部分，而只有龟缩在私人的世界里，围着一点私利，蝇营狗苟地做着重复性的自娱自乐的文字游戏。这已不仅仅是让乡土文学难以发声的瓶颈，而且是让整个中国文学界难以发声的病灶。

---

[1] 勒庞：《乌合之众：大众心理研究》，冯克利译，中央编译出版社2000年版，第53页。

第四章 "创伤记忆"的重构与伦理书写

第一节

"对抗记忆"：僭越"新历史主义"话语

一

过去的百年历史赋予中国文学的财富莫过于对历史创伤的记忆和表达。但这种挥之不去的"创伤情结"[1]，也让我们陷入了记忆的政治梦魇。文学关于历史记忆的审美化和复杂性表达在一定程度上就被简单化为社会解放运动的浅层符码；打破这套既定的垄断性的编码系统，已经成为当下文学建构自足的多样性和现代性的目标。正如巴赫金所言："小说的兴起，正是正史话语世界被瓦解的结果。"小说也应该由此获得解构主流意识形态建构起来的"历史图式"和"世界镜像"的功能[2]。

在中国文学的话语语境中，"新历史小说"因为能够把"现实"与"历史"进行巧妙的"互文性"处理，敢于直面曾经扭曲了其历史感知和审美能力的异己力量，以别样的话语方式从历史中释放出被遮蔽的异质性，而一度成为当下文学回归自身记忆和言说的中流砥柱。然而，批判和解构历史却又存在着潜在的危险性。正如巴什拉辩证地指出，认识论的障碍总是成对出现，如果不改变批判的模式，批判者会和他指控的对象堕入同样的陷阱之中[3]。不幸的是，当

---

[1] 王晓明：《在创伤性记忆的环抱中》，《文学评论》1999 年第 5 期。
[2] 克拉克、霍奎斯特：《米哈伊尔·巴赫金》，语冰译，中国人民大学出版社 1992 年版，第 331 页。
[3] 张旭光：《加斯东·巴什拉哲学述评》，《浙江学刊》2000 年第 2 期。

下历史题材的小说恰恰就是堕入陷阱的"井底之蛙"。在这类小说叙事中,那一张张充满调侃、戏说、偶然、荒诞以及"反乌托邦的乌托邦"诉状,在控诉历史被建构的同时,却因为叙述者自身"狭窄的思想通道与日益苍白的私人经验",使原本厚重的满载思想积淀的历史,变得"都是'轻飘飘'的,漂浮而虚无"[1]。消解深度的个人,以"变相"的理念、浮泛的情感,书写表象化的历史事件,恰恰凸显了真正"原告"的声音的缺席。貌似"胸怀大志"的作家们,正欣欣然忙于创造"一个人的历史",醉心于疏离和"造反",放逐知识的延续,追逐历史话语的叙述权。在他们的笔下,历史的必然性被个人"力比多"冲动的偶然性所取代,专注历史主流之外的细枝末节,以野史、家族史、秘史等形式重构历史本相,拼接个体生命感知的碎片。然而,当一切权威性被嘲弄,客观性被搁置,合法性被重构,"新历史主义"话语的霸权和权威被确立之后,却在另一个极端实现了对异己话语的敌视和封杀,导致新历史小说宛如孪生的兄弟姐妹,在一个共同"精神之父"的规训下,完成了自我同一性的又一次建构——是主动而非被动,是自觉而非强制——创作主体接受了"自我殖民"和"自我取消",他们貌似有力的解构性话语恰恰正是马尔库塞所谓的"被全面管理的语言"[2]。它本质上的表现还是群体的,又是"阶级性"的,同样难逃"政治语意学"的牢笼。这种对中国历史的片面解释和重写是一种重新包装"中国"的策略,是刻意的无深度包装,它即使在一定程度上偏离了当下"政治语意"的控制,也难逃主流社会所鼓吹的消费主义意识形态的召唤——主动放弃对公共生活与社会历史的参与和热情,而专注于琐碎的私人性,享受庸常、孤独和欲望带来的快感与"意义"。正如布托尔指出:"不同的叙述形式

---

[1] 吴义勤:《新生代长篇小说论》,《文学评论》2004年第5期。
[2] 马尔库塞:《单向度的人:发达工业社会意识形态研究》,刘继译,上海译文出版社1989年版,第78—94页。

是与不同的现实政治相适应的。"[1] 而维特根斯坦也说："一种新的语言游戏处处体现着一种新的'生活形式'。"[2] 所以，不管是过去在主流意识形态支配下"须听将令"的写作，还是如今道听途说、抱着野史观念的"戏说"，都将陷入一种说教性的叙述圈套，只不过角色由"帮凶"转化为"帮闲"罢了。

新历史小说所追求的"小写的历史"貌似与传统的"大写的历史"叙事之间是水火难容的对立，但其解构性叙事的背后恰恰蕴含着新的一元话语建构的企图，它一开始就偏离了格林布拉特等人对"新历史主义"诗话哲学的包容性、整体性以及文学和历史之间"动态构成性关联"的设想[3]。尽管它试图站到"大写历史"的对立面，但它的思维和写作依然依附于"大写历史"而存在，依然被紧紧裹挟在被预先设定的"创伤性记忆"的怀抱中。

而福柯对历史的承继关系的启示性论述对我们摆脱"创伤性记忆"大有裨益。福柯对自己的精神导师——尼采的"上帝之死"进行独到而又辩证的阐发，他认为"上帝死了"，尽管废除了外在性存在空间的宰制，敞开了一个内的自主性体验空间，但是这种内在的感性体验是一种"僭越式体验"，"僭越，不停地穿越它背后瞬间式、波浪般的界限封锁，却再一次返回到不可逾越之地"[4]。这个"不可逾越之地"的存在，启发福柯提出了"对抗记忆"（Counter-Memory）来解决"大历史"与"小历史"之间的二元对立关系。"对抗记忆"又叫"非认同式记忆"，是相对于认同式记忆——从中可以确立自我定位和自我谱系（在中国，就是创伤记忆）——而言的，是对所谓历史本质记忆的拒斥，它通过被忽略和被贬斥的可观感的琐事，通过重新组织、重新判断

---

[1] 陶东风：《文体演变及其文化意味》，云南人民出版社1994年版，第126页。
[2] 马尔康姆：《回忆维特根斯坦》，李步楼、贺绍甲译，商务印书馆1984年版，第115页。
[3] 张京媛主编：《新历史主义与文学批评》，北京大学出版社1993年版，第127页。
[4] Michel Foucault: *Language, Counter-Memory, Practice,* Trans. Donald F. Bouchard and Sherry Simon. Basil Blackwell: Cornell University, 1977, S.160.

已有的历史事件来"重新记忆"和提供"有效历史",是对认同式记忆已经建构的历史谱系的"忘却的能力"。这种遗忘并不单单是指压抑和排斥记忆,更是尼采所说的那种"形成新意义的必要条件"。这种"重新记忆"在小说创作中的体现,远非是对历史事件的另类摹写,也非道听途说的"戏说",而是一种"让历史事件、奇迹"在时间的流动中不断变换面目,在传统史料构成的语境罅隙间寻求"对抗记忆"发挥效用的空间,发现意义缺失的部分,来补足和纠正被建构的意义,这也为我们在当下有效地思考"历史""表象"和"整体"开辟了方法和道路[1]。

二

格非的历史题材小说《人面桃花》,是成功地运用"对抗记忆"处理历史材料,并以"幻想性叙事"重塑历史真实的有益尝试。正如格非在谈《人面桃花》的创作缘起时所言:"我觉得对中国历史、尤其中国近现代史,其实很多的领域、很多的地方,我觉得有很多历史学家在写,有很多文学家也在写,但是我觉得有一些领域还没有被人碰到,原来我们觉得都已经充满了各种各样的历史和文学表述,但是我突然发现,我的感觉,比如我对历史的了解、或者我个人的梦想、我个人对理想社会、或者理想人生的我的想法,如何跟古代传统连接的问题,我突然有一个感觉,当然这个我不想多谈了,有很多领域是很多人没有碰过,我突然觉得我非常有必要完成这样一个东西。"[2]

那么,在纷繁浩淼的历史书写中,当我们忘却了依据"认同式记忆"构建

---

[1] Michel Foucault. *Language, Counter-Memory, Practice,* Trans. Donald F. Bouchard and Sherry Simon. Basil Blackwell: Cornell University, 1977, S.154-214.
[2] 格非:《作家格非做客新浪谈〈人面桃花〉实录》,http://book.news.sina.com.cn/1096011301_renmiantiaohua/author/subject/2004-10-13/3/114470.shtml.

的东西，那么，还没有被人碰到的属于"对抗记忆"的东西是什么呢？如何才能把隐匿的东西作为"有效历史"呈现出来呢？如何才能挣脱文学与历史既定的编码关系，与中国文化和古代传统连接呢？格非选取了从找寻"社会忘却"之物，而非已有的"社会记忆"为出发点，表达社会历史的形成和变迁，无疑是一次有益而成功的尝试。

小说取材于正史记载的真实史料，讲述的是20世纪初，几代思想或革命先驱的理想与追求、执着与彷徨、失落与回归的故事。乍一看，小说大量运用旧体日记、人物传略、地方志等史料，是在"大写历史"的界限内的叙事。作者是在利用革命历史叙事（包括正史和野史），批判和颠覆根深蒂固的革命意识形态；用传统的历史观来看，罢官归隐的父亲、革命党人张季元、绑匪首领王观澄、少女秀米，他们桃花源式的理想和乌托邦革命的失败，是历史的必然，这样的书写逃不出"社会记忆"所规定的窠臼。然而，小说的可贵之处，并不在于再一次老生常谈地揭露了中国几千年来革命乌托邦思想的虚妄和危害，以及革命意识形态培育出的爱与死的伦理法则对人性的戕害。尽管睿智的本雅明早在半个多世纪前就已经指出，从乌托邦的天堂吹来的风暴，虽然冠以进步的名义，但它实际上只是将普通人的生活变成层层叠叠的残骸[1]；但是，格非却还是执拗地坦陈，"我不否认'乌托邦'对我的重要性"；"假如我生活在上世纪三十年代的上海，我是会毫不犹豫地奔向延安的"[2]。因为，透过当代中国百年历史的建构历程，可以清醒地看到，"人治"的历史充满变数且坚硬无比；一个人相较历史的渺小，被历史利用、出卖、甚至重塑和扭曲人的生命轨迹，都是那样轻而易举的事情。《人面桃花》的着眼点并不在于以当下流行的个人化的"小写历史"——"人事"——秀米在情感欲念驱使下的革命冲

---

[1] 本雅明：《启迪》，张旭东、王斑译，牛津大学出版社1997年版，第56页。
[2] 格非、谢有顺：《我遇到的问题是整体性的》，《南方都市报》2004年6月28日。

动,去解构传统意识形态所确立的历史必然观。秀米一生的经历,凸显了个人在历史洪流的裹挟中,从来就没有也不可能认清和掌握自己的命运。一个"不属于自己的身子",没有自主意识的主体,要成为"时势"大潮的弄潮儿,无异于痴人说梦。由此可见,单凭"人事"是难以独自承担历史之重的;像当下时髦的新历史小说那样,将"革命历史"的宏大事件,仅仅放置于"人事"的层面上加以展示,显然在另一种意义上破坏了历史的真实。所谓的解构历史,还原真相,实际上仍然是以丧失历史真实为代价的,也无法呈现出人类"有效历史"的真相。

因而,只有遗忘,通过积极地遗忘已有的各种被建构的"认同式记忆"来重新寻找历史记忆新生的意义。秀米从青春期开始,她就失去了对自己身体的认识和把握,先是对初潮的恐惧,让她"多次想到了死";少女的初恋情愫和张季元的痴恋都让她难以把握,不能自已;张季元的死,使她患上了失忆症,"只有在阅读张季元的日记时,秀米才觉得自己还活在这个世上";及至婚嫁这样的人生大事,"秀米叹了一口气道:'这身子本来也不是我的,谁想要,就由他糟蹋好了'";在花家舍,任由男人摆布而放弃抗争;尽管领导普济革命,却"觉得自己就是一只蜈蚣,而且,被人施了法术,镇在雷峰塔下……";及至革命失败,她俨然成为一个活脱脱的祥林嫂,"这个生命实际上已经结束了"。"她的大脑一片空白","我是一个傻瓜。她喃喃自语道"。此时,她甘愿将身体交给一个乞丐,"反正这个身体又不是我的,由他糟蹋好了"。而走到生命尽头的秀米更是无法把握自己,她如"正在融化的冰花","冰花是脆弱的,人亦如此",在"温暖的阳光下,冰花正在融化。它一点一点地,却是无可奈何地在融化"。伴随着冰花消融,"她就靠在那儿静静地死去了"。摆脱了"认同式记忆"困扰的秀米,正是通过个人的"非认同式记忆"呈现着"有效历史"的进程。

传统的正史史料留给我们的是不可逆转的"必然性";而"对抗记忆"则通过修正和补足的反作用,让"大写历史"变得丰富、可信,成为必然和偶然、理性和感性的共同体而彰显真实,让僵死定格的"必然"复活。我们在固有的史料记忆的缝隙间通过想象、梦想和传说等被正统史观所鄙视的"荒诞"方式,拯救和赎回我们被遮蔽和被建构的记忆,因为,"没有被言说和表现的过去会纠缠历史的现在",这本身就是接近过去的最有效途径,我们由此回到了一个潜在的、多维的、可能的、流动的时间,时间之流同时也能击碎即时性空间的限定,使记忆在一个多元的历时性空间展开,直抵事件的源头和真相。对叙事学颇有研究的格非,清楚当下的各种历史记忆和叙述都存在诸多"盲视"和遮蔽,因此,任何一部史著和小说,都客观存在着诸多"空缺"和疑问。这些缺失、空白和历史的悬疑,正是历史的奥秘和迷人之处,也是"对抗记忆"发挥作用的空间。反思中国几千年的历史,我们无法否认它是一部充满暴力和血腥的革命史。但是,被历史记载的英雄人物,都"面如桃花"盛开一般,绚烂、夺目、光彩照人,桃花背后疏影横斜的暗影,却被有意删改,正如大写的革命历史肯定不会记载烈士张季元因情欲的无法满足而痛苦,进而怀疑革命的意义。翻看当代史的书写,几乎千篇一律,载入史册的都是永垂不朽的壮举,却唯独缺失了人之为人的最根本、最琐屑的根底。

所以,《人面桃花》并没有正面描写晚清民初革命风起云涌的壮烈场面和客观的历史世界,而将笔锋的着力点放在表现一个感知的世界以及情感与人性,通过感性而真切的情感辨析和时间的洗练,在我们记忆中牢不可破的历史"事实"和"真实",变得柔软、丰富且充满人情味。因而,我们就不难理解《人面桃花》既笼罩着一种物是人非、欲去还留、亦真亦幻的古典意韵,又依然有着《迷舟》的现代主义神秘气息,两者杂糅,使小说灵动自如,氤氲流贯，充满让人迷醉的"桃花香味"。正是几千年传统文化的哺养和令人迷醉的自然情感，形成了无法隔断的生活和历史的长河——历史是人的历史和人写的历史，它既是人类记录成长历程的客观史实的载体，也是人类文化和美好情感呈现和表露。

正如格非坦言：《金瓶梅》《红楼梦》对他写《人面桃花》有很大的启发和影响，特别是"人的自然情感，不像西方有一个宗教的大的主题、那种真理性的东西，一定要追求那个真，或者终极的东西，他不是，他有一种悲悯，有一种人情的美丽。读这个作品的时候我有很多做法，你是一个中国作家，你不得不考虑中国传统，所以我觉得'人情'两个字，我还是思考了一段时间，这个可能对我有影响"[1]。

"人的自然情感"，也许就是格非所谓的在众多历史书写中还没有被人碰到的东西，这是传统的革命史所忽略和有意遮蔽的东西，又是时髦的新历史故意夸大和调侃"戏说"的东西。两者的极致性书写导致"人情"在历史意义上的失真，但是，格非的小说却正好通过"对抗记忆"使其呈现为人类的"有效历史"的一部分。

孱弱的父亲陆侃，从疯癫、被囚禁到出走，表面预示着父权文化和传统世界的崩溃；而作为贤妻良母的母亲，偷情、与女儿争夺情人、置女儿的婚姻幸福和生死于不顾等举动，既是对个人欲望的肯定，又是对传统伦理和"母亲"形象的颠覆。然而，父母所代表的传统力量却始终如影随形地困扰着秀米，是促成她人生道路的重要因素。她曾为父亲的疯病和出走询问过身边的每一个人，产生了对世界和生活的困惑和不信任；秀米直到终老，都想要弄清楚父亲发疯的真正原因；父亲要建立"桃花源"的理想，"激起了秀米对他的同情"，

---

[1] 格非：《作家格非做客新浪谈〈人面桃花〉实录》，http://book.news.sina.com.cn/1096011301_renmiantiaohua/author/subject/2004-10-13/3/114470.shtml.

也影响了秀米革命理想的确立；父亲临走前的遗言："普济马上就要下雨了"，为秀米的日后活动奠定了基调和氛围；母亲给她带来了初恋的情人，改变了她人生的轨迹，尽管恋人的所作所为深深伤害了少女秀米。如果说，父亲的桃花源理想，只是一个空想和笑柄，在秀米心中是朦胧的、模糊的闪念，那么，张季元的革命理想，则具有实践性和现代性。在秀米传统懦弱的父亲——陆侃退隐之后，张季元作为一个新潮而刚毅的"亦父亦夫"的形象登台；后者作为秀米的爱情启蒙者，在秀米的思想和情感上一度占据上风，他遗留的日记，既作为叙事的线索穿插小说其间，更为秀米不可思议的革命举动做了最好的注脚。然而，即便如此，走出革命虚妄症的秀米，却强迫自己患上了"失忆症"，她自始至终唯一想弄清楚的事，是与神秘失踪的父亲有关，"就是母亲与张季元是如何认识的？父亲在发疯前是不是知道这件事？父亲在赠给丁树则的诗中，为何会将'金蟾'错写成'金蝉'，这与张季元临行前送给她的那只金铸的知了有无关系？"最终，从父亲曾经住过的阁楼里找到了父亲对《无题》诗的批注，才知道张季元与父母的纠葛，"眼中冷冷得颇有怨怼之意"。在倾听父亲遗留给她的瓦釜的声音中，"她又变回到原来的秀米了"，张季元是无法代替父亲的。通过噤声惩罚自己罔顾亲情的秀米，正是在少女喜鹊和普济村民的善良和宽容中得到温暖，她原谅了出卖自己的翠莲，并在饥荒之年的日常生活中，通过"施粥"实践了自己革命都无法实现的大同理想。正如格非所说，《人面桃花》的寓意就是"女人寻找自己梦"，这个梦是"爱情"和"桃花源"。但是，梦都不可能在暴烈和杀戮的革命中实现，尽管爱情和革命在小说中活似一对连体婴儿[1]。所以，书写和补足被我们传统历史观所有意遮蔽的富有"人情味"的"人事"与家事，才会使历史变得更加真实和富足。这就是"对抗记忆"所

---

[1] 格非：《作家格非做客新浪谈〈人面桃花〉实录》，http://book.news.sina.com.cn/1096011301_renmiantiaohua/author/subject/2004-10-13/3/114470.shtml.

倡导的"通过被忽略和被贬斥的可观感的琐事",来实践历史的真相。就像秀米最后所发觉的那样,"原来,这些最最平常的琐事在记忆中竟然那样亲切可感,不容辩驳。一件事会牵出另一件事,无穷无尽,深不可测。而且,她并不知道,哪一个细小的片刻会触动她的柔软的心房,让她脸红气喘,泪水涟涟"[1]。

作为秀米的两个启蒙者,陆侃空有理想而无力行动,他一走了之,是对理想的"殉情"。张季元有行动,却因为对秀米产生恋情而理想动摇,"没有你,革命何用?""张季元啊张季元,你张口革命,闭口大同,满纸的忧世忧生,壮怀激烈,原来骨子里你也是一个大色鬼呀"。"父亲"的消失,英雄的"去魅",他们的缺席和退场,让小说也具有了"反启蒙"的意味。这不仅表现在人物反伦理、反道德的欲望合理化上,更体现在作者对历史事件叙述的过程中,将历史史料的考据,梦境的超验性,瓦釜、金蝉的象征性,声音的隐喻性和绵延性,远古传说的神喻性相互印证,互为"应和",连缀成篇,实践了"对抗记忆"所具有的怀疑"启蒙理性""解构历史"的意义。这种"应和"不仅具有在同一时空内的"横向应和"与感知关系,更有打破时空界限的"纵向应和"所强调的那种具体之物和抽象之物、有形之物和无形之物、自然之物和精神心灵之物、现实世界和超验世界的沟通及应和,使人的感性体验超出自身范围,获得更大解放,更使历史变得丰富可感、含义深刻。小说的叙事既依据了大量民国时期的书信体——张季元的日记,这是格非用来贴附历史事件的一个工具;也有许多出现在括号里头的记载人物生平和方物的史料,它们几乎将小说塑造的感性人物一一在历史现实中找到了对应,让他们在真实和虚构之间的自由摆渡,以历史微光烛照现实的幽闭和人性的根底,在不经意间便触痛了心底最柔软的那根弦。这既彰显了"对抗记忆"的广博和呈现有效历史的力

---

[1] 格非:《人面桃花》,春风文艺出版社2004年版,第247页。

量,也开辟了一条挣脱"创伤性记忆"拘囿的通途。

三

"对抗记忆"的根底何在?它寄寓在主人公秀米、乃至人类的精神血脉之中,这正是格非在《人面桃花》中所力图找寻的"记忆之源"。尽管我们可以为后期秀米的"革命执念"找出各种客观凭据,如张季元的影响,花家舍的劫难与创伤等。但是,我们却很难理解:早在见到张季元之前,初潮的秀米为什么会本能地对"应该怎样去死"充满迷恋,并由此萌生"原始强力":"每当她看到戏文中扬延辉唱道'黄沙盖脸尸不全'的时候,就会激动得两腿发颤,涕泪交流","偶尔瞥见从村中经过的官兵的马队,看到那些飞扬的骏马,漫天的沙尘,樱桃般的顶戴,火红的缨络以及亮闪闪的马刀,她都会如痴如醉,奇妙的舒畅之感顺着她皮肤像潮水一样漫过头顶"。同时,少女秀米的"革命执念"犹如胎生一般:"她觉得自己的脑子里也有这样一匹骏马,它野性未驯,狂躁不安,只要她稍稍松开缰绳,它就会撒蹄狂奔,不知所至。"

这是一种无意识的"强力精神",她要找到发泄和突破的通道,实践自己的人生目标,正如梦境里的寺院主持所说:"姑娘,不用怕。每个人来到这世上,都不是无缘无故的,都是为了完成某个重要的使命。"那么,秀米的使命是什么呢?面对给自家交租的佃户们赤贫的生活,十五岁的她心里已经有了原始的大同思想。对于众人的嘲笑,"秀米没有言语,我的心思,你们又哪里知道了,说出来恐怕也要吓你们一跳"。她希望消除众生的痛苦和贫困,"每个人笑容都一样多,甚至连做的梦都是一样的","每个人的财产都一样多,照到屋子里的阳光一样多"。执着的理想,一次次撞击柔软的心灵,身体内部潜藏的"原始强力"终于不可遏制地爆发,并支撑她义无反顾地实践着自己的革命执念；而作者苦苦找寻的"比如我对历史的了解、或者我个人的梦想、我个人对理想社会、或者理想人生的我的想法，如何跟古代传统连接的问题"，也完全可以在秀米的"原始强力"中得到明确的答案。

这样的强力，可以在我国上古神话中追溯到原型，如开天辟地的女娲、逐日的夸父、射日的后羿等。正如荣格所言：原型"是集体的，普遍的，非个人的，它不是从个人那里发展而来，而是通过继承和遗传而来"，"它组成了一个超个性的心理基础，并且普遍地存在于我们每个人身上"[1]。这种强力原型和精神影响一代代中华儿女，"原型作为远古族类的精神遗存，但又可以与现实的人心灵相通"[2]。它在特定时期，在秀米的身上复活了。这种植根于民族记忆深处的强力，在适宜的条件下萌发，新生的原始记忆修复和补足原有的根深蒂固的历史记忆，这正是福柯所谓的"对抗记忆"的一种表现，是对单纯依靠知识分子自上而下的外在"理性启蒙"的有益补充。因为长期以来，中国的知识分子书写的历史非常需要底层民众的"原始强力"的纠正和补足。尽管"原始强力"中掺杂着个体在发散自己能量、实现自我价值时所裹挟的那种无规则竞争等，但这难道不也正是中国社会中个体心理病痛的一种抽象写照吗？正如鲁迅先生既不忘启蒙民众，"哀其不幸，怒其不争"，又不忘呼唤民众的"诗力""意力"和"强力"。如此看来，格非的《人面桃花》在正确对待传统、历史和启蒙遗产，辩证全面地重新展开对历史的叙事方面，无疑是一个好的风向标。

---

[1] 荣格：《荣格文集：让我们重返精神的家园》，冯川译，改革出版社1997年版，第84页。
[2] 荣格：《荣格文集：让我们重返精神的家园》，冯川译，改革出版社1997年版，第40页。

第二节
"个人记忆"：重塑知青文学真实性

以"青春无悔""蹉跎岁月""劫后辉煌"为主题的知青文学，作为一种集体记忆的书写，在目前看来，很大程度上陷入了被意识形态和权力话语收编与同构的悲剧，由此形成的对历史的回望和追溯，当然是值得怀疑的。文学作为集体记忆——一个时代的总体话语的表达，必然需要被个人记忆所照亮，表达出个体与总体话语之间的差异和错位，才能获得永恒的品格和魅力，正如有"一千个读者就有一千个哈姆雷特"。文学只有囊括了多角度、多侧面的记忆总汇，相互印证和解读，才能还原社会建构的集体记忆，再现历史的本相。诗人作家王小妮的《方圆四十里》正是要用个人记忆对集体记忆的烛照，以此矫正和重塑那段被凝固与标本化的知青历史的真实。

王小妮是聪明的，她知道历史的奇妙正在于它的不可言喻，它再也不是一个单纯的小姑娘可以让我们任意装扮。历史是客观的，但又是多意的、复杂的，个人要实现对历史的言说和客观再现，谈何容易。所以，她干脆在小说创作中承认自己的"平庸"，不添加任何"调料"，原汁原味地将一幕幕历史和人生的悲喜剧展示给现代人看。她没有那种处心积虑、引人"入戏"的企图，或是干扰读者独立感受和思考的"侵略性"。通篇不用廉价的同情，不做道德的评判，不发无端的议论，不引空洞的哲理，来"误伤"读者的真实感觉。当我们的阅读嗅觉正在众多垃圾作品煽情地轰炸下逐渐麻木、丧失功能的时候，"味道醇正"的此书值得一读。

1975年的端午节，是小说叙述的起点，这是一个激情褪色的年代。知青的光环和荣耀早已风光不再，知青们对"知识青年"的称呼，普遍反映是"漏了一个字，我们是没知识的青年"；他们也不再是"青春无悔"的革命小将，用一心回城的老知青王力红的话："这七年，从革命小将变成了精神病"；用不想回城的老知青李英子的话："我不动心，经过这八年，我是特殊材料制成的。"而新来的知青，在离城的刹那间就将胸前的光荣花扔向风中；在公社大院，不管饭就不唱革命歌曲；他们再也不去主动要求下放到公社最偏僻的乡村；甚至欢迎大会一结束就利用不正当手段谋划回城（如高长生等）。这里没有悲壮的美学情调与煽情的理想主义和英雄主义，只有失落的青春和扭曲的心灵。这儿不是他们的家乡，他们不愿多待在这儿，哪怕一小时，甚至十分钟……他们没有理想，他们只想回城，哪怕回去"扫大街"；他们没有爱情，只有相互之间的利用和玩弄来排遣寂寞（如陈晓克与小红）；他们没有同情，只有嫉妒、捉弄（如郭永对王力红）和无情的殴斗（与外乡知青间的血拼）；也没有友谊，表面一套，背后一刀（如陈晓克与铁男）。他们自虐与虐人，被害与害人。除了为回城名额短暂争吵的激情，其余的生命都被麻木和冷漠紧紧包裹。他们可以肆意旷工，"把自己睡傻了"，在"看蚂蚁上树"的浑然不觉中耗掉自己一钱不值的青春。作为1975年的一名渴望迁徙回城的知青，真正的生活和精神状态也许就是如此，根本不会也不可能觉得历史的壮阔、生活的美好和理想的激情澎湃，只会悲怆地体味灰色与麻木。神圣啊，壮丽啊，伟大啊，可能只适合回忆或者是旁观者的主观臆造吧。我们可以像鲁迅那样"哀其不幸，怒其不争"，可是，事实恰恰相反，他们在争，甚至不择手段。然而，他们的争又是徒劳的，命运的沉浮根本由不得他们。

而埋葬知青理想的废墟就是方圆四十里的锦绣公社，一个几乎与世隔绝的穷乡僻壤。它存在于漫天遍野的雾气中，连日的阴雨，阻隔交通的大雪，自然条件的严酷展现出一派颓败的景象。自从张八路在土改后离开,直到知青下放,再也没有来过任何外人;然而这里又不是生活富足的世外桃源,满足口腹之欲成为知青和村民的第一需要。小说频频叙述吃的细节,但除了知青欢迎大会上的唯一一顿肉包子之外,最多的就是用千篇一律的玉米面饼子来驱走饥饿的梦魇。知青李火焰的"生日大餐"就是烤着吃了一块喂马的豆饼,"豆子精髓的香味使李火焰幸福"。所以,村民们甘愿冒着生命危险,欢天喜地地吞下知青宰杀的病猪的肉;知青也不顾道德和尊严偷杀村民的狗和羊。唯一一条铁路与外界相连,尽管夏天被雨水冲垮,冬天被大雪掩埋,也根本没有正规的车站,但它却是知青唯一的"希望线"。锦绣公社,用知青高长生的话说:"是个匪窝";用村里退伍兵的话说:"外人在锦绣这地场儿待不了,人话也说不成。"你几乎看不到知青和农民的融合,"扎根"的刘青,连农民身份的老婆都不理解他的傻;被迫委身下嫁的女知青亚军即使有了孩子后,还经常懊恼自己的"下贱";农民惜粮如金,但知青却因为"玉米棒子硌着睡觉",就向沟里"连摔出去五根,手还在背后摸索";大队重点培养的知青马列,却"不想培养自己"。读者同样也看不到知青内部的文化融合,县城的知青蔑称矿山来的知青为"地耗子",并自觉划清身份界限。就是这样一个方圆四十里的锦绣作为王小妮笔下独立的"小世界",有着自己特定的时空内涵,是一个别样的世界,暗示着一种特定的生活方式、文化底蕴、人际关系和价值规范的存在,是一种"矛盾的存在"。充满矛盾的两个群体——知青和农民就生活在这个矛盾的世界中,你很难判定谁是谁非,谁对谁错。"我没有选择一个亲历者的角度,我和每一个阅读者一样只是旁观。"王小妮甘愿充当一个局外人的角色,以真为本,来还原真实的视觉和痛觉。这并非作者缺乏思索性的才情而没有向更深广的领域提升和跃进的能力,更不是缺乏将记忆贴近良知的自我解剖的勇气。笔者认为这正是王小妮的叙述策略,是对以往知青文学中普遍存在的"思想过剩"和

"话语过剩"的反动,她甚至完全摒弃了人物外貌和心理描写,没有任何分析、思索和议论性的话语,制造了一部"前所未有的纯'动作小说'"。正如维特根斯坦指出:看见比想象更艰难。我们为什么一定要求助于想象和议论,才能认识一种事物和判断一个事件呢?我们早已被预设的想象和论证可靠吗?难道事物本身呈现的还不够丰富和有力吗?让纯粹的诗人王小妮抛却想象和隐喻等擅长的表达手法,匍匐在文字的地表,写出这样瓷实的坚硬的长篇,的确让笔者感到惊异。从这些文字中,读者无论如何不会想到她能写出《十支水莲》那般具有奇异思考、瑰丽想象和灵感四射的诗作。读者又无法否认,仅凭小说中人物的一举一动就足以展示出"文革"时代的一群青年人,带着"血污"和"罪感"自觉地站立起来,接受人民抑或历史的判责和谅解,一切空洞的议论和廉价的煽情都是多余的。这使《方圆四十里》与作为一种集体记忆的历史书写的肤浅、矫饰、时髦的知青文学作品区别开来。

在这部知青题材的小说里,我们不仅看不到"知识"的正面作用,甚至很难发现一个正常的"人"的存在,知青恰恰是小说中最无知的群体。根据历史的常识,我们清楚地知道,1975年的知青,实际上已经是一群未经"知识化"的无知青年,"知识青年"这一具有历史意义的术语,其能指和所指已经存在着巨大的断裂,"知识青年"的名号已经成为一个名存实亡的空洞能指。王小妮选择将此作为自己叙述的起点,无疑与其他绝大多数知青小说划清了界线。小说《方圆四十里》通过对"知识青年"的还原性再叙述,在解构既定概念的同时,也成功地解构了政治权力和惯性思维强加给我们的话语霸权和释义的垄断权,捍卫了个人对历史的记忆和理解的权利,这正是还原历史本真的前提。

1975年,在锦绣公社这个"小世界"中,"一切坚固的东西都烟消云散了"[1],

---

[1] 伯曼:《一切坚固的东西都烟消云散了:现代性体验》,徐大建等译,商务印书馆2003年版。

就连它的行政区划也即将被一分为三，不复存在。一切神圣的东西都被亵渎了，人们终于不得不冷静地直面他们生活的真相。尽管还有知青被派来，但公社干部和村里的态度明显是阳奉阴违的；知青也对"革命样板戏"失去了热情，"戏该收场了"，曾经铁板一块的"幕布"已经笼罩不住人们的思想；在锦绣，知青至少获得了相对的"自由"。但是可怕的事情发生了，他们都被一种生活崩溃与方向迷失的恐惧所驱使，丧失了改变自身以及他们所处的世界的意愿和能力。陈晓克、金榜、杨小勇等人整天无所事事地"游走"在"方圆四十里"的"小世界"，他们从群体的归属中游离出来，有一种近乎"强迫症式"的"离开"的冲动。"游离"的本质在波德莱尔等人的笔下，本来是一种找回自我的个人努力，但是陈晓克等的"游走"在一定程度上只是一种自我出走的潜意识，而非自觉。所以他们如"垮掉的一代"，找不到自己的世界，因为属于他们的世界还没有诞生，而他们又缺乏创造世界的认知和能力，以至于绝望的他们告状、斗殴、投毒……凸显了那"声名狼藉"的惨烈生活。正如陀思妥耶夫斯基在演说中指出："相信他们比任何时候都更加自由，然而他们仍然将自己的自由带到了我们跟前，谦卑地把它放在我们的脚下。"他们在遭遇自由的时候，却毫无意识和能力，反而恰恰被自由伤害。不是他们不配有自由，而是整个时代和社会埋葬了他们的自由。小说主人公"游走"的生活状态，作者以个人对历史的观照和理解，加之整个氛围又即将或正处在"一切坚固的东西都烟消云散"的时刻，那么，关于历史的真知灼见肯定是以碎片而不是整体的形式展现出来，正如巴塞尔姆所说："碎片是我信赖的唯一形式。"[1] 这在《方圆四十里》的叙述中体现得非常明显。

说实话，这部 6 章 126 个小节的长篇小说，没有特别突出的主人公，读

---

[1] 间引自奥尔森：《杂七杂八：或介绍唐纳德·巴塞尔姆的几点按语》，载巴塞尔姆：《白雪公主》，周荣胜等译，哈尔滨出版社 1994 年版，第 11 页。

者也可以说，这一群无所事事的灰色小人物，根本就不配做生活的主角。至少有十几个知青、农民和干部在书中占据醒目的位置，而他们又零散地生活在十几个村落里，尽管他们被作者设定在特定的空间——方圆四十里的一个公社，特定的时间——一年四季里，甚至还在书的前面专门画了一张公社地图，专门列出了人物表，"想让人看得更真切"。但正如作者在后记中所言："一百二十六个小的段落，每段有相对独立的情节，看起来是散的。"读罢小说，让我们掩卷回想一下，任何企图归纳出一条线索、形成一个整体性框架的努力，都是徒劳。"以我的理解，正是自然散碎的东西推进着我们充满变数的生活"；"活着就是个大故事，不需要再编织"。《方圆四十里》没有完整的小说结构，只有如诗歌一样飘忽散漫、充满张力的一段段叙事"碎片"，来阐释和构建那段知青历史。也许是"多年来写诗"的缘由，也许是经验本身的支离破碎，也许是天生地反感生活世界图景的中心化和一体化，这些原生态的生活"碎片"如同一片片镌刻着生存本象的甲骨，散落在历史与现实的隐秘角落里，隐含着解读历史的密码，闪现出摄人心魄的光芒。

　　本雅明睿智地指出这种"碎片"的意义，具有颠覆和拯救历史的功能。在他看来，历史时刻只是弥漫成废墟，断裂或拼贴的"碎片"，而没有连续性或曰因果性；而"碎片性"是"寓言的变体"，是本质的而非外在的历史映象，它使"总体性的虚假表象消失了"。这一"总体性"实际是指一种社会文化、道德政治和经济结构及其运作方式共同构成的宏大历史叙事的总体，即卢卡契等人所依据的那个所谓笼罩一切的整体结构。本雅明指出，我们连接"碎片"并不是还原历史的整体性过程，而是在每一个点上都发现历史的真相，从而"拯救历史"[1]。因此，王小妮在《方圆四十里》中对毫无"模式"可寻的126块"碎片"

---

[1] 参见张旭东：《书房与革命（作为"历史学家"的"收藏家"本雅明）》，《读书》1988年第12期。

的拼贴，显然具有了特定的意义。客观上说，这些"碎片"并非作家的臆造；分布在锦绣公社各个角落的知青，他们各自为阵的异化生活，犹如一堆散乱的、毫无秩序的木块，在 1975 年的特定历史时期几乎不可能被"秩序化"。"应当有人以新鲜的手法，客观的角度，超越某一种规律，更冷静地讲述它"，王小妮做了如此尝试。小说利用杂乱无章的"碎片"符号，貌似随意的陈述，却如福柯在《知识考古学》中所指出的，有它自己的呈现规则，也有它自己的占有和运作条件，而且这种"客观"的话语陈述权完全可以把握在自己独特的运作中，从而道出某种被遮蔽已久的事实和秘密；而秘密的破译，重新揭示的意义将是异质的，"是对思想史的摒弃，对它的假设和程序的有系统的拒绝，它试图创造另外一种已说出东西的历史"[1]，是对固有历史和话语的"去遮蔽"。正如作家在后记中指出：知青的那段历史，"终于越来越接近着客观和真实了"，虽然"在我以前知青作品已经有了相当的数量"，但"二十年过去后，在我的头脑中最终留下来的东西和以往作家们所写过的有许多不同。有些发生过的事情脱离了时效性，永远值得重提"。的确如此，尽管王小妮在小说中讲述的所有"碎片"故事，不过是对以往知青文学的"旧事重提"，然而，从整体裂变出的 126 块"碎片"，通过作家的拼贴，堆积起来，堆积的过程就潜在地暗含了对集体事件和历史的关注，它们彼此间"重复"的"互文性"，互相印证和延展，织成了一张意义之网。对深厚沉重的历史所进行的深度的解构性思考，足以留给历史更为本质、丰富、准确、深刻的文化内涵和精神资源。将历史的本真过程及其隐秘角落还给历史，这不仅是反思或质疑某个历史事件的真实性，而是干脆把历史本身当成质疑的对象。所谓"历史真实"就是王小妮笔下的"碎片"真实，正如波德莱尔对 19 世纪巴黎的"碎片化"历史写真一样。

---

[1] 福柯：《知识考古学》，谢强、马月译，生活·读书·新知三联书店 2007 年版，第 152 页。

第三节

重述革命：修辞性隐喻与表达策略

与那些气势磅礴、波澜壮阔的"三部曲"作品相较，格非的"江南三部曲"无疑显得婉约妩媚、妖娆娉婷，从小说的人物形象塑造到话语策略选择，乃至其间的叙述气韵流动，无不透露出一种古雅而柔美的女性气质，仿若花之暗香，在百年中国历史沧桑巨变的气候场中，将人生的玄奥幽幽叠叠、影影绰绰地弥散出来。

一、"花喻"有声的象征手法

"花"与"女性"之间具有天然相近的生物属性，古今中外的文学作品对此频繁互比已成了约定俗成的写作模式。集中国古典文学之大成的《红楼梦》，以"花名签"结合"判词""曲子"暗示金陵十二钗一生的命运，每位女性均对应了一种花，格非的"江南三部曲"显然亦有意于此。若将"三部曲"中的女性人物形象进行分类，仿如《红楼梦》一般，三位女主角陆秀米、姚佩佩、庞家玉（李秀蓉）可归为"正册"，温梅芸、翠莲、白小娴、张金芳、绿珠可归为"副册"，其余女性喜鹊、孟婆婆、丁师母、孙姑娘、韩六、汤碧云、田小凤、杨福妹、小韶、小史、李春霞、宋蕙莲、胡依薇等则为"又副册"。这些女性人物与"花"之间都有着不同程度的关联，她们的喜怒哀乐，她们的悲欢离合，成为"江南三部曲"最为打动人心之处。无一例外的是，这些女性都有着悲苦的人生体验，她们一代又一代挣扎在历史与命运的旋涡中，前仆后继又无可奈何。小说虽未达到《红楼梦》"千红一窟（哭）万艳同杯（悲）"的高度，但格非笔下这些女性人物形象却在小说文本淡淡忧伤的意境中，在烟雨朦胧的江南地理空间中，在时代转型变革的细微日常生活中，有着自身独特的生命质地，她们爱过、恨过、痛过、笑过，即便最终无力抗拒令人窒息的重重压力，她们也曾如花一样美丽地绽放过，在大时代的洪流中也曾发出过自己的"声音"，这些"声音"星星点点散落在小说文本深处，犹如"正史"中那稀少的"女声"，然而却弥足珍贵。

"花"表现在"江南三部曲"中，首先是一种修辞性的对应关系，它既是女性命运的隐喻，也是人物形象的象征。《人面桃花》中陆秀米对应的是芍药，芍药被奉为"五月花神"，和小说开头指示的时间——"江南麦收时分"相吻合；芍药又名"离草"，小说引顾文房《问答释义》中的话亦点明了这一点[1]。"离"，正是陆秀米一生的"花语"写照：先与父"离"，再与母"离"而远嫁异乡，就在即将嫁人的那一刻又被土匪半道劫走，是为与"准丈夫"之"离"，与精神伴侣张季元更是一生相"离"（只能在日记中了解真实的张季元），最后与儿子"小东西"还是"离"，狱中所生的另一个孩子当晚就被他人抱走[2]，仍然是"离"。与亲人的离散，是陆秀米逃避不了的宿命，出狱后相伴的唯有家仆喜鹊和她精心栽培的花草，她至死都与"花"相伴，只不过是正在融化的"冰花"——"这幅正在融化的冰花，就是秀米的过去和未来。"[3] 翠莲对应的是凤仙花，小说中两次提及[4]，并借秀米母亲的话指出它的别名叫"急性子"。翠莲因为性子急，一生颠沛流离，想嫁一个属猪的男人终不可得，最后沦为

---

[1] 格非：《人面桃花》，春风文艺出版社 2004 年版，第 45 页。
[2] 格非：《人面桃花》，春风文艺出版社 2004 年版，第 232 页。
[3] 格非：《人面桃花》，春风文艺出版社 2004 年版，第 276 页。
[4] 格非：《人面桃花》，春风文艺出版社 2004 年版，第 246 页。

乞丐。《山河入梦》中姚佩佩对应的是菊花——"原来她的本名叫姚佩菊，而且她竟然是除夕那天生的。"[1] 依据她出生的时间，不难推知姚佩佩的"花语"为"寒菊"。姚佩佩一生孤苦无依，流落姑妈家中过着寄人篱下的生活，又是"苦菊"；然而她并非一个只知苟且依附的女性，"寒菊傲霜"的个性使她拒绝向肮脏的世俗妥协——"宁可枝头抱香死，何曾吹落北风中！"（郑思肖《寒菊》）在被金玉迷奸之后，她毅然将其杀死，随后的逃亡中，尽管经历了无数磨难，但她依然坚韧地等待谭功达与她相见。《春尽江南》中庞家玉对应的是莲花，在招隐寺开满莲花的池塘旁，她向谭端午奉献了自己的初夜；在一个叫"莲禺"的地方，她给儿子带回了那只鹦鹉；在她的遗物中藏有当年谭端午写的诗——"他把这首诗的题目换成了《睡莲》。"[2] 从表面看，庞家玉与当下千千万万个知识女性并无二致，她本分地相夫教子、辛勤工作，她积极向上也偶尔"堕落"（偷情），她有着常人一样的烦恼人生。但难能可贵的是，她在狭仄生活的庸常之态中始终没有放弃"诗性"的光辉，不论是她曾经"疯狂地喜欢上了海子的诗"[3]，还是她所向往抵达的精神圣地"雪域西藏"，"诗性"理想一直深藏于她的心中，"文艺女青年"的特质并未泯灭，这种如"莲"一般"高洁"的生命本真形态才是她"庸常"表象之下最为真实的自我。因为有"莲"一样的特质，所以她在被谭端午玩弄了之后，还依然会选择与他结婚生子，与其说她嫁给了"诗人"，不如说她皈依了"诗性"的光辉，而这种超凡脱俗、出淤泥而不染的品性恰是现代女性所弥足珍贵的。尽管她不得不成为污浊现实的"祭品"，但她犹如月光——"照亮过终南山巅的积雪"，她的消失、隐身乃至自杀，与其说是一种对于庸常现实、世俗世界、疾病绝症的逃避，不

---

[1] 格非：《山河入梦》，天津人民出版社 2011 年版，第 95 页。
[2] 格非：《春尽江南》，上海文艺出版社 2011 年版，第 373 页。
[3] 格非：《春尽江南》，上海文艺出版社 2011 年版，第 133 页。

如说是一种永远的"诗意栖居"。

二、"花梦"重现的结构装置

如果格非只是借"花"为喻、以"花"为线,那么这并非什么高妙的创作手法;不过值得注意的是,小说师法"红楼",移"花"入"梦",将两者有机融合,形成了虚实互现的情节特征,并以此结构小说。可以说,"花梦"是一种叙事手段,也是一种强固的结构装置。

《人面桃花》的"花梦"情节出现在小说第一章第七节,我们可以将其视作整部小说的一个"预言",既预言了女主角陆秀米日后不同寻常的人生道路,又预言了小说故事的发展轨迹。这场"花梦"有些悠长:先是写孟婆婆在孙姑娘的葬礼上发绢花,轮到秀米却已经发完;然后写朝廷官兵像一条游动的花蛇,大雨"落在河道中,开出一河的碎玉小花",人群四下消散;接着写秀米在皂龙寺中与张季元相遇,寺中墙壁"缝中开出了一朵一朵的小黄花",而这寺庙的住持恰是"六指人";最后写张季元与秀米的亲昵场景。可以看到,"发绢花"一节,后来果真在现实中重现:"尽管她知道梦中的绢花是黄色的,而孟婆婆篮子里的是白色的,可她依然惊骇异常,恍若梦寐。……她不由得这样想:尽管她现在是清醒的,但却未尝不是一个更大、更遥远的梦的一部分。"[1] 同样的,朝廷官兵捉拿秀米、皂龙寺变成普济学堂、"六指人"血洗花家舍、张季元引诱陆秀米等一系列重要事件都在未来一一上演。"花梦"所预言的一切都真真切切地在现实中重演了一遍,"梦"与"现实"的反复转化构成了小说情节推动的根本动力,而其动力根源正来自"花":"陆家的霉运就是从当年

---

[1] 格非:《人面桃花》,春风文艺出版社2004年版,第49页。

陆老爷移种桃花开始的，它的颜色和香味都有一股妖气。到了梦雨飘瓦，灵风息息的清明前后，连井水都有一股甜丝丝的桃花味。"[1] "花"与"梦"的交织，从来就是"江南"地理空间独具魅力的风格，"自在飞花轻似梦，无边丝雨细如愁"的意境在《人面桃花》中得到了淋漓尽致的表达。

陆秀米的"花梦"继续进入第二部小说《山河入梦》之中，不过已经成为卖艺瞎子口中的唱词："见过你罗裳金簪，日月高华……说不尽，空梁燕泥梦一场"，"不知不觉就变了味，令人有麦秀黍离之感"[2]。时代变迁，"花梦"依旧，尽管"味道"变了，变的只是形式和"花梦"中的新一轮人物。或许为了更加明确小说的意旨，格非甚至在《山河入梦》中借高麻子之口直接为"花梦"点题："不过，最可笑的，这世上还有一类人。本是苦出身，却不思饮食布帛，反求海市蜃景。又是修大坝，又是挖运河，建沼气，也做起那天下大同的桃花梦来。"[3] 至此，《人面桃花》中陆秀米的"花梦"再度明晰为"桃花梦"，这正是《山河入梦》的"文眼"所在。"桃花梦"分两种，一种属于"集体"，一种属于"个人"，这在小说女主角姚佩佩的梦境中得以确认。小说的最终结局即为姚佩佩在梦境中出场："没有死刑 / 没有监狱 / 没有恐惧 / 没有贪污腐化 / 遍地都是紫云英的花朵，它们永不凋谢……"[4] 这是一个属于"集体"的梦，也是延自陆侃、张季元、王观澄、陆秀米的"大同"之梦。姚佩佩的另一场梦境，是在小说最后一章以书信的形式出现的："'你怎么知道我没有犯罪？你怎么知道我将来就不会犯罪？'现在想起来，这句话真是一语成谶！我常常一觉醒来还会梦见这个傍晚……"[5] 这是一个属于"个人"的梦，是姚佩

---

[1] 格非：《人面桃花》，春风文艺出版社 2004 年版，第 228 页。
[2] 格非：《山河入梦》，天津人民出版社 2011 年版，第 9 页。
[3] 格非：《山河入梦》，天津人民出版社 2011 年版，第 151 页。
[4] 格非：《山河入梦》，天津人民出版社 2011 年版，第 388 页。
[5] 格非：《山河入梦》，天津人民出版社 2011 年版，第 333 页。

佩期待个人幸福却终不可得的梦。梦醒时分，既是梦的确认，又是梦的轮回，只不过是陆秀米的革命行动转化为了姚佩佩的亡命天涯。

"花梦"的推进随着三部曲的演进越来越趋向现实，越来越短促，也越来越清晰。《春尽江南》的女主角把名字由李秀蓉改为庞家玉，摇曳多姿、生机盎然的"花"凝固成观赏把玩、携带供奉的"玉"，暗示了这个无可逃避的"花落""梦尽"时刻："秀蓉在改掉她名字的同时，也改变了整整一个时代。"[1]小说有三次集中描写庞家玉的梦境：第一次是她梦见和唐燕升性爱——"就像记忆中的那场绵绵春雨。这是一个疯狂的时代，她的梦也是疯狂的"[2]。第二次是离婚后与谭端午在网上聊天所谈论的梦，她梦见自己被人追杀，追杀她的人是专门收集处女膜的商人——"他说如果我听从他的摆布，完事后就会立刻放了我"[3]。第三次出现在她临终之际发给谭端午的电子邮件中——"我不仅时常梦见下雪……可我隐约感觉到，梦见下雪，也许并不是什么好事。"[4]三场梦境道尽了庞家玉的一生：因为谭端午的不辞而别遇见了唐燕升，因为唐宁湾的房子被占不得不再次求助唐燕升；在招隐寺被谭端午夺去贞操，日后却还是与他结婚生子，共同经历生活的琐碎无聊；由于表姐的高原反应，庞家玉的首次进藏被阻隔在了唐古拉山的雪峰之下，日后两次也因川藏线塌方和急性胰腺炎而未能如愿，作为文艺青年心中圣地的雪域西藏，庞家玉却始终不能抵达，于是幻化为多次下雪的梦境。从疯狂的性爱到离奇地被追杀，从绵绵的春雨到多雪的梦境，从花开的季节到花落的时刻，从春至冬、花开花谢的时间河流裹挟着庞家玉堕入轮回之中，无可逃避的"花落""梦尽"注定了她的一生同样重现着陆秀米和姚佩佩的悲剧，也同样重现着自己生命中那"揪心的事"，恰如喇

---

[1] 格非：《春尽江南》，上海文艺出版社 2011 年版，第 29 页。
[2] 格非：《春尽江南》，上海文艺出版社 2011 年版，第 171 页。
[3] 格非：《春尽江南》，上海文艺出版社 2011 年版，第 339 页。
[4] 格非：《春尽江南》，上海文艺出版社 2011 年版，第 363 页。

嘛预示所言:"凡是让你揪心的事,在你身上,都会发生两次。或两次以上。"[1]

显然,"花梦"的反复重现构成了格非"江南三部曲"的重要情节特征。花开花谢,入梦梦尽,"花"与女性、"梦"与女主角人生遭际的对应,在每部小说中起到了"文眼"之用。三部曲的"花梦"互有联系,相互对照,浑然一体。如果从三部小说题名中各截取一字,那么就是"花""梦""尽",这大概并非一种巧合。

三、"花非花"式的叙事形态

"花非花,雾非雾,夜半来,天明去。来如春梦几多时?去似朝云无觅处。"(白居易《花非花》)格非曾在2012年香港书展的演讲中引用此诗,谈了自己对文学创作经验的体悟。阅读"江南三部曲",感受最为强烈之处,莫过于体会到作者那种"欲言又止""欲说还休"的语体风格,小说文本中那种"说不清、道不明"的情绪表达。格非通过添加数量众多且类型丰富的"文本",细致体察百年中国历史变迁中不少诡异多变的局部性"细节",从而在一定程度上使得当代小说的文体形态发生了极大的"变形",或者说扩展了当下文学创作可能达到的叙事容量,产生了一种"小说非小说"的"花非花"式的叙事形态效果。

"文本"形式的丰富多样无疑是"江南三部曲"区别于其他当代小说的一个突出特点,格非大胆而夸张地"掉书袋",一方面显示了他的创作旨趣,另一方面亦有炫技之嫌。在现代小说常规的叙述话语之外,化用及创作的古典诗词、注解式的人物简介、墓志铭、革命党的行动纲领、文言体对话、日记、书信、语录、民歌、现代诗歌、方言土语、地方志、英文诗歌、"黑体加粗的语

---

[1] 格非:《春尽江南》,上海文艺出版社2011年版,第176页。

句"、手机短信、网上聊天记录、电子邮件、"段子"等众多的"文本"形式，大规模地隐现在"江南三部曲"中。值得肯定的是，这些"文本"形式与小说内容有机地混融在一起，特别是在女性的感性书写方面，十分成功，反映出格非独到的文学功力。

《人面桃花》中最突出的一种"文本"形式就是张季元的日记，"由这本日记所引发的一连串的事，也远远超出了喜鹊的预料"[1]。从叙事功能上讲，张季元的日记构成了小说第二章之后的重要线索，回到主人公陆秀米来看，这本日记正是她的"启蒙"教科书。日记除了记录张季元与温梅芸的私情外，大段关于革命活动的内容和肉麻露骨的性幻想对陆秀米构成"革命"与"性"的双重启蒙。格非由此揭示出"革命"与"性"的隐秘联系，而陆秀米与张季元实质上并没有真正的性结合，他们柏拉图式的恋爱似乎又更加纯粹，小说在此对"革命加恋爱"的老套故事进行了格非式的改写。小说还设置了陆秀米"意外"走上革命道路的情节，如若不是娶亲路上被劫，假如没有花家舍的火并，她的命运会如何？但是历史不容假设，"意外"的遭遇冥冥中注定成为革命的起点，"意外"与"偶然"有时是"革命的起源"。在这里，格非借陆秀米的故事，"还原"了被遮蔽的历史真相。此外，小说中诸多叙事"空缺"，是在这本日记存在的前提下才能够理解的：比如，陆秀米如何甩掉马弁又东渡日本，为何回到普济会摇身一变为"校长"。如果没有这本日记，陆秀米突兀的举动和行为很难得到解释。然而，恰恰就是这突破功利理性思维的"突兀"，为"感性革命"驱使下抛头颅、洒热血，摸着石头过河的先驱们做了最好的注脚，并强调了革命中本能与直觉的因素。

我们还可以看到，陆秀米革命行动中的同路人有："清帮人物"——"他

---

[1] 格非：《人面桃花》，春风文艺出版社2004年版，第77页。

们贩运烟土，运售私盐，甚至在江上公开抢劫装运丝绸的官船"[1]；"一帮人马"——"婊子军师"，"舵工、窑工、铁匠等不三不四的人"，"陌生人和乞丐"[2]。这些人物日后或反叛或作鸟兽散，意志坚定的没有几个，他们并非真心来革命，不过是投机而已。格非用这些历史的局部细节，为我们生动地补充了早期革命队伍和革命动机的复杂性，进而追问中国革命、启蒙与形而下的超越问题。

如果说张季元的日记成为陆秀米的行动指南，那么《山河入梦》中姚佩佩的书信则是谭功达体悟她炽热爱情与寻觅其行踪的指南。"花痴"谭功达虽然是一县之长，但对爱情极其无知，是在姚佩佩一封又一封书信的"感召"下，方才醒悟。姚佩佩与谭功达的爱情是对"有情人终成眷属"的故事模式的改写，他们"近在咫尺"（县长与秘书）却又"相隔千里"，最后不但没有再相逢，反而双双身陷囹圄。姚佩佩的爱纯洁无瑕，在权势威严之下毫不妥协，这样一个"出身不好"的女性所散发出来的正义之光，正是格非想要肯定的价值："其实姚佩佩的身上，更多地寄托了我的情感和我对这个世界的思考，她身上当然有我自己的观念和情感……写出谭功达之后，我立刻感到了不满足，觉得他不足以表达我的内心，便想到了姚佩佩，写着写着对这个人物的感情就超过了谭功达，就发现自己跟她之间那种深切的关联。"[3] 姚佩佩的书信在最后一章大段大段地"突入"小说文本，其强烈的抒情色彩，甚至让人怀疑，这是否也是作者的内心独白呢？但是不管如何，姚佩佩书信的语言风格，客观上造成了一种类似于戏剧的"间离"效果；她书信中描述的逃亡景象，又好像是小说中嵌入电影画面，一帧又一帧，造成"蒙太奇"的效果。"间离"使文本之

---

[1] 格非：《人面桃花》，春风文艺出版社2004年版，第162页。
[2] 格非：《人面桃花》，春风文艺出版社2004年版，第164—165页。
[3] 格非、王小王：《用文学的方式记录人类的心灵史——与格非谈他的长篇新作〈山河入梦〉》，《作家》2007年第2期。

间的非对称性凸显,"蒙太奇"又使文本中的实录性"真实"凸显,从而让姚佩佩的特质性更为明显。

《春尽江南》中,庞家玉的现代爱情故事,明显是对"文艺女青年"与"诗人"相恋模式的反讽。故事的后部,让庞家玉在网上聊天记录的"文本"中重新回到"秀蓉"的名字上来,临近生命终点时与丈夫的网络聊天语言,与日常生活中她那些"歇斯底里"的话语构成了极大的反差,究竟哪一个才是最真实的庞家玉?网络中的"秀蓉"与现实中的庞家玉,哪一个更接近真我?对于身处当下社会的每一个人,无时无刻不在面对"虚拟世界"与"现实世界"的交错呈现,我们应该在哪里安放自己不安的灵魂?我们去何方找寻失去的真我?复合的"文本"形式,其本身即带给读者更多的思考,或者我们可以说,这样的形式,正是所谓的"有意味的形式"。

关于陆秀米,除了"偶然性"情节导致她"意外"走上革命之路,还有一处关键情节,即张季元的日记是喜鹊整理床铺时发现的,喜鹊瞒过了秀米母亲,"将它悄悄地塞给了秀米"[1]。喜鹊这么做的动机是什么?小说并没有说明。一个仆女胆大妄为欺瞒主母,将一本私人日记偷偷交给小姐,看似平常的举动却引发了巨大的后续震动,"蝴蝶效应"于此显现。"看来,读书人胡乱涂抹的东西也端端不可小视"[2],这是秀米发疯后,喜鹊的幡然醒悟。及至若干年后,为了与"噤声"中的秀米交流,喜鹊竟然开始学习认字,并逐步成为一名诗人,还有《灯灰集》行世[3]。秀米与喜鹊交往的故事,隐含的意义十分丰富:闺阁中的"小事"引发了历史中的"大事"?"胡乱涂抹的东西"比"道貌岸然的著作"更有历史意义?女性的自我"启蒙"更为有效?这样的追问一直纠缠于"三部

---

[1] 格非:《人面桃花》,春风文艺出版社2004年版,第77页。
[2] 格非:《人面桃花》,春风文艺出版社2004年版,第79页。
[3] 格非:《人面桃花》,春风文艺出版社2004年版,第255—256页。

曲"的字里行间,《山河入梦》中姚佩佩的书信,《春尽江南》中庞家玉的网上聊天记录……女人情绪化的私密"小文本"作为"文眼"留下了意味深长的思考空间。

四、结语

"江南三部曲"以"花喻"有声的象征手法、"花梦"重现的情节特征、"花非花"式的叙事形态,通过三位女主角的形象塑造和故事讲述,深刻地表达了作者对于个人与时代、历史与现实、革命与启蒙、世俗生活与诗意栖居等多个问题的思索探求,江南乡村、城市的沧桑变迁沉醉在小说淡淡忧伤、烟雨迷离的意境中,女性个人的生命体验、记忆、命运伴随着花开花谢轮回在时间的长河中,整部作品满溢了富含女性特质的叠叠"花香"。

当然,"江南三部曲"并非一部完全意义上的女性主义作品,但是它又分明透露了这样一种企图:为百年以来中国女性的抗争、奋斗、生活留下文学历史的"剪影"。正像有学者所指出的:"格非正在有意识地整合中国文化与美学的传统资源,并试图在他的小说世界中体现这样一个宏伟的计划与蓝图。"[1]"江南三部曲"实际上延续了《金瓶梅》《红楼梦》以来书写女性的传统,或许我们不能说它是在为近现代的中国女性树碑立传,但至少我们可以说,"江南三部曲"写下了她们的"芙蓉女儿诔"。虽然三位女主角的故事以悲剧收场,可陆秀米的事迹被"改编成三四个剧种""还被编入了小学课本"[2],姚佩佩的遗体被医学院解剖供教学观摩,庞家玉为家庭留下了一笔巨款,她们多多少少还在时光流逝中留下了生命的痕迹,相比那些男性人物,她们无疑更

---

[1] 张清华:《〈山河入梦〉与格非的近年创作》,《文艺争鸣》2008年第4期。
[2] 格非:《人面桃花》,春风文艺出版社2004年版,第8—9页。

加光辉而耀眼，尽管她们的结局多少有些反讽意味。陆秀米对普济的改造、姚佩佩对没有烦恼的社会的向往、庞家玉对精神圣地的追寻，陆秀米勇敢的革命实践、姚佩佩毅然的杀人举动、庞家玉永不服输的劲头，都闪烁着执着、正义、善良的光辉，她们的行为反而更加"男性化"、更为"血性"。相反，张季元轻浮草率、谭功达不谙世事、谭端午"正在烂掉"，这些男性人物莽撞无知、苟且偷生，他们更加不能承担历史、集体、个人的"存在"价值。陆秀米在男性世界的蹂躏下始终没有屈服，姚佩佩竟然在管控人口迁徙极其严格的时代逃跑多地，庞家玉面对绝症丝毫不肯拖累家人，这是她们对男性的嘲讽，是她们对时代、命运的抗争，即便失败绝望，却花香怡人。正是在这个意义上，我们可以说，"江南三部曲"的女性书写，承载了格非对于百年中国女性正面价值的深沉寄望和对于她们悲惨命运的深刻同情。

"江南三部曲"开篇即是一个颇有意味的场景，从阁楼上下来的陆侃离家逃遁，"阁楼上的疯男人"从现实世界中隐退，深藏闺阁的少女秀米在性/革命的双重冲动下隆重登场，其结尾借欧阳修《新五代史》的"以忧卒"祭奠庞家玉的离世。从"男性"隐退开始，写到"女性"离世，女性的故事占满了全篇小说。"江南三部曲"的女性书写开创了格非文学创作的新高度，不过还是让人意犹未尽，相信他还会继续写下去。诚如陆建德的评说："我们怎么来看过去的100年？我们需要有一种与标准的历史版本不大一样的叙述。小说家应该挑战陈陈相因的史学界，跳脱出一些干巴巴的概念，然后呈现出非常复杂而且充满矛盾的历史中人性的维度，格非现在已经做了非常好的尝试，但是我相信对格非来说，现在还是一个中途旅程，或者还是一个起点。"[1]

---

[1] 参见陆建德在"江南三部曲"学术研讨会的发言，《格非〈江南三部曲〉：确有可能成为一部伟大的小说——格非〈江南三部曲〉学术研讨会发言纪要》，《作家》2012年第19期。

第四节

人性悲歌：性/政治的转换与反讽

一、别有意义的命名

阎连科是位执着的作家，夸父逐日般的"情感炼狱"催逼他从"瑶沟世界"走到"绿色军营"，再到"东京市井"，最终落脚"耙耧山脉"。在文学的地图上十年如一日的艰辛跋涉，眼睛始终盯注和追寻着农业文化怪圈中贫苦农民（军人）的生存境遇，为他们吟唱出一曲曲既哀婉又悲壮的挽歌。

《坚硬如水》作为"耙耧时空"系列作品的第一部，可以看得出阎连科终于寻觅到自己的言说世界，他要长久扎根"耙耧山脉"这块意蕴丰厚的艺术沃土；正如马尔克斯之于马孔多，福克纳的"邮票之乡"约克纳帕塔法，鲁迅笔下的鲁镇，沈从文的湘西，萧红记忆中的呼兰河。千差万别的艺术土壤，构成了极为丰富的文学景观和母题，给每位作家的作品贴上了不可模仿的标签，他们收获着自家土地上独产的艺术果实。对于仰仗和依赖"土地文化"创作的阎连科来说，"耙耧山脉"是独属于他的。这块寄托和安抚灵魂的乡土，无疑是他创作的摇篮和源泉，因为乡土是他最初的精神家园，又是他一生精神栖居与守望之地。面对"耙耧山脉"中流淌出来的"坚硬之水"，笔者感到了难以言说的困难。那股弥漫于小说字里行间的土地文化的雾霭，绝对不是一般的展览和外在的绘状，而是支撑小说人物命运的基底，但湿漉漉的雾霭和雾霭中鲜活而又独具魅力的意蕴，有谁能说得清呢？

"耙耧山脉"作为一个贫穷封闭的普通山区,是中国农村的缩影,是历史发展的明证;但作为阎连科笔下的一个独立的"小世界",又有着自己特定的时空内涵,是一个别样的世界。从文本的内在语义看,它又发挥着一种超常的作用。它不仅仅是一个现实意义上的自然地域,也是一个象喻性的戏剧时空,构筑了一个布景完整的舞台,融会成为"剧情"本身的一部分。只有在"耙耧时空"里,人类戏剧性的异化生存状态,才能交织成粗野和恬淡、热烈和冷酷、悲壮而凄婉的多声部世俗乐章,在价值失重的状态下撕裂展开。正如文章题目"坚硬如水",最柔软最无形的水,被赋予了最有凝固质感的"坚硬"特性,这种错位的修饰超出我们的语义规范和阅读经验,打破常规,造成一种滑稽、荒诞和混乱的感觉,是对人为制定的约束和规范的颠覆瓦解,也是对千百年来传统文化积淀的挑战,同时又是对文本内容的暗示和统领。现实中,生活本身充满了滑稽、荒诞、颠覆、错位与混乱,荒诞的错位感不再是一种艺术,而是正在发生的事实。阎连科无法也无意解决这种矛盾的生存悖论,在叙述高爱军与夏红梅初识、革命、相爱、死亡的过程中,有意地淡化人物性格的刻画和思想活动的铺垫与生成,渲染环境,凸显故事情节,把听到的、看到的、情感的、行动的全部内容混杂成一条流动的"河",成为人物的"行动链",在"革命"的戏剧化舞台上,自发地本能地宣泄欲望。这种流程式的展览,自然让我们想到了"坚硬之水"的意象和寓意:

首先是时间(或历史)。时间(历史)如水,令逝者如斯,淘尽风流,只剩下最纯净、最质朴无华的东西。时间(历史)不停地对伪规范与伪合理进行冲决和颠覆,对既成史实(如"文革")进行辩驳和消解,犹如"水滴石穿",显得异常坚硬。

其次是生命。生命是那种永恒的、延续人类不息的生命力,一种人类存在的生机,一种天无绝人之路的前景,一种人在太古洪荒中活下来的可能性。在无尽开放的时间和生命流程中,冲决一切阻碍,任何"现在"都只是一个移过性的瞬间,这种生命力的永恒,同样具有坚硬的特质。高爱军、夏红梅式的革命冲动和情欲狂热只要有时事契机,就会世代相传。

最后是情爱。情爱是动态的、本我的、非理性的、多角度的、不确定的;而非静态的、单向的、含义固定的。对于一种情爱生活的真实反映,当然也不会是整齐划一的。高、夏两人的情爱善恶兼有,美丑毕现,是难以规范的。他们临刑时的狂热表现,又证明情爱具有坚硬的不可毁灭性。"坚硬之水"的三种寓意是我们理解文本内容的一把钥匙。

二、叙述者的"缺席"策略

阎连科是位个性鲜明而固执的作家,自遣自娱固然不是他的目的,趋时媚俗于他也是陌生的。他始终贴近乡野,零距离地摹写自然、社会、文化、历史等因素带给农民的不幸和苦难;而他恰巧就是受难的局中人,而非"寻根"和"启蒙"的知识圣人。对他来说,写小说不过是在俯拾他熟悉的"故旧",是他的"今我"在俯拾"故我"。这在"瑶沟系列"和军旅小说中都有明显体现。这种全身心的投入,往往使他在作品中难以做出价值的判断和提升,只好一次一次用具象化的细致描写醉心于营造自己的"耙耧世界"。是阎连科缺乏思索性的才情吗?还是他真有某种难言的失语症呢?郜元宝先生认为阎连科是"有意的拒绝",是对以往"农村题材小说"普遍存在的"思想过剩"和"话语过剩"的批判。在《日光流年》中,作者甚至将分析、思索、议论性的语言放入注释里,用另一种字体排列,可见作者的刻意追求和有意为之,体现了他要把叙述者的声音剔除出文本的努力。

在《坚硬如水》的文本形式中,通常意义的叙述者干脆缺席了。文本中几乎难以发现叙述者的身影，也难以觉察出叙述者的声音，甚至连"他说""他想"这样最简短的陈述也一概省略，几乎不留一点叙述的痕迹。在设置小说人物时，作家用"我"来作为小说人物又兼任小说内部特殊的"叙述者"，主人公高爱军的语言和语言化的思想被直接记录与展示。作家只是作为一个作品情节、细节的收集和整理者，退出了情节发展的具体过程，成为像读者一样的特殊的"旁观者"。读这样的作品就如同在读一本"日记"或"手记"，从而实现了小说的自述性和真实感。临刑前的高爱军声嘶力竭地为自己的"革命"行为做着辩护，反反复复地倾诉与夏红梅缠绵不尽的性爱。其汹涌澎湃的狂热情绪有着极强的感染力和鼓动性，我们容易一头栽进主人公那恣肆汪洋的情感叙事之中，与他一同体味那潮涨潮落的喜悦与悲苦、成功与失败，从而在心里产生一种无原则、无批判的认同。

但阎连科的用意显然不止于此。作者利用叙述者缺席这一叙事策略，并非是放逐自己的爱憎和评判，对小说的人物和事件发展听之任之；"缺席"并非缺失和不存在，叙述者其实每时每刻都存在着，只是没有"公开"地抛头露面而已。这一策略早在鲁迅的小说中就有过成功的尝试。《狂人日记》和《伤逝》，一篇是狂人的日记，一篇是忏悔者的手记，这增强了文本内容的可信性。但有一点我们要承认，是鲁迅开掘利用了这些手稿并表达了自己的心声，是鲁迅陪伴我们一起走进了"狂人"和涓生的内心世界，并将之撕裂开来展示给我们看。唯有如此，我们才不至于把日记当作"狂人"的胡言乱语，才不至于完全接受涓生貌似真诚的开脱罪责的辩白，沉浸于他喋喋不休的倾诉之中，而失去对作家意图的领悟，从而在更高层面上把握作品的内涵。

小说《坚硬如水》作为主人公高爱军临刑前的"革命回忆录"，虽然没有明确的"日记""手记"等字眼，但我们完全无法怀疑它的"真实性"。阎连科采取"缺席的叙述者"这种有别于传统现实主义小说的叙事模式，并取得了成功的效果。首先，暗示了故事来源的真实性和故事材料的独特性，对于表现"文革"这段今人难以简单评判或不便言说的历史，是非常有效的。其次，传统的叙事作品讲求起承转合，认为这是最能够发展故事内容的关键部位。但阎连科却把高爱军与夏红梅人生故事中的"起"与"转"割舍掉，他们相识初恋是那么突然，作品几乎没有交代，一开始就让他们进入了热恋状态；他们由革命的辉煌陡然跌入死亡的地狱，而没有做过多的转折铺垫。这样既可以简化烦琐的故事情节，加快小说的叙事过程，又会更好地揭示出"文革"中人性的迷狂和命运的无常。最后，作品对故事结尾的处理非常特别，情节还未展开，就把故事的谜底告诉大家了，即高爱军和夏红梅这对"革命"的"红色恋人"行将入土。作者无须对主人公的命运使用什么伏笔，也使读者无法对故事的悬念找到产生兴趣的理由；暗示读者不要对人物的个人命运投入过多的关注，不要过分迷恋于情节，而是要进入文本内部，对孕育其中的人性状况、社会历史和思想文化有一个更深广的把握。

三、人与历史的悲歌

阎连科从来就是一位严肃的作家，尽管《坚硬如水》里跳动着密密麻麻的权欲和性欲音符，但在阅读欣赏过程中，我们不应把这些内容理解为低俗的色情滥调，而应将这些内容还原为来自人类和社会躯体的交响音乐。在这首多声部的乐章里潜藏着社会历史文化以及人作为本体的许多秘密。

作品伊始，即把主人公高爱军推向死亡的边缘，置于与死神幽会前夕的绝境。让他在这种情境下回首自己铭心刻骨的辉煌"革命史"与粲然绽放却又稍纵即逝的情欲之花。人世间的一切美好绚丽不仅短暂，犹如昙花一现，缥缈如梦，而且呈现出刻不容缓、如履薄冰、永劫不复的紧张，凸显了死亡与美好、革命与反革命、英雄与杀人犯等二元概念在"文革"中剑拔弩张的冲突和瞬息转换的人生悲剧。

根红苗正的高爱军,与所有激情洋溢的"文革"青年一样,对军营里平庸乏味的日常生活十分厌倦,而对别处流行的政治狂潮和火热的斗争生活却极为神往。于是他满怀自发的激情和病态的狂热,放弃提干的机会,回归故乡,要全身心地投入和领导新的革命斗争,但死气沉沉、毫无一点革命波澜的"二程故里",将他的革命理想击得粉碎。要想取得梦寐以求的革命成功,他注定要走一条只能依靠自己的、完全不被规范认可的道路,只能选择荆棘丛生的小径,踏出一条血迹斑斑的令人不可理解、无法理解的道路。我们无法用理性来限定这源自个体生命冲动的自发性革命要求。在社会革命的契机下,具有极大盲目性的革命选择成为时髦。高爱军"革命"的一生,是一支天真却又变态的欲望裸舞,天真伴随着血腥的微笑,革命时代由此又多了一个可悲的盲从者。在理性遭贬的时代,高爱军婚外通奸、牺牲妻子、逼疯岳父、诬陷清官等反理性、反正常、反人道的行动却会带上一种浪漫的英雄色彩。在这种价值颠倒的背景下,"恶"自然而然地成为人性的旗帜,而"善"却沦落为反人性的垃圾,程天民一心要维护程朱理学传统,结局却落得异常悲惨。面对这种令人心悸的悖论和荒谬,人们怎能遗忘那个特定的历史时期?又怎能不去反思人的欲望与狂热一旦遇到相应的气候和土壤将会产生怎样的结果呢?人性的迷失本身就是一幕个人悲剧,如果与社会因素相结合,自然会导致社会悲剧的产生。高爱军的"革命"一生,让我们看到了失去理性约束的狂热欲望带来的灾难性后果。无遮拦的非理性冲动爆发出不可控驭的能量,形成无休止的超越现实的欲望,而每一次欲望的满足,却诱发更高更新的欲求。随着他官级升高、权力增大,人性的扭曲也愈加深重,直至病入膏肓。当他所拥有的最"美好"的东西——权力被毁灭后,他丧心病狂地采取了报复行动。这种报复犹如一种仪式,犹如完成一个象征的过程：一种实现某种愿望、剔除某种恐惧的过程，是追求一种在绝望中反抗的快乐，是渴望冒险的激情，是对负罪感生出病态的向往。他是"文革"这座人性实验室里培育出的千千万万个畸形儿之一。

夏红梅的情爱观里，虽然不无贪情纵欲的成分，带有一种还原性爱的娱情悦性的本我意味，但这并非是患有"革命臆想症"的她对陌生的高爱军投怀送抱的根本理由，因为高爱军既不是一个英雄味十足的性感男人，也不是精于百般招数笼络女人春心的情场老手。不过高爱军的军装和革命理想却使她产生了异样的情绪，骨酥筋软地默许了高爱军对她的轻浮，并在激荡人心的革命歌曲声中有如神助般地脱掉了衣服。这是何等的迷狂啊！我们不必费尽心思对她的情欲进行多余的解释。她是一个被革命权力异化的产物，我们由此可以体察到政治与性的畸形关联：性经常会沦为功利关系的"兑换券"，人们除了屈服于自我原始的欲望，还不得不接受权力的奸污。属于生命的东西只剩余原始的冲动，构成精神天国的东西仅留下一场无止境的权欲争夺，而神圣的道德只存有空洞的苍白。借性爱以造成沟通与救赎的神话，实际上已经成了一些飘零的碎片。高、夏两人的"革命"历程，是权力和性欲交媾结出的恶果。高爱军需要在权欲满足的失落中寻求性的慰安；夏红梅要在性欲的满足中寻求权力的不断攫取和永恒占有。

然而对于男人来说，性爱毕竟只是他生活内容的一个方面。喧嚣的社会、动荡的时代、如火如荼的政治斗争或许更有吸引力，也更有利于他们释放内在的生命欲望，甚至包括人性中邪恶的元素。高爱军作为一个充满幻想和憧憬、内在涌动着欲望冲动的热血青年，性欲冲动一旦走向现实层面，付诸实际行动，就常常显得心虚气短，软弱无力。在与夏红梅的性爱关系中，与其说是他以男性的原始伟力征服了对方，倒不如说是对方以女性的狡黠和肉体在令他头晕目眩的情形下俘获了他。虽然在以后的关系中高爱军也表现出了一个男人的激情和占有的渴望，但他却身不由己，力不从心，只有在革命歌曲的激荡和刺激下才能完成本我的释放。这看似滑稽荒诞的一幕，使对肉体的迷恋和对女人的深情刹那间变得形迹可疑，别有用心。所有性爱中的激情和纯洁被一抽而空，性爱本身成为一种冰冷抽象的动作。正如卓别林在《摩登时代》里塑造的"机器手"，人体被机器异化得失掉本真；高爱军已被革命抽空了自然的本我，完全沦为一个革命的符号和虚壳。他被所追求的"崇高"革命所愚弄，被无度的欲望所诱惑，被狂热的主义和口号所蒙蔽；然而在一切历史的"崇高"背后往往是残酷，"革命"往往包含着暴力和专政，在斗争哲学遮掩下是亲友间的相互倾轧与出卖以及人性的丧失、良知的泯灭。以高爱军为代表的一代热血青年，在自发地追求革命的过程中不可避免地走向了悲剧的深渊，他们不仅毁了别人，也毁了自己，成为那个时代大潮中浮起的一团团泡沫，骤然膨胀，刹那间破灭。

四、液化现实的语言

阎连科是位语言大师，他的作品整体上给人写实的风格印象，但又不乏对"想象"手法的自觉追求；既在写实中增添了浪漫气息，又表现了小说语言和艺术格调的独特性。对独特性的刻意追求必然带来小说语言和意象的"陌生化"效果，使读者在非习惯性的阅读感知中细细品味作品的艺术含量。"犯人刘丙轰轰隆隆回村了，饭场上的村人都把目光哗啦啦投过去，他们的目光相互撞着，有尘埃从那些目光上颤巍巍地落下来。"（《小村与乌鸦》）犯人回村的震动、村人的猜测与臆想在不露声色中被生动形象地传达出来。这种通感化语言产生的奇妙魔力在《坚硬如水》中发展到极致。"她的两粒衣扣是被她听到的歌曲解开的，她的另三粒衣扣是被我听到的歌曲解开的，当那五个扣子全被革命歌曲解开后……"；"我们铺着歌曲，盖着歌曲，呼吸着歌曲，看着大红的音乐从我们的床单上流过去，听着领袖画像和语录在音乐声中一掀一动的哗哗声";"领袖们那慈祥和蔼的笑容如温水样浇在我们的脊柱上";"她殷红柔韧的叫声又将在天空如彩虹一样飘飞起来，又将照亮大地和山脉"，等等。这种通感式的语言群落打通和扩大了我们的感官区域，使各种感觉不再固定在我们某一不变的位置上，它的触角伸向了一切可能性，对板块状的现实给予意象化的溶解和液化，使现实中的物象在文字中化为饱含情欲的意象，浸透着作者"诗意"的审美，把"情欲"这种非观看性存在借助语言和物化手段化为可观看性存在。充满诗意的语言像一种流质，所经之处现实统统被其液化为液态，蒸腾其上的则是饱蘸审美体验的情绪和意绪，成为一种创造性的新现实。

作者还大量运用了"三句半"、演讲、报告、快板书、语录歌、样板戏、"两报一刊社论"和流行的革命标语口号，形成"文革"语汇、语境、语感的大展览，用语言把我们导入那远逝的时代，刺醒我们民族疼痛的记忆。巴赫金说，"狂欢式"对社会、宗教、伦理、美学、文学的等级和规范的颠覆，打破了文学体裁的封闭性，使众多难以相容的因素奇妙地结合在一起，同时共存，多元共生，对小说体裁的创新和发展大有裨益。同时这种来自民间底层的、无礼的游戏，笑剧和俚俗妙语，使崇高与卑下、神圣与滑稽、高雅与粗俗的鸿沟被填平。阎连科用语言讲述历史，也用语言解构历史，"文革"在他眼里只不过是一场来自民间底层的自发性狂欢而已。

第五章 / 现代文学研究的拓展与深化

第一节

现代进步期刊研究：对《新青年》的发生学考查

一本杂志的创刊，引发一场伟大的文化、思想和社会革命，在中国并不多见。但 1915 年 9 月 15 日，陈独秀在上海创办的《青年杂志》（第 2 卷起改名为《新青年》），无疑开启了现代中国思想文化和社会革命的风气之先，"代表"并"创造了一个新时代"[1]，预示着中国现代社会的整体走向，也奠定了其在学界的显学地位。但长期的研究表明，对其发生学的研究几乎被思想、文化、性质、价值、意义等继发性问题所遮蔽[2]。本节旨在探究 1915 年上海"拆城"后的城市文化功能和象征意义的变迁及其营造出的物质、文化和思想基础，必然是孕育《新青年》的最佳契机。

1915 年，崭新的大上海正以前所未有的姿态展示在世人面前。从 1533 年至 1914 年，已横亘了 380 余年，象征着旧政权、旧时代的城墙终于在开明士绅和市民的欢呼声中被推倒了。1914 年底，宽敞的中华路建成竣工，与环绕旧城的民国路（今人民路）以及横贯东西的爱多亚路、长浜路和大西路（即今延安东、中路）等马路，把旧城厢和城外的华界、租界联系在一起，打破了城墙内外华洋分居的局面；一个由"洋人"或"夷人"用完全不同的文化理念所治理的"新城市空间"以惊人的速度拓展它的地盘，租界地区和黄浦老城厢共

---

[1] 胡适指出："二十五年来，只有三个杂志可代表三个时代，可以说是创造了三个新时代：一是《时务报》；一是《新民丛报》；一是《新青年》。而《民报》与《甲寅》还算不上。"参见胡适：《与一涵等四位的信》，《努力周报》1923 年第 75 期。

[2] 董秋英、郭汉民：《1949 年以来的〈新青年〉研究述评》，《近代史研究》2001 年第 6 期。

同组成上海中心城区，迅速发展成一片片繁华的生活商业区。一种异国的、刺激的、生动的现代图景使原住民犹如进了贾府的大观园，顿时眼界大开。大型的百货商店、新式学堂、报馆、书局、医院、剧院、游乐场等公共场所鳞次栉比，金发碧眼、打扮入时的洋人穿行其间；琳琅满目、闻所未闻的洋货应有尽有，充溢市场，刺激人的感官，诱惑人的欲望；洋货的舒适耐用，洋人的文明风情，使闭塞落后的中国人很快由尴尬憎恨蜕变为仰慕佩服。尽管这只是由器物始，但很快就在思想文化界引发了轩然大波，并在文化和价值观念上产生了连锁反应。

拆城前，尽管租界在各方面凭借强权对华界进行着生吞活剥的侵蚀，但毕竟有着城垣的阻隔和限囿，城垣内外两重天，思想文化的连带感和归属感还是分明存在的，租界内占据主导地位的是西方的文化和价值观，而华界内则仍是中国传统的文化和价值观占据主流。城墙此时仍然有着强烈的政治意义：城内和城外意味着统治的中心和边缘，是外籍与土著的界限表征。但拆城后，这种泾渭分明的象征界限迅速消逝，华洋混处的驳杂局面把人们从传统封闭的街坊里弄中解放出来，很快"发展成了一个能从容自如地和西方打交道的现代中国人社区"[1]。生活空间的变化也"带来了城市人口的习俗、情感和品格的变化"[2]。"那时青年的爱国思想并不表现在提倡国货上"，"一切外国人的东西都是好东西，这一类思想正在这时开头，所以全身服饰尽是外国货，在青年也丝毫不觉得可羞"[3]。教师、青年学生及政府和洋行办事员，穿西装的极多，甚至以"一切器具均仿欧美式样相炫耀"[4]。这标志着"拆城"后的中国人正从"师夷制夷"的观念向"师夷亲夷"的思想转变。特别是一批按照西洋模式创建的

---

[1] 白鲁恂：《中国的民族主义与现代化》，《二十一世纪》1992年第2期。
[2] 帕克等：《城市社会学》，宋俊岭译，华夏出版社1987年版，第23页。
[3] 孙伏园：《辛亥革命时代的青年服饰》，《越风》1936年第20期。
[4] 《沪江第一台》，《民国新闻》1915年7月25日。

新式学校，与传统学堂诵读"四书""五经"不同，普遍开设了物理、化学、自然、外语等新科目，吸引了全国各地有志青年奔赴上海接受新式教育，培养了一大批掌握现代科学知识、用新思维思考问题的新型知识分子。这是一个了不起的嬗变，尽管"西方的文明，不是一个善意的老师带到中国来的，而是由资产阶级发财的原则所促成的，但是，却仍造成一些封建的陈腐世界所不能有的东西"[1]。拆城，不仅改变了上海城市和市民生活的空间结构，而且更改变了他们的精神结构，将上海带入了近代城市的行列。随着城市发展的躯壳日益庞大，笼罩整个城市的精神文化实质已经不再是"儒家"独尊；曾经由官方衙门和儒学色彩的建筑群组成的"神圣空间"在向所谓的现代"平民公共领域"发生"结构转型"，尤其在租界这块畸形的"公共空间"，知识分子的言论和出版相对宽松，客观上为各种进步报刊的自由活动提供了诸多便利条件[2]。

1915年，在上海的大街小巷，规模及影响大小不等、背景及政治倾向各异的报馆、刊社、书局星罗棋布，构成一道独具特色的人文景观。先进的思想文化酝酿产生，并迅速通过媒介传播开来。正如哈贝马斯所言："公共领域说到底就是公众舆论领域，它和公共权力机关直接相抗衡。有些情况下，人们把国家机构或用来沟通公众的传媒，如报刊也算作'公共机构'。"[3] 此时的上海，报刊引领的文化潮流正在成为一种时尚。有识之士已经把报纸视为青年学子的课外必读物，"力劝子弟辈于诵读之暇，不可不购阅新闻报以通知时事。盖得风气之先者也"[4]。梁启超更将报刊比作"传播文明"之"利器"，与

---

[1] 卢汉超：《西方物质文明在近代上海》，载谯枢铭等：《上海史研究》，学林出版社1988年版，第105页。
[2] 《租界章程》明文规定：界内一切事务，中国政府无权过问。这既为帝国主义国家进行政治、经济、文化侵略打开了方便之门，客观上也为革命者开展各种政治活动提供了诸多便利条件。仅以报刊为例，袁世凯统治时期，各省地方报纸对军阀暴政和逆行均避而不谈，但上海的诸多报刊皆因设在租界内，却敢于文诛笔伐，军政府鞭长莫及，只能听之任之。
[3] 哈贝马斯：《公共领域的结构转型》，曹卫东译，学林出版社1999年版，第75页。
[4] 姚公鹤：《上海闲话》，上海古籍出版社1999年版，第70页。

"教育人才之道"的新式学校,共同构成人才培养的两翼[1]。深受西学浸染的《申报》《时报》《民国新闻》等报刊正逐渐成为普通市民每天的"必需品"。它们已完全不同于传统的官府邸报,而是眼观六路、耳听八方,以趣味、信息和舆论建立自己的"公众"队伍,在"准公共领域"中发挥重要导向作用的新式舆论工具。十里洋场盛行的通俗小说正从狭促的亭子间走向宽敞的写字楼,光明正大地装进市民的口袋,成为人们茶余饭后的"精神食粮"。如果说此前旧城垣的存在,还在人们的头脑里具有某种莫可名状的象征意义,暗示传统意识形态观念的存在,那么"拆城"则意味着传统城市结构样式与功能的改变,作为一种权力象征的瓦解,淡化了国家和民族的界限,昭示官方文化垄断地位的最终解体,官方文化一统天下的传统格局已经从形到质被颠覆。知识分子摆脱了传统精神价值形态的限囿,重构自我价值和追求,逐步完成了由传统文人向现代知识分子的蜕变,成为在思想文化领域的弄潮儿和代言人。他们的眼界和思想伴随着城门洞开逾出中国,完全对世界敞开,形成了敏锐的文化"拿来主义"视野。通过办报刊展示自己的思想抱负,针砭时弊,探索富国强民之路成为他们一种全新的追求和安身立命的途径。他们朦胧地向往民主共和,对儒家正统心存疑虑,为《新青年》的创刊准备了物的基础和人的条件。

与此同时,报纸、杂志的规模和征订数正随着市民精神观念的改变和文化消费水平的提高而成倍地增加,上海迎来了"新学书报最风行的时代"。据上海图书馆所编《中国近代期刊篇目汇编》的统计,这一时期在沪出版的中文刊物就有69种,日报与期刊合计在100种以上。仅在1915年,就有《小说大观》《大中华》《小说海》《小说新报》等数十种报刊应运而生,加之此前已有

---

[1] 梁启超:《自由书·传播文明三利器》,载梁启超:《饮冰室合集·专集》,中华书局1936年版,第41页。

的《小说月报》《十日小说》《小说丛报》《小说时报》等，成为反映当时言论自由和业界兴衰的晴雨表。它们除了在纸面上尽情演绎那些生死别离的俗套爱情故事，赚足痴男怨女的眼泪，或虚构一段旷野探宝的神奇经历，满足商业社会市民怀有的某种潜在心理，心甘情愿地打开那并不鼓胀的钱袋之外，也有意无意地将爱情、叛逆、自由等思想洒向市井里弄，潜移默化地改造着人们的精神世界。如果说废除科举和印刷业的发达，只是为报纸和通俗杂志的生产做了充分准备的话，那么市民的阅读习惯和消费市场的逐渐形成，则满足了报纸杂志生产的必要条件，由此形成了1915年的"通俗小说潮"。正如本雅明所说："日常的文学生活是以期刊为中心开展的。"[1] 此时报纸杂志已成为文化传播的物质载体，组织文学的生产力，反映文学的生产关系。尽管它们把过多的精力用来迎合小市民世俗的趣味，暂时还没有去关心科学、民主之类的新锐思想，但它们因为构建了自己的"公众队伍"，因而在当时的社会影响力是巨大的，而且也不乏题材积极、颇具进步思想的力作和爱国作家。

  1915年5月9日，袁世凯政府接受了日本侵略中国的"二十一条"，上海报界群情激愤，称5月9日为"国耻日"。就连一向被视为"鸳鸯蝴蝶派"风花雪月之阵地的《礼拜六》也专门印制了"国耻专号"，搜集国内各报正义新闻，辟版"国耻录"。"哀情巨子"周瘦鹃创作了《亡国奴日记》，"举吾理想中亡国奴之苦痛，以日记体记之，而复参考韩印越埃波缅亡国之史，俾资印证"，希冀民众知亡国之痛，奋起救国。在媒体的鼓动和号召下，上海市民自觉地掀起了"反袁救国"的游行示威活动，并于9月向公然鼓吹帝制的《亚细亚日报》投掷炸弹予以警告。12月，作为袁世凯在上海的御用舆论工具，《亚细亚日报》再次遭到袭击，只得关门大吉。上海人已经得民主风

---

[1] 本雅明：《发达资本主义时代的抒情诗人》，张旭东、魏文生译，生活·读书·新知三联书店1989年版，第44页。

气之先，有了近代市民意识，并逐渐波及全中国。面对袁世凯尊孔读经、复辟帝制等倒行逆施的行径，神州上下要求民主、反对帝制的吁求为《新青年》的创刊和新文化运动的开展奠定了充分的社会氛围和舆论基础，而与"民主"吁求交相辉应的"科学"理念则直接来源于1915年初创刊的《科学》杂志。

当《东方杂志》把"宣传立宪"作为创刊宗旨，《甲寅》提出"离教而唱学"的口号时，由任鸿隽、赵元任、杨诠等发起刊行的《科学》杂志，则带来了一股新异的思想理念。《科学》不仅在于"促进科学，鼓励工业，统一翻译术语，传播知识"，而且希望"通过科学，最终再造中国的整个社会和文化"；倡言"科学之有造于物质"，"科学之有造于人生"，"科学之有造于知识"，力求"阐发科学精义及其效用"，却又与"纯粹的自然科学"杂志大相径庭；不但"以传播世界最新科学知识为帜志"，而且对"历史传记""美术音乐之伦虽不在科学范围以内"的新鲜事物，"然以其关系国民性格至重，又为吾国人所最缺乏"，所以也"未便割爱"。"虽专以传播世界最新科学知识为帜志，然以吾国科学程度方在萌芽，亦不敢过求高深，使读者由浅入深，渐得科学之智识"，所以，"宗旨抱定输入科学，撰述自出机杼，译笔力求雅洁"，而最终的落脚点却是"冀青年诸君于研习科学之余，得精神上之援助"。它既有科学革命的光彩，又有文艺启蒙的炎辉，在当时的报刊中，的确是"首屈一指"的。尽管极少触及"民主与政治"，但《科学》所倡导的科学首先是一种"科学精神"，与日后《新青年》提倡的"科学"与"民主"的科学一脉相通，"中国所缺乏的莫过于科学，我们为什么不能刊行一种杂志来向中国介绍科学呢？"[1]从这个意义上说，《科学》杂志已经注意到了科学对于启蒙民众的巨大作用。正

---

[1] 任鸿隽：《中国科学社简史》，载《文史资料精选》(第2辑)，中国文史出版社1990年版，第337页。

如胡适所言："这三十年来，有一个名词在国内几乎做到了无上尊严的地位；无论懂与不懂的人，无论守旧与维新的人，都不敢公然对他表示轻视或戏侮的态度。那个名词就是'科学'。这样几乎全国一致的崇信，究竟有无价值，那是另一问题。我们至少可以说，自从中国讲变法维新以来，没有一个自命为新人物的人敢公然毁谤'科学'的。"[1]《新青年》由此获得了"科学"这一权威性命题和可以依傍的权威话语，对传统的腐朽思想展开了"正义"的批判。所以，《新青年》在卷首位置力荐《科学》是"中国科学界唯一之月刊"，"宗旨纯正眼光远大特色甚多"。"科学之兴，其功不在人权说下，……国人欲脱蒙昧时代，羞为浅化之民也，……当以科学与人权并重。"[2]针对当时士农工商医各类人"不知科学"，仍然沉湎于"地气风水之谈"和"方士羽流之类"的状况，陈独秀提出，要根治这"无常识之思维，无理由之信仰"，"唯有科学"[3]。此后，"凡是合乎科学的东西就拥护，凡是不合乎科学的就反对"，成为《新青年》的办刊准则，"'科学'概念成为以'反传统'为特征的文化运动的意识形态之一"[4]。透过两份杂志的渊源关系，可以预见《科学》对《新青年》的影响，不仅反映在思想文化理念上，而且也表现在具体的内容形式上。特别是《科学》率先倡导新式标点和西式文法的运用，对后来《新青年》7卷1期的改版影响相当大。《科学》以不谈政治为标榜，选取了一条与当时的激进报刊有别的救国道路。同样，《新青年》创刊伊始，便在第一页登出"社告"，揭示其宗旨是"商榷将来所以修身治国之道"[5]。"改造青年之思想，辅导青年之

---

[1] 胡适：《科学与人生观·序》，山东人民出版社1997年版，第10页。
[2] 陈独秀：《敬告青年》，《青年杂志》1915年第1期。
[3] 陈独秀：《敬告青年》，《青年杂志》1915年第1期。
[4] 汪晖：《死火重温》，人民文学出版社2000年版，第96页。
[5] 《青年杂志·社告》1915年第1期。

修养，为本志之天职。批评时政，非其旨也。"[1] 所谓"不谈政治"是避免鼓动政治活动，着重从"科学学理"的层面讲清有关问题，使人们可以得到认识和处理政治和社会问题的启示。《新青年》就是要为开启民智提供资料，使读者借以形成民主观念和科学精神。所以，凡是接触到西洋政治与历史等诸多方面的启发性、解释性的文字一律刊发，尤其以西方的"民主""科学""青年组织""人物传记""小说""戏剧"等为重点，内容缺乏计划性，往往随意摘选一段《现代文明史》、赫胥黎的论科学精神、富兰克林自传、屠格涅夫的《春潮》和《初恋》、生理知识等，显得杂乱无章。甚至1915年整个冬天，连载汉译王尔德的《理想丈夫》，这是在伦敦客厅里经常演的一出戏，描写社会显贵人物的苦难。胡适从美国致信陈独秀，批评这出戏的翻译既缺乏文学艺术又与中国社会情形渺不相干。陈独秀回信说：《青年》文艺栏意在改革文艺，而实无办法。吾国无写实诗文以为模范，无科学之理以为指导，译西文又未能直接唤起国人写实主义之观念，此事务求足下赐以所作写实文字，切实作一切改良文学论文，寄登《青年》，均所至盼。"[2] 于是有了2卷5期那篇著名的《文学改良刍议》。由此可见，初创期的《新青年》对科学理念的渴望和倚重，《新青年》的主将们已经"毫不质疑地把科学作为一种最好的东西，并把科学方法作为寻求真理和知识的唯一方法来接受"[3]，在蒙昧的中国积极推动民主科学的观念深入人心。

"民主"和"科学"是启蒙的两大口号，也是一对相随的伴生物。现代性的民主绝对不可能在落后的小农经济和宗法制度统治的农村萌芽，其首先是在西方的城市议事厅内酝酿滋生，并受制于以科学技术为代表的经济基础的发

---

[1] 陈独秀：《"通信"·陈独秀答王庸工》，《青年杂志》1915年第1期。
[2] 中国社会科学院近代史研究所中华民国史组：《胡适来往书信选（上）》，中华书局1979年版，第5页。
[3] 郭颖颐：《中国现代思想中的唯科学主义》，江苏人民出版社1995年版，第20页。

达程度。但《新青年》的倡导者们却在实践中忽视了两者的密切关系，使启蒙思想仍然深受几千年来传统革命理想"等贵贱，均贫富"的影响，因而过分偏重于强调民主平等而冷落了科学造物。"在民主方面，虽说还是有一定的局限性，却总算展示了一些斗争，批判了旧道德和旧文学，而在提倡科学方面却并没有做什么。"[1]这一中肯的批评反映在文学创作方面，对"人的文学"和"平民文学"的欢呼呐喊，几乎淹没了对科学主题的倡导和表现，"科学被人文化"[2]。这既与近代中国自然科学的不发达有关，又受着晚清以来留学制度和教育结构的影响，特别是鲁迅、郭沫若、郁达夫等人弃医从文，成仿吾等人弃理从文，胡适等人弃农从文的思想影响，新文化运动之初的启蒙者们的确是无心也无力对科学倾注过多的热情和关注，甚至还生出了不应有的误解，如"科玄论战"等，其实就是对科学与文学以及其他学科关系不甚明了的必然结果。直到1923年情况才有所改观，成仿吾翻译了《〈科学之价值〉序论》，着重谈论了自然科学在人类精神文明发展中的意义，指出"近来科学与玄学的论争颇有误解科学之处，我故不惮其烦地把它译出来登在这里"[3]，接着创造社出版部刊行了"科学丛书"10种，却也并未根本改变科学在启蒙者心中的尴尬。但科学精神和科学方法却一直主导着文学创作，现实主义的创作方法和作品牢牢占据着中国现代文学的主流，就充分说明了这一点。这些虽是后话，却也缘起于1915年在上海创刊的《新青年》，所以也是本节不能不提及的。

---

[1] 李龙牧：《五四时期思想史论》，复旦大学出版社1990年版，第152页。
[2] 张全之：《在"民主"与"科学"的背后——重读〈新青年〉》，《福建论坛（人文社会科学版）》2003年第1期。
[3] 成仿吾：《〈科学之价值〉序论》，《创造周报》1923年7月22日。

第二节

鲁迅翻译研究：以《小彼得》的译介与接受为例

《小彼得》是德语儿童文学家海尔密尼亚·至尔·妙伦创作的第一部童话集[1]，因"承载着太多成人的思想、成人的意识、成人的见识而不太像童话"[2]，故而被称为"另类童话"[3]。可是，如此充满争议的"另类童话"。鲁迅即便对作者所知甚微，"看姓氏好像德国或奥国人，但我不知道她的事迹"[4]，也并不影响对其作品的青睐，"作品很不少，致密的观察，坚实的文章，足够成为真正的社会主义作家之一人，而使她有世界的名声者，则大概是由于那独创底童话云"[5]。而所谓"那独创底童话"蕴含强烈的革命精神,显然与鲁迅向"阶级论"转向的心境相契合[6]，并从中领悟到对儿童做阶级启蒙，乃是重新"救救孩子"，关乎中国未来之命运的头等大事。"看十来岁的孩子，便可以预料二十年后中国的情形。"[7] 因此，在鲁迅的西文藏书之德奥文学书单中，至尔·妙伦

---

[1] 《小彼得》全名《小彼得的朋友们讲的故事》，该童话集由连贯的六篇童话组成，分别是《煤的故事》《火柴盒子的故事》《水瓶的故事》《毯子的故事》《铁壶的故事》和《破雪草的故事》，讲的是主人公小彼得溜冰时跌断了腿，一个人无聊至极地躺在床上，无意间听到屋内物件——煤、火柴盒子、水瓶、毯子、铁壶和破雪草之间关于残酷的社会现实以及社会主义革命的谈话，自己也参与热烈讨论之中的故事。
[2] 王友贵：《翻译家鲁迅》，南开大学出版社2005年版，第189页。
[3] 孙郁：《另类童话〈小彼得〉》，《鲁迅书影录》，东方出版社2004年版，第126页。
[4] 鲁迅：《小彼得·序言》，载鲁迅：《鲁迅全集（第14卷）》，人民文学出版社1973年版，第237页。
[5] 鲁迅：《小彼得·序言》，载鲁迅：《鲁迅全集（第14卷）》，人民文学出版社1973年版，第237页。
[6] 鲁迅自言他早年是相信进化论的，这从他早年写的文言论文和文学革命时期写的随感录中可以确证。"然而后来我明白我倒是错了。……我在广东，就目睹了同是青年，而分成两大阵营，或则投书告密，或则助官捕人的事实！我的思路因此轰毁，后来便时常用了怀疑的眼光去看青年，不再无条件的敬畏了。"参见鲁迅：《三闲集·序言》，载鲁迅：《鲁迅全集（第14卷）》，人民文学出版社2005年版，第5页。
[7] 鲁迅：《热风·随感录二十五》，载鲁迅：《鲁迅全集（第1卷）》，人民文学出版社1981年版，第295页。

的童话作品占据前列[1]，鲁译《小彼得》也就顺理成章了。

一

《小彼得》汉译本最早于1929年11月由上海春潮书局出版，署名为"许霞译""鲁迅序"。出版后不久，就遭受查禁。直到十年后的1939年，上海联华书局再版该书，署名"许广平译"。1940年译文出版社以《小彼得》中的第一篇《煤的故事》为书名再版了这本童话集，注明"许广平译""鲁迅校"。这与鲁迅自拟的《鲁迅著译书目》并未将《小彼得》列入"译著"名录，而是归于"所校订者"之列是吻合的[2]。至此，《小彼得》的译者是许广平，貌似是毫无争议的。

然而，与此同时，1938年鲁迅先生纪念委员会编辑《鲁迅全集》时，首次将《小彼得》作为鲁迅译文，和《小约翰》《表》《俄罗斯的童话》一同收入《鲁迅全集（第14卷）》。1955年，少年儿童出版社再版《小彼得》单行本，正式署名鲁迅译。1958年，人民文学出版社始将《小彼得》收录在《鲁迅译文集（第四卷）》中。1973年，人民文学出版社再版了《鲁迅全集》，《小彼得》仍然被收录于第14卷中。此后的诸多选本均署名译者为鲁迅，已与许广平无关了。1979年，北京出版社出版的《外国童话选》收录《小彼得》。1980年，北京出版社编纂《儿童文学集萃》时，选用了《小彼得》中《煤的故事》和《火柴盒子的故事》。1981年，少年儿童出版社将鲁迅译的童话《表》和《小彼得》合成出版，书名即《表　小彼得》。1989年，少年儿童文学出版社出版《外国童话选》时，摘选了《小彼得》中的《煤的故事》和《火柴盒子的故事》。同年，少年儿童出版社出版《世界儿童文学名著故事大全》，将《小彼

---

[1] 宋溟：《至尔·妙伦的童话作品》，《鲁迅研究月刊》2015年第8期。
[2] 王志松：《鲁迅外文藏书提要（二则）》，《鲁迅研究月刊》2011年第2期。

得》全部六篇童话收入其中。1990年，《小彼得》被青岛出版社选入《古今中外文学名著拔萃》一书的第四卷——外国童话卷中。1991年，湖南少年儿童出版社将《小彼得》载入《世界童话名著故事365》中。1995年，新疆人民出版社再版了由鲁迅先生纪念委员会编纂的《鲁迅全集》，《小彼得》被收录在第五卷中。1998年，中国人事出版社再版《鲁迅全集》，《小彼得》收录在第四卷中。2008年，福建教育出版社出版由北京鲁迅博物馆编纂的《鲁迅译文全集》，《小彼得》被收录在第五卷中。2009年，中央广播电视大学出版社出版《表 小彼得》。2014年，北京当代世界出版社编纂《鲁迅译童话集——俄罗斯的童话》一书时，将《小彼得》收入其中。2016年，南京大学出版社出版"大师童书系列"，收录《鲁迅精品文集——小彼得》单行本，译者署名比较折中，许广平和鲁迅为共同译者。"这套'大师童书系列'的出版，对于以往儿童文学史话语中的'儿童文学'概念，做出了内涵和外延上的拓展，……建构出这样一个大师级别的儿童文学世界。"[1] 显然，经过近90年的传播，鲁译《小彼得》跨入了"大师级"儿童文学行列。

从《小彼得》的汉语译介传播史来看，有几个问题需要辨识和澄清。首先，译者是许广平还是鲁迅？1929年11月春潮书局的初版署名是许霞（许广平的小名），但1938年鲁迅先生纪念委员会却将署名权归于鲁迅。虽有"当事人"许广平的权威解释——鲁迅"在批阅我试译的稿件之后，更示范地亲自译出一遍，这就是现在收入《鲁迅译文集》里的译本了"[2]，貌似说得在理，却也不能完全消除疑窦。及至2016年南京大学出版社的版本，许广平、鲁迅联合署名，更有折中之嫌。总之，署名一事尽管发生在鲁迅逝世之后，却总有掠人

---

[1] 朱自强：《儿童文学："现代"建构的一个观念》，载鲁迅：《鲁迅精品文集：小彼得》，南京大学出版社2016年版，第10页。
[2] 许广平：《鲁迅回忆录》，长江文艺出版社2010年版，第97—98页。

之美、如鲠在喉之感。然而，转念细想：许广平"日语基础太差"，是在鲁迅闲暇之时教授，总共"学了一年零五个月的日文"，况且，"怀孕了海婴好几个月，精神支不住刻苦用功了"[1]，学习效果自是大打折扣；"学了《小彼得》之后，我因一面料理家务，一面协助他出版工作，同时不久有了孩子的牵累"[2]，可见，许广平的日语水平断然无法出色翻译《小彼得》。正如许广平在文中坦承："《小彼得》那本书，原本是他拿来教我学日文的，每天学过就叫我试试翻译。意思是懂了，就总是翻不妥当，改了又改，因为还是他的心血多，已经是他的译品了。"[3] 至于初版署名许广平，窃以为是鲁迅鼓励爱人学习日文的热情，更是送给爱人的一份礼物，以此见证他们的爱情时光。鲁迅主导、许广平参与该是事实，由此，《鲁迅全集》和《鲁迅译文集》将《小彼得》收录其中虽有违先生初衷，但也无可厚非，甚或实至名归。

其次，鲁译《小彼得》，是无心偶得还是有意为之？表面上是鲁迅想借助《小彼得》的日文译本教授许广平学习日语，没想到"逐次学过，就顺手译出，结果是成了这一部中文的书"[4]。可是，只要考察一下当时鲁迅的处境，便可发现选译《小彼得》绝非无意之举。1927年底，鲁迅想起一年前教许广平学日语的承诺，遂付诸实践，12月初开始，到1928年秋，共计10月有余。此时鲁迅正处于从"进化论"向"阶级论""革命论"的转型期。加之，受到一群刚学了点马克思主义皮毛的后辈文人的攻讦，就下决心译载"真正的革命文艺的理论和作品，把那些犯幼稚病的左倾青年稍稍纠正一点"[5]，故创办《奔流》月

---

[1] 许广平：《鲁迅的写作和生活·许广平忆鲁迅精编》，上海文化出版社2006年版，第132页。
[2] 许广平：《鲁迅回忆录》，长江文艺出版社2010年版，第97—98页。
[3] 许广平：《鲁迅的写作和生活·许广平忆鲁迅精编》，上海文化出版社2006年版，第131—132页。
[4] 鲁迅：《小彼得·序言》，载鲁迅：《鲁迅全集（第14卷）》，人民文学出版社1973年版，第237页。
[5] 郁达夫：《回忆鲁迅》，载郁达夫：《故都的秋（郁达夫专集）》，吉林出版集团有限责任公司2015年版，第111页。

刊,并从创刊号起连载自己所译的《苏俄的文艺政策》。同年10月30日,初尝社会主义真味的鲁迅选用日本学者神永文三所撰《马克思读本》作为教授许广平的教材,既讲解日语,又共同学习马克思主义基本学说,大有夫唱妇随、共同进步之势。此书共10讲,理论艰涩精深,术语名目繁多,句子佶屈聱牙,教学耗时5月有余,直到1929年4月7日结束,可见鲁迅探询阶级革命论真理的决心。因此,接下来选译具有浓厚社会主义阶级论色彩的《小彼得》,"鲁迅讲解后,要求许广平逐篇译出,然后鲁迅修改和讲解修改的道理,并示范地几乎每篇重译"[1]。此番良苦用心,"除用马列主义思想武装,保持清醒头脑和立场外,还有多读书,以便对新文化事业多做贡献"[2]。

最后,为什么选择对初涉翻译者"很有些不相宜"[3]的童话,而非其他革命进步的文类题材?这一选择抑或是"爱子"心切的体现,而这个"子"既是他们还未出生的孩子,也是身处水深火热的中国亿万孩子。1929年9月8日鲁迅校完《小彼得》,至9月27日儿子周海婴出生,从时间上可以推断,4月学完《马克思读本》后,选译《小彼得》是在确知许广平怀孕后进行的。尽管生养孩子本不在鲁迅计划之内,对待幼儿海婴,亦多有烦言,"他在家里每天总要闯一两场祸","总是搅乱我的工作","闹得人头昏"云云。然而,如若望文生义,就大错特错了,"鲁迅不想要孩子,绝非不喜孩子,而是太爱孩子了,以至不愿让他们降生于那个残虐不仁的时代与国度"[4]。可是,既然意外有子已成事实,那对于老来得子的鲁迅而言,自然是喜出望外的。此时,选择翻译童话,其意不言自明,权当送给孩子出生的见面礼。"鲁迅是很关心对孩子的教育的,他感叹那时没有给孩子玩的东西,没有很好的书给孩子读,所以他自己

---

[1] 倪墨炎、陈九英:《鲁迅与许广平》,上海书店出版社2001年版,第121页。
[2] 许广平:《鲁迅回忆录》,长江文艺出版社2010年版,第97—98页。
[3] 鲁迅:《小彼得·序言》,载鲁迅:《鲁迅全集(第14卷)》,人民文学出版社1973年版,第237页。
[4] 羽戈:《鲁迅为什么不愿要孩子》,《阅读》2017年第7期。

翻译了许多儿童读物，如《小彼得》《表》等。"[1] 推而广之，虽然鲁迅在广东目睹了青年人"投书告密"和"助官捕人"的恶行，加之"四一二"反革命政变的血腥屠杀，"轰毁"了他的进化论思想，但是鲁迅并未完全放弃年轻人。"现在不再给人去补靴子了，不过我还要多做些事情。只要我努力，他们变猴子和虫豸的机会总可以少一些，而且是应该少一些。"[2] 由此可见，鲁迅先生是真正热爱下一代，坚持教育下一代，避免下一代走向黑暗。鲁迅在《我们现在怎样做父亲》一文中写道："自己背着因袭的重担，肩住了黑暗的闸门，放他们（指青少年）去宽阔光明的地方去；此后幸福的度日，合理的做人。"[3] 鲁迅对小孩子的热爱，是把小孩子当作是未来的接班人来尊重的[4]。因而，鲁迅在他的译作中，与儿童有关的作品占了很大的比重，彼时彼境，与孕中爱人许广平共译童话《小彼得》自然在情理之中。

二

鲁译《小彼得》作为童话谱系的另类，不像格林童话、安徒生童话充满清新奇幻的色彩，它读来并不轻松，甚至有些沉重，中国的儿童能够接受这样的童话作品吗？鲁迅坦言："不消说，作者的本意，是写给劳动者的孩子们看的，但输入中国，结果却又不如此。首先的缘故，是劳动者的孩子们轮不到受教育，不能认识这四方形的字和格子布模样的文章，所以在他们，和这是毫无关系，且不说他们的无钱可买书和无暇去读书。但是，即使在受过教育的孩子们

---

[1] 马蹄疾辑录：《许广平忆鲁迅》，广东人民出版社1979年版，第359页。
[2] 房向东：《孤岛过客：鲁迅在厦门的135天》，崇文书局2009年版，第161页。
[3] 鲁迅：《坟·我们现在怎样做父亲》，载鲁迅：《鲁迅全集（第1卷）》，人民文学出版社1981年版，第135页。
[4] 参见马蹄疾辑录：《许广平忆鲁迅》，广东人民出版社1979年版，第360页。

眼中，那结果也还是和在别国不一样。"[1]一是由于"话法的缺点"：《小彼得》之五《铁壶的故事》中，火柴盒子和水瓶热情交谈，但"用着各样外国话，所谈的又是彼得简直不懂的事情"，于是，彼得听了一会儿便觉无聊，悄悄地说了句："请讲得好懂一点罢。我简直不能懂呀。"[2]乌黑的铁壶批评火柴盒子和水瓶："你们不是在想使我们的小朋友——这彼得，明白起来么？然而你们却用了这孩子不会懂的烦难的话在谈天。说是什么'制度'呀，'资本主义'呀，他怎么懂得呢？我是一个没有学问的汉子，将这一类事，都用'不好的事情''不对的事情'这些话来称呼。总之，你们想讲的事，是很好的，但那讲的方法，却不高明。"[3]也就是说，鲁迅认为作者的本意是好的，想要以童话的方式启发小读者去了解这些社会现实。然而，讲故事的方法却不甚高明，因为说的不是儿童的话语，谈论的话题也超出儿童的理解范围。二是故事中所用的背景，多是一些西洋物件，中国的小朋友普遍感到陌生，不知为何物，容易造成阅读障碍。"这作品一经搬家，效果已大不如作者意料。"[4]即便如此，鲁迅依然"希望以外国文学来改造中国社会者，追读一下鲁迅这篇为《小彼得》所写的序，可得多种启发，思考会更近现实"[5]。

事实上，鲁迅译介《小彼得》的一个重要原因，是希望给中国文学界提供一种新的启蒙。正如他在《"硬译"与"文学的阶级性"》中把译介外国文学作品比作"盗运天火"，"人往往以神话中的Prometheus（普罗米修斯）比革命者，以为窃火给人，虽遭天帝之虐待不悔，其博大坚忍正相同。但我从别国里窃得火来，本意却在煮自己的肉的，以为倘能味道较好，庶几在咬嚼者那

---

[1] 鲁迅：《小彼得·序言》，载鲁迅：《鲁迅全集（第14卷）》，人民文学出版社1973年版，第237页。
[2] 鲁迅：《小彼得·铁壶的故事》，载鲁迅：《鲁迅全集（第14卷）》，人民文学出版社1973年版，第277页。
[3] 鲁迅：《小彼得·铁壶的故事》，载鲁迅：《鲁迅全集（第14卷）》，人民文学出版社1973年版，第277页。
[4] 鲁迅：《小彼得·序言》，载鲁迅：《鲁迅全集（第14卷）》，人民文学出版社1973年版，第237页。
[5] 卫茂平：《德语文学汉译史考辨：晚清和民国时期》，上海外语教育出版社2004年版，第104页。

一面也得到较多的好处,我也不枉费了身躯"[1]。鲁迅的此番话"说明了他在用马克思列宁主义的火'煮自己的肉',表明了他在进行自我的思想斗争"[2]。作家丁景唐高度赞扬这部"另类"童话在中国的价值,"至尔·妙伦的童话是主张劳动大众为争取自由、幸福的战斗的呼号。介绍这样一种战斗的童话到中国来,是必然起着现实的教育作用,得到人们共鸣的"[3]。鲁迅在为美国《新群众》杂志而写的《黑暗中国的文艺界的现状》一文中谈到国民党政府禁书情况,提到"至尔·妙伦所作的童话的译本也已被禁止"[4]。1935年10月29日他致信萧军说:"《小彼得》恐怕找不到了。"[5]"阶级敌人像害怕洪水猛兽一般畏惧它的存在"[6],这不是《小彼得》能否被接受的问题,而是中国小读者当时连看到的机会都是渺茫的。新中国成立后,这部童话集终于以崭新的面貌出现在孩子们的生活中。其中《火柴盒子的故事》曾出现在小学读本上,为少年儿童耳熟能详,"当时选用它的原因,显然出于意识形态方面的考虑,因为本篇童话的主要用意,倒不在启迪童真,启发好奇心,而是灌输阶级压迫、阶级反抗意识"[7]。丁景唐在《关于至尔·妙伦〈小彼得〉的出版说明》中指出:"现在的少年读者生长在幸福的社会主义制度下的新中国,恐怕很难想象出三十多年前旧中国的劳动人民过着多么痛苦的生活和少年儿童严重地缺乏优秀儿童读物的情况。鲁迅先生介绍这本揭露资本主义罪恶制度的童话给深受帝国主义、官

---

[1] 鲁迅:《"硬译"与"文学的阶级性"》,载鲁迅:《二心集》,上海合众书店1932年版,第30页。
[2] 马蹄疾辑录:《许广平忆鲁迅》,广东人民出版社1979年版,第359页。
[3] 丁景唐:《继承和发扬鲁迅编译出版儿童文学作品的优良传统——重读〈小约翰〉、〈小彼得〉、〈表〉有感》,《学习鲁迅作品的札记》,上海文艺出版社1980年版,第154页。
[4] 鲁迅:《黑暗中国的文艺界的现状——为美国〈新群众〉作》,载鲁迅:《鲁迅论文艺》,湖北人民出版社1979年版,第156页。
[5] 鲁迅:《书信·351029 致萧军》,载鲁迅:《鲁迅全集》(第13卷),人民文学出版社1981年版,第237页。
[6] 胡从经:《至尔·妙伦在中国(翻译文学史话)》,《世界文学》1962年第7—8期。
[7] 王友贵:《翻译家鲁迅》,南开大学出版社2005年版,第189页。

僚资本主义、封建主义压迫的旧中国的少年儿童读者,有着深刻的意义。"[1] 可见,新中国的少年读者依然可以从《小彼得》的故事中获得有益的滋养。首先,少年读者可以透过这些故事感受到资本主义对劳动人民残酷的压迫和剥削,建设幸福的社会主义意义重大。其次,生活在社会主义新中国是幸福的,但是也不能忘记世界上还有许许多多少年儿童还没有得到解放,他们的境遇比《小彼得》中讲述的故事还要悲惨得多。因此,小读者阅读此书不仅可以更加热爱伟大的社会主义祖国,而且还能更好地受到国际主义的教育,关心、支持全世界被压迫民族的解放斗争。《小彼得》是一本有意义的童话集,但因讲的是外国资本主义社会的事,又以童话的形式来曲折地描写,今天的少年读者,对书中的事情都不熟悉,不容易理解。因此就需要家长、老师和少年先锋队辅导员,加强对少年儿童的课外阅读的辅导……"[2] 陈伯吹在《表 小彼得》一书的序言中亦写道:"当年鲁迅先生对这个译本最关心的恐怕就是'劳动者的孩子们轮不到受教育'。现在好了,随着中国共产党领导革命的胜利,压在三座大山底下的工人和农民得到了解放,他们的子女也有了受教育的机会,生活幸福了,作为教育者的老师和家长,可以辅导孩子们阅读了。'只有社会主义才能救中国',读《小彼得》还是具有很大的教育意义的。"[3]

那么,《小彼得》中所讲述的故事是否能够真正启迪中国小读者的心智,给他们带来有益的教育呢?孩子们会喜欢这样的故事内容吗?王友贵认为,《小彼得》"所负载的阶级压迫意识,对于儿童来说,或许太过沉重"[4]。秦弓亦

---

[1] 丁景唐:《学习鲁迅作品的札记》,上海文艺出版社1980年版,第161页。
[2] 丁景唐:《学习鲁迅作品的札记》,上海文艺出版社1980年版,第162页。
[3] 陈伯吹:《序言·纪念鲁迅先生诞辰一百周年》,载班台莱耶夫勒、妙伦:《表 小彼得》,鲁迅译,少年儿童出版社1981年版,第83页。
[4] 王友贵:《翻译家鲁迅》,南开大学出版社2005年版,第189页。

批评《小彼得》译本"说教色彩较重,多少会影响儿童的接受"[1]。其实,纵观鲁迅翻译的诸多童话作品会发现,他所谓的"童话"和通常意义上的童话大相径庭,"童话在他那里,似乎没什么正宗的气息"[2],"鲁迅译的童话,题材上大都非常沉重、意味深长、教诲意义十足"[3]。可见并非《小彼得》这一部童话作品是所谓的"另类"童话,鲁迅译介的大部分童话作品都属此类风格。求其原委,盖因鲁迅选择翻译具有现实批判或启蒙作用的童话并非全然是为着儿童,在一定程度上也是为着成人。他旗帜鲜明地反对儿童文学过多女性化色彩[4],批评《小彼得》带有"太富于纤细的,琐屑的,女性底色彩",易与"骨子里就有着一种柔弱与卑怯的中国人"[5]产生共鸣,失掉反抗的勇气。中国最切要的儿童文学应该注意培养儿童的阳刚之气,使他们成人之后方能勇敢地与残酷的现实生活进行斗争。因此,鲁迅在"序言"中坦承:"虽然《小彼得》这样的作品很难被其应该接受的对象儿童所接受,但至少可供三类成人所接受:未失赤子之心者、不忘勤劳大众者、留心世界文学者。"[6]由此可见,鲁迅将《小彼得》译介到中国与其说是启蒙儿童,不如说教益成人,尤其是知识阶层。"译介只是一种手段,根本目的还是要促进本国文学的发展壮大。……指导、促进和鼓励本国儿童文学的创作。"[7]可见,鲁迅译介妙伦的《小彼得》可谓用心良苦——扭转封建社会奴化儿童的"伦理纲常"。

当时中国哺育儿童的精神食粮无非是一些反映忠孝思想的读物,教育孩子要顺从,不能反抗。鲁迅在《上海的儿童》一文中将中国的儿童与外国的儿童

---

[1] 秦弓:《鲁迅的儿童文学翻译》,《山东社会科学》2013年第4期。
[2] 孙郁:《鲁迅书影录》,东方出版社2004年版,第126页。
[3] 涂春梅:《鲁迅儿童文学译介探析》,《名作欣赏》2009年第12期。
[4] 参见李春林《鲁迅与外国文学关系研究》,吉林人民出版社2003年版,第623—624页。
[5] 鲁迅:《小彼得·序言》,载鲁迅:《鲁迅全集(第14卷)》,人民文学出版社1973年版,第237页。
[6] 鲁迅:《小彼得·序言》,载鲁迅:《鲁迅全集(第14卷)》,人民文学出版社1973年版,第237页。
[7] 涂春梅:《鲁迅儿童文学译介探析》,《名作欣赏》2009年第12期。

进行了对比,"一到大路上,映进眼帘的却只是轩昂活泼地玩着走着的外国孩子,中国的儿童几乎看不见了。但也并非没有,只因为衣裤郎当,精神萎靡,被别人压得像影子一样,不能醒目了";"顽劣,钝滞,都足以使人没落,灭亡。童年的情形便是将来的命运"[1]。鲁迅对当时国内的儿童文学读物是极不满意的,为了"使孩子成为不同于祖辈父辈的新人,鲁迅将儿童文学的引进作为翻译工作的重点之一"[2],于是,他便开始亲自动手翻译国外的儿童文学作品,据统计,鲁迅总共为儿童翻译了九部作品,约40万字,分别是《月界旅行》《地界旅行》《爱罗先珂童话集》《桃色的云》《小约翰》《小彼得》《表》《俄罗斯的童话》和《坏孩子和别的奇闻》[3]。这些作品虽然内容各不相同,但是都与社会现实密切相关,主题也很明确,或张扬"自由、平等、博爱",反对奴役和压迫,或讲述在新型社会中儿童如何成长[4]。《小彼得》作为鲁译中的翘楚,"虽然作品有灌输阶级压迫、阶级反抗意识之意,但从深层的意蕴来说,还是对自由、平等的渴望与呼唤"[5]。在鲁迅看来,当时的中国缺少的正是这样的儿童文学作品,这既与他"以幼者为本位"的儿童文学观密切相关,也是他强烈的社会责任感使然。"虽然鲁迅翻译的童话作品在今天看来有些方面不适合儿童的情趣,但是鲁迅用新思想、新观念、新作品教育儿童的理念却产生了很大的影响。"[6]正如许广平在《青年人与鲁迅》一文中写道:"他自己年纪小的时候,没有你们现在的幸福……这些自己经历过的苦处他总记住,时常提起,不像一些大人们自己成长了就忘记了小孩时代了。他时时刻刻在留心,而且自己

---

[1] 鲁迅:《南腔北调集·上海的儿童》,载鲁迅:《鲁迅全集(第4卷)》,人民文学出版社2005年版,第580页。
[2] 冯玉文:《鲁迅翻译思想研究》,中国社会科学出版社2015年版,第204页。
[3] 封建华:《论鲁迅的儿童文学》,《集美大学学报(哲学社会科学版)》2008年第3期。
[4] 刘少勤:《鲁迅的儿童观和他的童话翻译》,《福建师范大学学报(哲学社会科学版)》2005年第3期。
[5] 侯计先:《鲁迅翻译中的未来意识——充满社会责任感的儿童文学翻译》,《长春工业大学学报(社会科学版)》2010年第3期。
[6] 冯玉文:《鲁迅翻译思想研究》,中国社会科学出版社2015年版,第206页。

努力去做。他的几本翻译如：[……]《小彼得》等，都是很值得一读的。"[1]

三

鲁迅不仅是著名的文学家，而且还是一位翻译大家，他对文学作品的翻译有着自己独特的见解。鲁迅在《〈托尔斯泰之死与少年欧罗巴〉译后记》一文中写道："从译本看来，卢那卡尔斯基的论说就已经很够明白，痛快了。但因为译者的能力不够和中国文本本来的缺点，译完一看，晦涩，甚而至于难解之处也真多；倘将仂句拆下来呢，又失去了原来的精悍的语气。在我，是除了还是这样的硬译之外，只有'束手'这一条路——就是所谓'没有出路'了，所余的唯一希望，只在读者还肯硬着头皮看下去而已。"[2] 鲁迅在此文中强调了他的"硬译"思想，所谓"硬译"就是"更严格的直译，宁愿晦涩难懂，甚至佶屈聱牙，也要保留原文精悍的语气，传达出异域文化的特质。"[3]

鲁迅在《且介亭杂文二集》里强调："凡是翻译，必须兼顾着两面，一当然力求其易解，一则保存着原作的丰姿，但这保存，却又常常和易懂相矛盾：看不惯了。不过它原是洋鬼子，当然谁也看不惯，为比较的顺眼起见，只能改换他的衣裳，却不该削低他的鼻子，剜掉他的眼睛。我是不主张削鼻剜眼的，所以有些地方，仍然宁可译得不顺口。"[4] 从中可以看出，鲁迅主张翻译既要通顺，又要忠实。在《"硬译"与"文学的阶级性"》中，鲁迅进一步指出："一面尽量的输入，一面尽量的消化，吸收，可用的传下去了，渣滓就听它剩落在

---

[1] 许广平：《鲁迅的写作和生活·许广平忆鲁迅精编》，上海文化出版社2006年版，第131页。
[2] 鲁迅：《〈托尔斯泰之死与少年欧罗巴〉译后记》，载鲁迅：《文艺与批评》，水沫书店1929年版，第3页。
[3] 涂春梅：《鲁迅儿童文学译介探析》，《名作欣赏》2009年第12期。
[4] 鲁迅：《且介亭杂文二集》，万卷出版公司2014年版，第117页。

过去里。"[1]所以"硬译"就有两种：有新造的句法使人一时感觉异样而后来可以据为己有的所谓"硬译"，亦有的确可舍弃的生硬句法的"硬译"。毫无疑问，鲁迅所赞成的"硬译"，只是前一种。

然而，鲁迅在校改《小彼得》译稿时却批评许广平"拘泥原文，不敢意译，令读者看得费力"，"我当校改之际，就大加改译了一通，比较地近于流畅了。——这也就是说，倘因此而生出不妥之处来，也已经是校改者的责任"[2]。这表明，鲁迅所坚持的"硬译"原则并非绝对，理应根据具体作品采取不同的翻译策略。鲁迅在许广平"不敢意译"的情况下"大加改译"，做了处理，在语言上力求易懂，鲁迅之所以转变一向坚持的硬译策略主要是考虑到读者是儿童，"鲁迅翻译《小彼得》一书，完全用意译的方法，译文非常流畅易懂。既然预计的读者是儿童，当然这样来译合适"[3]；"鲁迅的童话翻译充分考虑了儿童的心理需求和接受能力"[4]；甚至有评价道："这哪里像译文？简直和他自己创作的一样，但同时又保存了作者的风格。最难得的是：他的译文无分底面，到处都是一样优美，一样流利，很少有生吞活剥的译文和噜苏的地方。"[5]李季将鲁迅的译作与创作相提并论，可见对其翻译的评价是极高的。无独有偶，学者孙郁也把鲁迅的创作和译作进行了对比，"鲁迅的译笔和创作的文风，有些区别。但特别性，还是浓厚的。有人曾慨叹他在翻译上，费神颇多，是个损失。但他却不这样看，翻译也是一种创作，虽受到文本的限制，但在遣词造句上，有真的功夫在。看先生的译文，有时也有几分享受在，那其中的快慰，还

---

[1] 马蹄疾辑录：《许广平忆鲁迅》，广东人民出版社1979年版，第323页。
[2] 鲁迅：《小彼得·序言》，载鲁迅：《鲁迅全集（第14卷）》，人民文学出版社1973年版，第237页。
[3] 顾农：《鲁迅译本〈小彼得〉》，《青岛日报》2006年11月10日。
[4] 冯玉文：《鲁迅翻译思想研究》，中国社会科学出版社2015年版，第174页。
[5] 李季：《鲁迅对于翻译工作的贡献》，载罗新璋主编：《翻译论集》，商务印书馆1984年版，第311页。

是隐隐可以感受到的"[1]。鲁迅在翻译上"费神颇多",这是学界皆知的,他对待翻译的态度就和对待自己创作的作品一样认真细致,常常校改译稿到深夜。许广平这样回忆鲁迅翻译《小彼得》:"这小小的一部书,如果懂得原文的拿来比较一下,就晓得他是怎样地费力气,一面译一面他老是说:'唉,这本书实在不容易翻。'也可以见得:就是这样小小的一本童话,他也一样的认真,绝没有骗骗孩子的心思。"[2]

虽有学者对鲁迅选译如此内容的童话故事略有微词,但对于他的译笔译文却是赞赏颇佳的。"童话有成人的梦。鲁迅是不爱沉于梦境的人,但他却把一些苦涩的梦,留给了世人。在这个反差里,有无奈的东西,也有微茫的期待。我记得他把译书,看成从别国盗来的火,意在煮自己的肉。既希望别人的自省,也深深地刺着自己的心,欲从中觅出一条新路。如此看来,那些为艺术而艺术,或为金钱而译著的人,都无法和先生相提并论。现在的翻译家,有此另类情怀者,已不多见了。"[3] 因而,不仅中国的儿童和儿童文学作家阅读此书可以获得启发,而且从事文学翻译工作者也不妨读一读这部童话集,体味先生的译笔,亦有新的感悟。

---

[1] 孙郁:《鲁迅书影录》,东方出版社 2004 年版,第 127—128 页。
[2] 许广平:《鲁迅的写作和生活·许广平忆鲁迅精编》,上海文化出版社 2006 年版,第 132 页。
[3] 孙郁:《鲁迅书影录》,东方出版社 2004 年版,第 128 页。

第三节

早期都市文学研究:"新感觉派"的现世情怀

鲁迅在1927年的冬天感慨道:"中国现在是一个进向大时代的时代"[1],并且断言:这个"不是死,就是生"的大时代"不远总要到来"[2]。裹挟在"大时代"里的文学亦不能幸免地面临着分化和抉择,因为"革命时代总要有许多文艺家萎黄"[3]。社会和政治生活的骤变,必然使不少文艺家彷徨动摇,他们无暇也无力回答"娜拉"和"祥林嫂"的困惑与逼问,开始游离和反思"五四"启蒙话语建构的"爱情乌托邦"和"乡土乌托邦"。开"新感觉派"小说风气之先的刘呐鸥,将小说的视角探向都市现代女性的生存状态和精神诉求,以深切的"现世情怀"颠覆了"五四"启蒙话语将国家和民族解放的想象赋予女性身体解放的叙述策略。虽然其不乏思想境界的褊狭和行文表述的偏激,但对都市空间的悖论性书写,却拓展了文学审美的表现视域,并赋予早期都市文学积极的革命和进步意义。

一、爱情乌托邦的幻灭:主体身份与诉求的断裂

刘呐鸥笔下的人物,都是未经"典型化"处理的自然真实的原生状态,却

---

[1] 鲁迅:《而已集》,人民文学出版社1958年版,第107页。
[2] 鲁迅:《三闲集》,人民文学出版社1958年版,第54页。
[3] 鲁迅:《华盖集续编》,人民文学出版社1958年版,第119页。

有着恰似秦汉泥俑的质朴与亲近。她们几乎都是摆脱了传统道德的记忆和束缚，受过良好教育和思想启蒙的现代女性[1]。一向为文凝练简省的刘呐鸥，在《都市风景线》的八篇小说中，不厌其烦地一次次交代和刻画女主人公的身份——是近代启蒙的产物，貌似是要让读者深信她们应该比"五四"时期为爱抗争的村姑魏莲姑（《获虎之夜》）、白秋英（《咖啡店之一夜》）等更具有新型女性的独立人格和现代的爱情观。然而，在如此顺理成章的"五四"启蒙逻辑背后，刘呐鸥却设置了一个叙述陷阱，让鲁莽轻信的读者结结实实地跌了一跤。因为，这些饱受进步思想启蒙的现代女性对爱情和性爱的理解着实让我们大跌眼镜，她们并没有像"五四"启蒙者设想的那样，将"爱情乌托邦"[2]视为引领自我上升的精神方舟，而是降格为形而下的肉体生存的"有机肥"。婚姻、恋爱和性成为都市"风景线"下的一个"方程式"，一道"风景"。"一群有翅膀的小爱神，向人们张着危险的弓箭"（《流》），而弓箭上没有爱情，只有肮脏的私欲。

《游戏》《风景》《流》《残留》等小说都是由现代女性主动勾引男人的故事框架构成的。女人是表演者和操纵者，而男人则成了懦弱卑怯的"缩头龟"。《游戏》中的女子美丽而柔情，但"美丽的华袍下，却生满了虱子"（张爱玲

---

[1] 《游戏》中的女子有"瘦小而隆直的希腊式的鼻子"，是"近代的产物"；《风景》中的县长太太"那男孩式的断发和那欧化的痕迹显明的短裙的衣衫，谁也知道她是近代都会的所产"；《流》中的晓瑛"可以说是一个近代的男性化了的女子"，"当然是断了发"；《热情之骨》中"花妖式的动人的女儿"，"也和碧眼的女儿一样欢喜吃糖果，欢喜喝混合酒，欢喜看蹴球的比赛，她以前也曾在市内的外国人办的学校里念过好几年书，经过很奢华的生活"；《两个时间的不感症者中》的女人是"一位 sportive 的近代型的女性"，与男人的"视线容易地接触了"；《礼仪和卫生》中的自然"竟抱着一包学校里的教科书当做行李，同他私奔到南方去做了夫妻"，能够为爱情而私奔，且改嫁三次，实在不是思想因袭守旧之女子所为；《方程式》里的密斯S"美丽温柔，懂音乐，讲西洋话"，也是一个启蒙的产物。

[2] 当时文坛确实树立起了"爱情至上"的神话：爱情自由了，关乎"人的问题"似乎都会迎刃而解，文坛"描写男女恋爱的小说占了全数百分之九十八"。参见郎损（茅盾的笔名）：《评四、五、六月的创作》，《小说月报》1921年第8期。当时即便是描写严酷的革命斗争，也"都穿上了'恋爱'的外衣"。参见茅盾：《茅盾研究资料·中卷》，中国社会科学出版社1993年版，第13页。

语）。她与曾经的男朋友对饮，跳贴面舞，出浴后裸着身体打约会电话，黄昏后一起逛公园，把他扭进卧室，坠到床下去。美如天仙的她处心积虑，运筹帷幄，使自己的旧恋人一步步落入自己精心策划的情网欲海。《风景》中"刚从德兰的画布上跳出来的"县长太太同样美艳惊人，使坐在对面的小职员——燃青几近窒息，"自由和大胆的表现像是她的天性，她像是把几个世纪被压迫的男性底下的女性的年深月久的积愤装在她口里和动作上的"，利用自己颇具挑逗性的言谈和激烈而近乎放荡的举止俘虏了素不相识的他。《流》中的晓瑛以问字为由，主动宽衣解带"一跳就想攒入（教师镜秋的）床里去"。《残留》则是"红杏出墙"的如霞勾引白文等男人的一出"心理独白戏"，是对女性爱情观和性心理的剖析与自白。她们把经由无数世纪的风尘曲笑掩盖和隐瞒的女性生存本相陈列在文本表面，与"五四"时期女性的情爱解放相比，她们更反叛、更自主。

笔者佩服刘呐鸥为文的聪慧，他一改传统的先抑后扬的接受心理，反其道而行，来个"先扬后抑"。他让这些新潮的叛逆女性把读者带上情爱神化大厦的顶端，然后突兀地、毫不留情地把大厦全盘推倒，使天真的读者重重地摔将下来，制造了出人意料的惊人效果。仔细分析这些知识女性，她们的爱情和伦理观却与启蒙话语背道而驰。偷情后的女人心安理得，认为这是："你我都有权利的哪！"对自己的未婚夫毫无愧疚之意，"那我们管他不着了"（《游戏》）。晓瑛因为"前晚上那是一时的闲散"，而不管"有什么嫁不嫁"的上了教师镜秋的床（《流》）。《礼仪和卫生》中的白然，与父亲的青年秘书私奔江南做夫妻，竟另交了富商的儿子，再转投画家的怀抱，最终做了启明妻子的替代品。她"对于任何事物都觉得无兴趣"，苍白而麻木，活似一个美丽的"祥林嫂"，被生活磨去了最后一丝斗争的棱角，泯灭了心目中最后一丝爱的火花。先前自由恋爱的夫妻间同床异梦，却也能够"无论在人前或是在私室，都时常表现着强烈的爱情,做着不绝的爱抚",爱情已经变得像解"方程式"似的机械和单调(《方程式》)。如今出走的"娜拉"们面对爱情,绝对不会有丁玲笔下"莎菲"式的两难窘境:一个是可靠而不可爱的苇弟,一个是可爱而不可靠的凌吉士,她彷徨犹豫,自噬其心地咀嚼爱情带来的苦痛;爱情在她心中是纯洁的(报复凌吉士)、又是完美的(不嫁苇弟)。她最终选择出走南下,说明她仍有爱的追求,还没有走向幻灭的末路。但南下的"莎菲"们,在刘呐鸥的笔下却被生活磨去了最后一丝理想和抗争的棱角,泯灭了内心深处最后一丝爱的火花。这种种"性刺激,可以是精赤裸裸的欲念,也可以是待价而沽的商品,甚至可以是揩污拭秽的抹布"[1]。

刘呐鸥对"五四"以来明显带有虚妄色彩的"爱情乌托邦"保持着足够清醒:光怪陆离的都市风景中,爱情只是一种激情,是一段通往梦之谷的精神漂泊,它只是伴随人生的一种变幻莫测、稍纵即逝的状态,爱情在剥离了诺言、牺牲等品质之后,已经成为一种人生的原料,人们更热衷于利用这种原料创制各自的价值和理想,调配和实现自己的利益。

二、乡土乌托邦的消弭:身体的狂欢与灵魂的抽离

在无情地解构"爱情乌托邦"的同时,刘呐鸥也以历史性强者的超越感,灰色幽默地消解了那块安放和抚慰启蒙知识分子精神与灵魂的栖息之地——乡土。在乡土作家看来,以乡村田园诗意的想象去抵消现代化的弊病,像以"乡下人"自况的沈从文那样,皈依大自然,脱下虚伪的外衣,越过世俗的樊篱,体味与自然一样博大的诗意,营造至真至善的"乡土乌托邦",召唤迷失的人

---

[1] 杨义:《文化冲突与审美选择》,人民文学出版社1988年版,第240页。

性得以复归。但对"都市之子"刘呐鸥而言,"乡土乌托邦"根本无力抗拒都市的"消费乌托邦",传统生活和价值体系的生存空间已经日渐逼仄。所谓的"诗意","在这个时代是什么地方都找不到的",而且,"诗的内容已经变换了。就使有诗在你的眼前,恐怕你也看不出吧"。(《热情之骨》)

《风景》中的燃青"被赶出了那充满着油味和纸嗅的昏暗的编辑室",在飞驰的汽车上饱览画一般的乡土风景,尽管美景也深深打动了漂亮的少妇,但她却并非真正的自然之子。她穿着"高价的丝袜",踏着草地爬上土丘,讨厌"机械般"的衣服,而"脱得精光";然而,这惊人的举动并非是"逃离都市的牢笼,亲近大自然的举动",而是主动勾引男人和示爱的手段,使小职员燃青不由自主地身陷"迷幻花园"。燃青和县长太太在野地里肆意奔跑,遭受压抑和摧残的"本我"貌似皈依了原始的自然。但是,他们回归野地的过程非但没能找到精神危机的避难之所和净化灵魂的精神资源,反而使自我更深切地感到身体的饥渴和无依。"一道原始的热火从他的身体上流过去",任凭"身体跟思想像红云一样"无目的地飘荡和坠落。云雨过后,形同陌路,依然故我,男的要去开无聊的会,太太去陪县长丈夫过个空闲的周末。我们常常指责刘呐欧笔下的人物只是在夜总会、电影院、酒吧间放浪形骸,耗尽青春,在灯红酒绿中发泄性的本能,是"都市病"的患者。然而,回归乡村大自然,他们又能如何呢?企图通过弥合与重建人与自然、人与人之间的关系,来营造一种"和谐"的境界,达到心灵和精神的某种微妙的契合与提升(如郁达夫的《迟桂花》《春风沉醉的晚上》),是那样的渺茫。《热情之骨》中,放荡的洋人比也尔悔过自新,希冀到"浪漫的巢穴的东洋"来寻找古典的爱情旧梦,渴望在充溢着"青草气味""桂花香味"的大自然里完成自己初次纯洁的浪漫爱,但诗情画意的花好月圆和碧波荡漾的轻舟画舫,并没有令"花仙女儿"似的美人把爱的境界提升,在激情迸发的一刹那,突兀间,美人的一句话:"给我五百元",

使比也尔的"梦尽了,热情也飞了,什么都完了"。在刘呐鸥看来,无论在都市还是乡村,现代人真正的孤独来自自己的身体,真正的精神敌人来自自己的身体,真正的悲剧也来自自己的身体。纯洁的灵魂和爱情被金钱异化,人与人之间除了金钱就是欺骗,是逢场作戏。

刘呐鸥清醒地认识到传统文化意义上的人与自然、人与社会、人与人的和谐关系已经崩溃,乡村只是都市现代人的一味审美调节剂,他们可以为摆脱烦乱和厌倦而暂时逃到乡村,但却没有能力摆脱都市现代生活的诱惑和压迫,都市成为赢家已是大势所趋,"你说我太金钱的吗?但是在这一切抽象的东西,如正义,道德的价值都可以用金钱买的经济时代"(《热情之骨》),希望利用乡村这片净土来安妥无主的灵魂只是乡土作家的一厢情愿罢了。

三、现代乌托邦的悖论:物的迷恋与精神的困厄

对于"西学"青年刘呐鸥来说,肆意地解构爱情和乡土乌托邦只是第一步,对都市文化的细致剖析与悖论性书写才凸显了其小说的建设性的意义。"中国是有都市而没有描写都市的文学,或是描写了都市而没有采取适合这种描写的手法。在这方面,刘呐鸥算是开了一个端。"[1]纵观中国现代文学,直到刘呐鸥的出现,科学技术浸染和造就的都市才真正成为创作观照的直接对象。

在刘呐鸥的笔下科学造物得到了从未有过的强调和渲染,小说中充斥着都市产品的狂欢聚会:"飞机、电影、Jazz、摩天楼、色情(狂),长型汽车的高速度大量生产的现代生活"[2],科技制造的都市令人无限地享受和迷醉,"他

---

[1] 杜衡在评价穆时英的创作时指出:"中国是有都市而没有描写都市的文学,或是描写了都市而没有采取适合这种描写的手法。在这方面,刘呐鸥算是开了一个端……(成功的)是时英。"参见杜衡:《关于穆时英的创作》,《现代出版界》1935年第9期。
[2]《文坛消息》,《新文艺》1930年第3期。

（们）在现代大都市的颓废中发现了乡土中国所从未有过的美"[1]。但遗憾的是对科学及其副产品的过分迷恋、依赖和占有，使他笔下的人物被都市万花筒迷乱了眼：燃青的"眼睛自然是受眼前的实在的场面和人物（性感女人）的引诱"而不愿再读报纸上"裁兵，时局和革命"的要闻（《风景》）；时髦的知识女性为了一辆"飞扑"汽车和两个黑脸的车夫就可以抛弃恋人（《游戏》），都市里的男女犹如"披着青衣的邮筒在路旁，开着口，现出饥饿的神色"，他们的灵魂已被抽空，只留下一具华丽的外壳，"如走出了原野的野兽，轮舞、互斗、撕咬、吞噬"（《流》）。生活对他们来说是残酷的，又是新奇的刺激的，他们像一群追腐逐臭的苍蝇，既飞不高也飞不远，围绕着肮脏的物欲画着自己生活的轨迹。生命的理想和诗意，"在这个时代是什么地方都找不到的。诗的内容已经变换了。就使有诗在你的眼前，恐怕你也看不出吧"（《热情之骨》）。对于刘呐鸥本人而言，生在都市，活在都市，恋着都市，无法超越的都市情结，注定是他文学创作本身无法超越的局限。尽管他对都市现代化带来的一切并非欣欣然全盘接受，但缺乏理性分析，"因此没有产生都市的现代哲学"[2]。

在深切地体味着现代生活感性刺激的同时，刘呐鸥也鞭辟入里地揭示了现代生活的藏污纳垢。大都市浮华表象背后隐藏着深刻的危机，物质崇拜，道德沦丧，信仰危机，整个大上海都患上了"现代病"。密斯脱Y机器人般单调乏味的生活（《方程式》），姚先生的办公室里死气沉沉的寂静（《礼仪和卫生》），"这个都市的一切都死掉了"（《游戏》）。然而，在这死掉的空间中，却也有着在感性和本能冲动支配下的动力，他们尽管缺乏革命理性的指引，但却在都市的牢笼中不停地游走——偷情、叛逆和争斗。"在他的作品，我们显然地看出了这不健全的糜烂的、罪恶的资产阶级的生活的剪影和那即刻要提起头来的新

---

[1] 钱理群、吴晓东：《建立规范——〈二十世纪中国文学史略〉之三》，《海南师院学报》1996年第3期。
[2] 《文坛消息》，《新文艺》1930年第3期。

的力量和暗示"[1]，这正是刘呐鸥"现世情怀"的积极意义。由此看来，学界一直以"内容上品位不高，价值取向上道德感稀薄"[2]指责刘呐鸥和"新感觉派"小说，似乎显得肤浅和偏颇了。

然而，矫枉常常导致过正，刘呐鸥也未能幸免。灵与肉的碰撞，都市与乡村的二元对立，物质与精神顾此失彼的悖谬，在中国的社会历史和文学创作中一次次重演，直到今天，文学创作也没有处理好两者的关系，这仍是困扰我们的一个难题。

---

[1] 施蛰存：《〈都市风景线〉广告词》，《新文艺》1930年第2卷第1期。
[2] 汪星明：《试论新感觉派对中国小说现代化的贡献》，《广西师范大学学报（哲学社会科学版）》1996年第2期。

第四节
现代文学资源的征用维度及其复杂性

关于20世纪50至70年代文学"转折期"的研究，已经成为一个亟待开掘的学术热点问题。这一研究不仅涉及现代文学传统的"断裂"与嬗变、当代文学的演绎与重构、学科研究的空间与视角等"纯学问"，而且有助于厘清业已根深蒂固的文学史观和研究方法，厘定文学史和思想史上的诸多误区与偏见。比如，随着研究的逐步深入，我们摒弃了把当代文学的发生想当然地描绘为解放区和国统区两支文学队伍的"胜利会师"，也不会简单武断地认为当代文学的建构与合法性的确立仅仅是国家意识形态对现代文学压制和规训的"变形记"。在研究的视野和方法上，我们突破了"学科规范"和"专业视野"的遮蔽，既不拘囿于"现代"或"当代"的学科分野，也不满足于笼统的"20世纪中国文学"的"整体性描述"，而是深入具体问题，通过对文学事件的"钩沉"，还原历史语境，从而重返历史"现场"，以"设身处地"的"在场"意识和问题意识，充分把握这一转型期的复杂性和重要性。在此领域见解独到、成果颇丰的学者，当数程光炜先生[1]，尤其是《文化的转轨——"鲁郭茅巴老曹"在中国（1949—1976）》（光明日报出版社2004年版），既有宏阔的思想文化和历史眼光，又不乏探幽发微的求索精神，被专家学者认为"是写

---

[1] 程光炜的相关学术专著有：《文学想像与文学国家——中国当代文学研究（1949—1976）》（河南大学出版社2005年版）、《文化的转轨——"鲁郭茅巴老曹"在中国（1949—1976）》（光明日报出版社2004年版）等。

得非常好的"[1]学术专著,是对业已遭受质疑的"启蒙主义文学史观"的一次"深化"和"挽救"[2]。

程著通过对六位文学大师——"鲁郭茅巴老曹"的分析,试图"回答中国现代文学与当代文学之间是如何'转型'"[3]的这一颇具挑战性的问题。其实,程著呈现给我们的远不止是还原历史语境、细致挖掘和耙梳材料、展示"转型期"作家和文学被"征用之维度"的复杂性,它还在诸多维度上探索了从事文学史研究的复杂性和可能性。

首先,文学史的客观性与心态史的主观性相结合。程著充分注意了文学史的异质性和偶然性,多维度揭示作家深层的人格、心理和"情结"等个体"内驱力"对人生选择与文学历程的作用力。当然,这并非是用心理主义来取代历史主义,而是要尽量烛照历史主义"整体观"的文学史方法造成的遮蔽和暗角。由于文学史过去一直侧重于整体性的社会学和政治学角度的研究,对于作家个人心理机制方面的材料发掘不够。虽然有王晓明、钱理群等先生的努力实践,但大都局限于格局较小的作家传略,真正做到将史料和作家心态结合得相得益彰的文学史著凤毛麟角[4],程著在这一方面无疑是一个有益的尝试。正如程光炜先生坦言:"一个缺少'心态史'的文学史,在先天条件上注定是残缺不全的,无法足信的。"[5]

其次,区分了20世纪的两种审美现代性并对其关系作界定。程著修正了人们普遍认为的"鲁郭茅巴老曹""对左翼文化的某种认同与当代中国左翼文

---

[1] 参见林建法先生在第四届"华语文学传媒盛典"中对评论家程光炜的点评。
[2] 刘复生:《文学史的"双声"》,《南方文坛》2004年第4期。
[3] 程光炜:《文化的转轨——"鲁郭茅巴老曹"在中国(1949—1976)》,光明日报出版社2004年版,第346页。
[4] 例如,王晓明的《无法直面的人生:鲁迅传》关于鲁迅心理的推断,钱理群的《大小舞台之间:曹禺戏剧新论》等对曹禺等知识分子精神和心路历程的研究;杨守森主编的《二十世纪中国作家心态史》,尽管规模庞大,但更多的是材料堆砌,而拙于思考和分析。
[5] 程光炜:《文学想像与文学国家——中国当代文学研究(1949—1976)》,河南大学出版社2005年版,第188页。

化思潮来自同一资源",两者从趋同到合作"是逻辑的必然"这一定论,注意到了他们之间被轻易遮蔽的"分歧",是分属"不尽相同的两个话语","是五四内部分化的结果——是一种现代性,征服并代替了另一种现代性"[1]。而这两种现代性,就是我们通常所说的启蒙现代性和革命现代性。两者在意识形态、政治价值、革命方向、途径、目标上存在分歧,站在纯粹的无产阶级革命现代性的立场来看,启蒙现代性追求的民主主义、自由主义、个性主义都是落后的资产阶级意识形态的政治表现,要坚决消灭。但是,两者又有着共同的批判语言和思维逻辑,以及组建同盟的基础和契机。这是理解"鲁郭茅巴老曹"等五四一代启蒙主义者在现代民族国家的抉择和遭际的钥匙。

再次,程著还分析了新中国文学创作机制与政治机制的"同源性"结构,决定了作家(知识分子)的双重身份和双重人格——使作家由"单面人"恢复成"双面人",甚或"多面人"形象,而不是简单归结为"一个文化人格"问题。比如,对郭沫若"厌倦中的多重世界"的分析,茅盾在"辞职的前前后后"犹疑苦闷的心态等,而对"破碎性文本"的分析,注意了转折时期文学性的破碎、主体心灵的破碎、生命内容的破碎,以及现实生活和观念的破碎等,而不是从"完整纯粹的文学性"去苛求这一时期的文本,由此让许多被摒弃已久的文本"失而复得"。比如,对郭沫若的戏剧《蔡文姬》、巴金的小说《团圆》独辟蹊径的分析。

此外,程著还赋予了"问题史"和"断裂史"一个历史主义的大背景,打破了文学史是"大事记"加"作家作品论"的堆积。对制造"经典"的"超保护的合作原则"(乔纳森·卡勒语)亦不乏启示性反思;对"边缘材料"的重视,等等,无不昭示出程著的探索精神和可贵之处。

---

[1] 程光炜:《文化的转轨——"鲁郭茅巴老曹"在中国(1949—1976)》,光明日报出版社2004年版,第328页。

第六章

文学的底层叙事与人文关怀

第一节
在疼痛中触摸流逝的温暖

作为"底层"的农民工到底最需要什么？媒体、专家和政府职能部门普遍认为是消除欠薪、技能培训、医疗保障、工作机会、同工同酬等。解决这些物质层面的现实问题固然重要，但一时间也让所谓的"底层关怀"在权威说法中约略与"物质关怀"画上了等号，好像农民工进城就是为了一个"钱"字，如何挣到钱，如何省下钱，由此，也误导了一批缺乏生活体验的城市中产阶级作家。在他们的笔下，农民工为了钱什么事情都干得出来，作奸犯科、杀人越货、见利忘义、把道德和良知统统抛到九霄云外，几乎就是城市犯罪之源。然而，读罢女作家孙惠芬的《狗皮袖筒》[1]，我们会找到一个充满精神关怀的答案：温暖。尽管这个答案是那样的简单和卑微，可是在当下的集体冷漠中，渴求温暖的结果，也许不会比安徒生笔下那个"卖火柴的小女孩"好多少。《狗皮袖筒》就为我们展示了作为底层的农民工寻找温暖的艰辛和代价，凄美的氛围和伤感的情绪，乃至暴力和血腥的犯罪都让最终得来的温暖变得疼痛不堪；而飘雪的寒夜和罪感带给我们内心的阴冷和不适，又氤氲融化在母爱和手足之情的温暖中。很显然，在孙惠芬的小说里，道德的阻击暂时被搁置了，因为一名真正优秀的作家从来不属于浅薄而冲动的批判者，她应该在泥沙俱下、奔流不息的生活之河和人生欲求中，寻找和发现温暖与诗意。

---

[1] 孙惠芬：《狗皮袖筒》，《名作欣赏》2005年第9期。下文引文从略。

漂泊在外的农民工吉宽，在冬日的黄昏，冒着纷飞的大雪，风尘仆仆，归心似箭；尽管，"被裹在厚厚的雪绒里"的小山村并不比鲁迅笔下的故乡——鲁镇繁华，却也炊烟袅袅，少了几分萧索和凄凉，多了几分生气和亲切。"望到二妹子小馆"的吉宽，没有"近乡情更怯"的忐忑和矫情，反而感到了久违的"温暖"："落在他颈窝里的雪顿时化作暖洋洋的热流，顺他的胸脯一路而下，直奔他的脚后跟。"虽然，"二妹子小馆"提供的"温暖"在很大程度上"向来都不是为回家的民工们准备的"。但是，33岁的"光棍汉"吉宽，脚步还是"顿时轻盈了许多"，脚底下"有了节奏"，甚至冰冷的穿堂风"也有了节奏"，一同化作"坐在二妹子小馆"里"嚼花生米的节奏"和"大口大口喝啤酒的节奏"。这种节奏，是故乡熟稔的生活节奏，是温馨的情感节奏，统统内化为个人血脉搏动的节奏，有力地敲击着每一个打工者的心灵世界，统摄着他们情感的认同与归宿。

当"这一带"的民工们"终于手里攒了一点钱"，"背着行李，不远千里百里"地"奔着老婆孩子热炕头"，回家寻找温暖时，吉宽和弟弟"再也感觉不到一点家的温暖"：母亲辞世了，父亲倒插门进了别的女人家，弟弟出门打工，家里再也没有"忙碌"的景象，只剩下令吉宽伤心的凛冽逼人的冷清。他只好来二妹子小馆，与其说是来寻找"温暖"，不如说是重温"忙碌"——"母亲就是像二妹子那样"，为打工回来的他"在灶屋里锅上锅下忙碌着"，一家人在忙碌中其乐融融，"母亲的身影在蒸汽里飘动，那感觉别提有多好了，心里身外，哪儿哪儿都是热淘淘暖乎乎的"。吉宽的到来，让几近打烊的小店"顿时陷入忙碌"，而且，今天"有两个女人在为他一个人跑前跑后"，顿时让"忙碌"成倍，而自己像是回到了"八年前"的家里，"在电视闹哄哄的声音中等待吃现成的"，他的"重要时刻开始了"——他在"女人的忙碌中"想到了母亲和"她亲手缝的狗皮袖筒"，时光如同倒流，吉宽又体会到了家的"温暖"。

千万不要小看了这个在小说中频频出现、象征着劳动人民勤劳质朴的"忙碌"，它包含了对传统文化审美符号的留恋之情。而在当下的现实中，"忙碌"已经被时髦的"休闲"所取代；"有闲"阶级的懒散和游手好闲，成为一种时尚，甚至演变出一门高深的学问——"休闲学"，种种冠冕堂皇的借口，鼓吹"休闲"对经济和社会发展的巨大"贡献"，而无视劳动者为他们所谓的"休闲享受"提供的"忙碌"。我们可以大胆地想象，"忙碌"在孙慧芬的这篇小说中已经部分地恢复了传统的审美内涵，并融入个人的经验和情感认同之中，由此构成了个人审美想象的一部分，并幻化为某种历史真实，以此对抗消费主义和新意识形态对文化与审美传统的歪曲。也许，在作者看来，底层正是需要通过自己的"忙碌"才能创造属于自己的"温暖"。

然而，这种"休闲意识"还是多少影响了勤劳的吉宽，他也养成了在女人的忙碌中"等待吃现成的"这种习惯。在这样一个消费主义时代，吉宽"拿着自己赚的钱"，"在家乡的小酒馆里"换得胃里、身子、感觉的舒服和从未有过的知足，是无可厚非的。小说对吉宽难以启齿的隐私感觉有着细腻传神的把握和渲染，对那种"潜伏"已久的"欲望"从"皮肤的表面"向"脊髓"渗透的过程的描写，令人叫绝。女人的"忙碌"，让吉宽的心也跟着"忙碌"了起来。两年前还不近女色，耿直地拒绝二妹子好意的光棍汉，现在却为自己升腾起的本能欲望寻找借口：女服务员"响英的名字"，"就是响应任何一个男人招呼的意思"；她"怯生生怕人的"笑，"勾着他"；她的眼神，"那么撩人"；"他就这样被一个年轻女子活动了心眼儿"，而自己却显得那么被动和无辜。"他那么想吃掉她喝掉她，就像吃花生米和喝啤酒那样"，如此实在和卑微的诉求本能地投射出对"温暖"的渴望，这与那些纯粹为了追求肉欲满足和享乐刺激的嫖客有着天壤之别。对于"这个从未尝过女人滋味的"三十三岁的光棍汉，刚刚解决了"饱暖"问题，就生出了"思淫欲"的想法，显得那么自然而然、水到渠成，毕竟"食色，性也"是人之常情。这样说，并不是为吉宽开脱。可是，事实上，我们的确又很难用道德和非道德的眼光来指责吉宽，看看他准备和"小姐"打招呼时的窘迫和紧张，不亚于初恋时娇羞的大姑娘；而且，他最终也仅仅是活动了一下心眼，又怎么能用嫖客来定义他呢？我们只会觉得吉宽是个真正的男人，是千千万万个有着七情六欲而又无法释放的普通打工者中的一员，他们的"性权利"理应得到我们的同情和理解。但是，这种深入脊髓、让身心俱暖的"欲望"却突然被电视播报的一则凶杀案搅和得感觉全无，只因为那桩案件发生在弟弟打工的地方，让他牵挂起了年少的弟弟。好不容易体味到的温暖在倏忽间得而复失，消逝得无影无踪。他只得"没好气地"结账，负气回家，这一次，他寻找温暖的行动，在二妹子小馆失败了。

失意的雪夜里，"在那冰冷的炕上"，吉宽想到母亲，想到了那温暖人心的狗皮袖筒。他"跳到地上"，翻箱倒柜，急不可耐地"找到母亲留下来的狗皮袖筒，就像一个孩子找到什么宝贝，再一次扑到炕上，得意地杵进两只手，抱在胸前"。"母亲瘦弱的身影一闪一闪浮现在吉宽眼前"，母亲的"忙碌"和"气息"通过"门缝溜进来"让他重新感到"暖煦煦的"。吉宽决定自己忙碌，烧火暖炕，创造温暖。而恰在此时，浑身"哪哪都是雪"的弟弟突然回家，让心灵深处有"温暖焦虑症"的吉宽第一次生出了体贴弟弟、为弟弟创造温暖的举动："在弟弟进门的瞬间想起刚翻出来的狗皮袖筒，吉宽对自己的细心都有些意外了。""平素很少和弟弟说话"，"一说话就发火"，让"弟弟像女人一样"为自己做饭的吉宽，今晚却让弟弟戴上"狗皮袖筒"，并开始"饶有兴味"地为弟弟"忙碌"一盆疙瘩汤，而且还一边拌面一边和弟弟聊天；在一问一答、一唱一和中，打工者遭遇的寒冷，特别是那些"为富不仁"，只顾自己在"暖风中"寻欢作乐的黑心"工头们"人为制造的"寒冷"透入骨髓，也为平时像女人一样懦弱的弟弟，为何在醉酒之后铲死工头埋下伏笔。然而，如此血腥的犯罪，却仅仅缘于工头剥夺了他们渴望的"温暖"，谁都会觉得不值，觉得过分，甚至更加强化了某些对农民工的蔑视之词和丧失关怀的论调。但是，就是因这样一个原因而引发的杀人事件，因与果的强烈反差和不对称，折射出农民工内心中对尊严、平等和温暖的渴求与重视。假如站在他们的立场上设身处地思考一下，我们不难理解这种行为失控的缘由：他们在城市一无所有，有的只是一个躯壳，这是他们生存的唯一资本，甚至是全家人的倚靠。当他们连躯体生存都难以为继的话，他们也就陷入了绝境——被取消生存权的绝境。那种长期处于隐忍的、屈服的、暗伤的情感不可遏制地在临界点上爆发，也就在所难免了。那么，到底谁有罪？是工头、民工，还是我们？在这种"罪感"的氛围中，任何人都已经不可能站在超脱的立场上，表达同情和怜悯、厌恶和憎恨。面对社会矛盾，我们不禁要扪心自问：我们每一个人是否都能够自觉地用爱心和行动抵制人性的顽劣与退化？我们不得不感叹：在集体的冷漠和鄙弃下，和弟弟吉久、哥哥吉宽一样的打工者太需要温暖了。

尽管有不少"打工文学"写出了底层人物的身份焦虑与主体觉醒，但毕竟，他们深知自己的根扎在乡村，正如吉宽在"到处都是小酒馆的大东港"却找不到家乡"二妹子小馆"里的温暖一样，城市留给他们的只有冰冷的记忆。"想到工棚里的冷，想到工棚里冷得睡不着，吉宽不禁打了个冷战"，他比我们更能够理解因为寒冷而铲死工头的弟弟。在他看来，是工头人为制造了"寒冷"，自己却"在轿车里开着暖风玩女人"的举动，直接导致了弟弟的犯罪，而他能安慰和补偿弟弟的就是给予弟弟温暖，给予弟弟女人，给予弟弟和工头一样"玩女人"的权力，而这一切都"在二妹子小馆里的灯光"中"看清"了，决定了。他不容争辩地把弟弟强行带到了二妹子小馆，酒足饭饱之后，吉宽自然要兑现对弟弟的许诺，他安排弟弟"干女人"。这已经不是为了满足男人身体的本能欲望，而是为了证明自己最起码是一个男人，有与工头平等的做男人的权利。吉宽叫小姐的老练，仅仅是一个姿态，或是一种表演，在弟弟面前，在风尘女子二妹子和响英面前展示，"妈的，咱是男人，咱得学工头，咱怎么说也是个男人！"事实上，吉宽的表演不无道理，不只是工头不把他们当人看，二妹子也"是不想陪"他们的，二妹子陪的对象是有钱的司机和村干部领来的人。同样是底层的劳动者，二妹子已经与他们划出了界限，产生了隔膜，甚至成为让农民工性压抑和性折磨的力量。

吉宽的关怀，温暖了弟弟吉久。弟弟吃上了热饭热菜，在二妹子小馆，感到了"一冬天以来遇到的唯一的热乎气儿"；戴上了寒冷的冬夜里梦寐以求的"狗皮袖筒"，感到了母亲的温暖；在哥哥的安排下，平生第一次像男人一样"干了女人"，睡了哥哥为他烧的热炕。温暖，让吉久放弃了出逃的念头，而选择了自首。吉久说："俺知足，不是你让俺弄了女人，俺其实什么都没弄，俺弄不成。俺知足，是你暖了俺的心，像妈一样……这些年，俺最想要的，就是像妈那样的温暖。"吉宽何尝又不是如此呢？所以，他最终坚强地接受和认可了弟弟自首的行为，这样的叙述催人泪下。正是在这里，金钱、亲情、性、身体、法律等，被一件象征母爱和温暖的"狗皮袖筒"有效地整合在一起，温暖又一次失而复得了。事实上，对于卑微的底层来说，精神温暖也许是慰藉和抚平现实"残忍"的最好良药。

小说以吉宽寻找温暖开始，写出了温暖的得而复失、失而复得的曲折，尽管过程充满心酸和伤感，不乏罪感和痛感，甚至如飞蛾扑火般自我毁灭也在所不惜，但最终却让我们在疼痛的"温暖"中体验到了"温暖"的震撼和力量，这也正是小说穿透现实阴霾和残酷，显示人性关怀的独特力量之所在。

第二节

愤怒的袴镰与伤感的残耱

李锐的"农具系列"小说,以一种与人物命运息息相关的农具作为叙事的内核和线索,揭示在现代性的催逼和挤压下,乡村现实的残酷性和认同性危机,为传统的乡村"乌托邦"无可规避的覆灭命运奏响挽歌。

小说《袴镰》[1]和《残耱》[2]以古老的农具承载祖祖辈辈面朝黄土背朝天的农民命运,有天然的真实性和有机感。农具不仅是小说的道具,更是一个意义的生成体和内核。因此,围绕农具展开的小说叙事,与其说是在修辞上对传统农具文化的考古和追思,不如说是在现代文明意义上对农具文化的颠覆性书写,以及对农业文明浸淫下当代人性的思考。当袴镰和残耱这种体现远古农业文明的农具,已经逐渐被卷入现代化的人们所遗忘时,作为一种传统农业文明的象征物,它们的确有理由进入我们当代的视野。然而,在现代人的眼里,它们更多的已经不是作为一种生产的农具,而是作为一种历史考古的文化和审美符号,被现代人记忆和使用。它们甚至被作为现代人寻找"意义"的载体,被搬进博物馆,成为消除大工业机械复制时代"审美疲劳"的摆设。在这种颇具恋古和怀旧气息的现代性想象中,乡村世界和农耕生活被田园化和诗意化,而这种农村"乌托邦"的想象,绝对不是一种纯粹的自然情感的流露,而是被动地受意识形态规训和规划的结果,在一定程度上,可以看作是主流意识形态为苦

---

[1] 李锐:《袴镰》,《名作欣赏》2005年第5期。下文引文从略。
[2] 李锐:《残耱》,《名作欣赏》2005年第5期。下文引文从略。

难的人们虚构的一种幻象，其在为失落了精神家园的现代人营造感情归宿的同时，更无情地遮蔽了农村现代性过程的被动性和残酷性。李锐却以愤怒的袴镰与伤感的残糖告诉我们：乡村"乌托邦"的幻灭，是历史也是现实的必然。

袴镰，是用来"割玉茭、割荆条的"，在它出现的历史上，一直是农民改造自然、从事农业生产的谋生工具。正如小说中说："利器从来不独工，镰为农具古今同。"然而，就是这样一件普普通通、亘古不变的农具，却在现代文明社会与小说主人公的命运生死攸关地勾连在一起。小说《袴镰》讲述了一个唯唯诺诺的年轻农民，在村长的侮蔑和威逼下，"煎熬了多少年的仇苦就像翻腾的热油锅里落进了火星子，轰的一声把眼前烧得一片通红"，复仇的情感不可遏制地爆发，他用袴镰割下村长的头颅、后被警察击毙的故事，令人战栗和震撼。从文本的表层来看，这是一个极其普通的复仇故事，没有蓄谋已久的谋划，陈有来残忍地用袴镰割下村长头颅的动机是可怜的，"我今天把你放到这张桌子上，就是想和你平起平坐地说一句话。我要是不杀了你，你就永远是高高在上的村长、书记，我就永辈子也没法和你平起平坐"。如此血腥的犯罪，却缘起于这么朴素、甚至卑微的诉求——想和村长平等对话，这是多么令人痛心疾首的荒唐啊！可是，荒唐的悲剧就这样不可思议地发生了。小说不动声色地撕开农民的伤口给人看，人们可以指责农民的愚昧、人性的恶毒，却又不得不承认，这就是关于悲剧的最有力的诠释——尤其是在本不该发生时却必然发生了。"我哥哥告了你五年没有告倒你，还让你害了"；"我又告了你三年，也还是告不倒你"，在漫漫的告状过程中，没有人为他们做主。村长还是村长，不只是继续在他头上作威作福，而且还威胁他只有三岁的儿子。这就是几千年来吃人的"官本位"，更有某些"不作为"的官僚制度吃掉了农民的生命。"我杀你的证据是这把袴镰，我哥哥查账查出来你贪污的证据是这一叠了纸，现在证据都在桌上摆着，你好好看看吧。""我就在这儿等着警察来拿证据，拿到法庭上叫大家都看看。"可是，他等来的不是哥哥的沉冤昭雪，贪污腐败真相大白，而是被警察当场击毙。

人们看见杀人的陈有来，"活像看见了凶神恶煞，吓得又哭又叫，胡说八道，插门的插门，逃跑的逃跑，就像一阵妖风横扫而过，顿时把眼前刮得一无所有。平时那些恨杜文革恨得咬牙切齿的人现在跑得干干净净"。整个村子"吓得半死"，村民们年复一年的那种自我麻醉、浑浑噩噩的悠闲日子，被陈有来的"恶行"击碎了。但是，几千年来积淀而成的逆来顺受的性情仍旧笼罩在农民的头上，助长邪恶，吞噬正义。店主五奎叔被吓得"老泪纵横""脸色惨白"，哭着哀求："有来呀有来，你到时候可不能叫我给你做证明，我可不想牵扯到你们这人命案子里头去，我求求你啦……"如此看来，我们也就不难理解为什么陈有来和哥哥在掌握证据的情况下，八年告不倒村长，而村长为什么可以长期在农民的头上作威作福，而且还将继续在村民的子孙身上延续这种压迫。我们无法不慨叹，农村生存境遇的恶化和底层矛盾的激化，而要解决和改善现状又是何其的艰难。

如果说《袴镰》是李锐对于乡村苦难的极致书写，是个案而非普遍现象的话，那么《残耱》则是对衰败凋零的乡村生活和乡村世界的普遍写照。

在"苍老的夕阳"下，"零零落落的炊烟"中，一位老人，一头骡子，一张老耱，在静默的黄土地上耕耘着希望，编织着田园牧歌的旧梦，绘制成如诗如画的蓝图。但是，"越是好看的，就越是命短的"。老人的希望，"一眨眼就空了，空得就像一场梦。梦醒了，连个影子也没有"。老耱突然被拉散了架，站在耱上的老人失去了平衡，跌倒了，残耱压住了左腿，被骡子拽出了两三丈远，裤子扯破了，膝盖上划出了血口子，玉茭秆皮扎在肉里半寸来长。然而，"他顾不得自己，赶紧心疼地把拉散的耱立起来查看"，毕竟老耱陪伴他一生，如今也只有这架老耱陪伴自己了。那经历过无数个春秋耕作的老耱，已经生出了灵性，"显出几分精致和高雅"，但它"和人一样，再结实、再年轻，也有老的时候，也有不中用的时候"。老人自己也和残耱一样老了，"亲眼看见自己快要伺候不了这些黄土了"，而儿子早已离开了黄土地，到城里打工去了，清明节都没有回来烧纸，现在又要把身边的孙子接到城里。自己拼死拼活、辛辛苦苦盖起的三幢全村最好的瓦房即将人去屋空，自己满怀希望经营的让全村人羡慕的大家庭，转眼间就烟消云散了。他不禁老泪纵横，伤痛欲绝。受伤的老人，残破的老耱，已经无法守护和侍弄生他养他的黄土地；和老人同呼吸、共命运的老耱，将作为老人的陪葬品，和老人一起为农业文明和乡村"乌托邦"奏响最后一曲挽歌。当下"人去村空"的农村，成为现代性遮蔽下的暗影，它离我们拼命追求的现代性渐行渐远了。

尽管老人在农村现代化的道路上付出了艰辛的努力，他和儿子们搬出了世世代代的窑洞，盖起"一连三幢院子，青砖灰瓦一字排开，每年春天，院子里的粉红、雪白热热闹闹连成一片，就像一幅好画，就像一个美梦……"然而，自己亲手织就的、祖祖辈辈都梦寐以求的"桃花源"，却被儿子们毫不吝惜地抛弃了。这种背叛式的出逃，蔓延了整个村落，"原来热热闹闹的一个村子，如今冷落得就像块荒地"，"一家家地都走了"，人心变了，世道之变也就不可避免。传统农业和农村现代性的"乌托邦"，在都市现代性的逼迫和诱惑下溃败了。

饱经沧桑的老人和他那历经风雨的老耱，尽管在黄土地上受伤了、残破了，但他的梦想并没有熄灭，尽管他现在明白了："再好的梦，也有醒的时候。"他抚摸着那棵娇嫩的小树苗，它和给儿子盖新房用的木料本是同根相生，但现在"儿子孙子都想当城里人，满村里的年轻人都走得光光啦"，小树苗无人呵护，也不用呵护了，它只作为老人追忆往昔旧梦的引子，将悲伤绝望的他带进逝去的时光隧道，坦然地独自缅怀农业文明的旧梦，实现与过去美好的田园生活的对话。"它知道我想的是什么……它知道是我把它栽到我的梦里来的。"有小树苗和残耱等农具陪伴,"我就不用在城里过好日子的儿孙们离开他们的好日子","不用他们给我上坟"。老人终于心满意足地想,"死在梦里吧","死在梦里也是福"。是啊,对于这样一个纯粹的老农民,他除了祈求死在农业文明的旧梦里,就像老耱最终将自己奉献给黄土地一样,实在没有更好的归宿了。

　　李锐的"农具系列"小说《袴镰》和《残耱》,以图文、资料和小说的有机交融、虚实相合、彼此互文性的"多媒体"手法,沟通古今,在相互呈现中针砭时弊,通过古老的袴镰和残耱展示现代人的罹运,从而揭露了乡村中平等何其遥远,愚昧依旧存在。尽管袴镰可以和人一样愤怒,残耱令人无限伤感和怀恋,但乡村"乌托邦"理想的覆灭无法幸免。

第三节

乡村现代性不能承受生计之轻

　　迟子建的小说给我们的感觉永远都是用均匀舒缓的节奏、不温不火的情感、晶莹剔透的文字营造一个充满诗意的"童话世界"。小说《采浆果的人》秉承以往的诗性品格，深情地书写着故乡的大地和底层的人民，以"忧伤而不绝望"的笔调，为遭受强势现代性侵蚀和压榨的乡村"乌托邦"奏响了一曲生命的恋歌。但是，金井人在商品经济中蒸腾和膨胀的世俗欲望，主人公大鲁和二鲁心无旁骛地执着于物质性的生计，使小说离现实貌似遥远，其实却又很近。可以说，迟子建的小说从来没有像现在这样深陷物质化和世俗化的"生计焦虑"之中。就在我们把恼人的、庸俗的"生计问题"抛诸脑后时，小说《采浆果的人》却不合时宜地纠缠于原始农耕生活的"生计情结"而难以释怀，多少让人感到诧异和困惑。

　　迟子建笔下的"金井"，正是中国农村现代化进程中的缩影。"金井是个小农庄，只有十来户人家。土地是他们的命根子。从来没有事情能阻止得了秋收，但今年例外，一个收浆果的人来了。"他开进金井的那辆"天蓝色的卡车"——并不仅仅承担道具的功能，而且是一个意味相当复杂的隐喻和象征，金井人禁不住新的生活方式和金钱的诱惑，被纳入了现代性的运行轨迹中，传统的生活方式——秋收，被突然终止，人们忘情地投入采集浆果的商业性活动中，故事就在两种生活方式和观念的碰撞中开始了。在此，我们应该承认现代生活方式的优越性和合理性，而现代性的资本主义破坏了"田园诗般的关系"，改善了处于小农经济的人们的生活水平,具有巨大的解放力量。但是,其破坏性也同样不可低估,恩格斯曾以一种深谙人性之弱点的口吻指出:人从原来土地的束缚中解放出来后,面临着沦为资本与商品的奴隶的危险,从而可能导致与社会、与自然、与自身的多重异化。然而,对于商品经济主导的现代生活的两面性,特别是其异化和奴役功能,金井人完全没有抵御意识,清心寡欲、自给自足的小农经济解体了。

事实上,传统意义上的农民如今已不再纯粹。虽然王一五"是个农民",但他"不爱种地",连儿子豆芽,也瘦瘦弱弱,不是种地的料,但是父子两人却是采浆果的能手,在"林中如鱼得水",如"一双花蝴蝶",赚钱最多。尽管他们遭致金井人的挖苦和妒忌,但我们不得不承认:他们在农耕时代中作为农民的缺点却在商品经济时代成为优点。采浆果可以赚现钱,对农民来说本是件好事,男人可以"买酒喝",女人可以"买织锦缎子",满足和提升自己的欲求,这是无可厚非的。然而,当过去一心一意从事农耕生产,"决不伸手"采浆果的男人也全都"扔下了手中的农具",置秋收于不顾,"奔向森林河谷,采摘浆果",死心塌地"愿意多赚几个酒钱"时,中国农民在传统农业文明中安身立命的价值体系和生活方式在消费主义与享乐主义的煽动下,被商品拜物教虏获。这既是人的本性使然,也有制度的催逼,因为农民手里很少拿到现钱,乡里的白条就如"一纸谎言",伤透了农民的心,也让农民的生计大打折扣。如今"每户有三四十块"的收入,"对于金井人不啻于在荒野里捡到了巨大的金锭,兴奋得像久违了青草的一群羊";他们甚至萌生了庆祝的"仪式":"开心"的"金井人家这一天的晚饭也就较往日要隆重些",丰盛的菜肴和酒自然让男人满足了口腹之欲,女人"心目中已然出现了绸缎的颜色和图案",她们"在这个夜晚对待男人,自然也比平日多了几分温柔"。特别是曹大平夫妇的贪欲,想买的东西"足可以开个杂货店了",他们从地地道道的农民沦为彻头彻尾的拜金主义者——"说到底还是钱好啊";他们在金钱面前,私心也重了,生怕暴露了行踪,让别人抢了自己发现的浆果,就连自家的狗都呵斥它不许跟随。由此可见,金井人已经不可避免地被物化和异化为"单向度的人"(马尔库塞语);而这种异化也深深地伤害了农业文明赖以存续的大自然。人们违背自然规律的采摘,破坏了自然界的自我养护和良性循环;城里人热衷"绿色食品"与"绿色小姐",用浆果"给当官的送礼"行贿,给"相好的女人"解馋,更凸显了现代生活的贪婪和道德腐败,以及腐败的基础——对大自然和农业文明的过度盘剥和掠夺,乃至集体性的背叛。无数事实已然证明,我们必将为破坏人与自然的和谐关系付出代价。

过度贪心的曹大平,最后竹篮打水一场空,只是幸运地从大清河中"捡了一条命",更大的惩罚终于降临到金井人的头上。大自然无情地收回了她的赐予——将金井人一年的收成掩埋于大雪和冻土中。这不怪大自然狠心,而是金井人自作自受地"糟践"了自己的劳动果实。当他们幡然醒悟,"觉得上了采浆果的人的当"时,作为现代性象征物的卡车早已消失得无影无踪。尽管它对农民的损失负有不可推卸的责任,但是它一走了之,把农民来年的"生计危机"推脱得一干二净。由此,我们自然联想到在现代性蛊惑和催逼下的农村,农民或主动或被动地疏离了世世代代养育他们的土地和农业生产,数千万农民投身于商品经济大潮,去谋求更好的现代性生活。

大鲁、二鲁作为农业文明的守望者和传人,他们是"自然之子"——"金井的山峦"和"四季的变化"就是他们的"日历";传统的祖训就是他们安身立命的信条。他们一心一意地从事农耕生产,收获大自然的恩赐。然而,在现代人看来他们却是两个纯粹的傻子,是金井人的谈资和取笑的对象。尤其是他们恪守父亲遗训,不听劝告,对采浆果赚钱置若罔闻的举动,让一向同情他们,"以前从不认为他们傻"的苍苍婆,"这一刻也认定他们的脑袋里灌了猪屎，实在是臭！"可是，就是这对傻子——"金井人中唯一还在秋收的人"，没有在金钱的诱惑中跌进欲望的深渊，没有走上执迷不悟的不归路，更没有被生计这块现代性道路上的"老石头"绊倒，他们成为金井"唯一收获了庄稼的人家"，"这个冬天只有他们家是殷实的"。大鲁、二鲁反而成了智者，在"金井人恨不能戳瞎自己的眼睛"的时候，他们"抬头眺望着远处金井的山峦……相视而笑"。面对这样一个结局，我们的心中一定像苍苍婆的内心一样，"先是涌起一股苍凉，接着是羡慕，最后便是弥漫开来的温暖和欣慰"。但是，在欣慰之余，我们又禁不住为大鲁和二鲁如此墨守成规，执着于纯粹农业文明的生存之路担忧：在强势现代性的时代境遇中，他们能坚持多久呢？我们可以想见，作为农业文明的守护人，他们的举动只是现代性大合唱中的一支小变奏和小插曲。或许正如二鲁亲口所言："只有大鲁二鲁，没有小鲁！"他们不可能再有"传人"，他们也许就是农业文明抵御现代文明的最后一个胜利者，尽管这次胜利是那样令人心酸，但却为现代文明敲响了警钟：现代性不能承受生计之重！

这样看来，我们就对迟子建的"诗化寓言小说"有了更高层次的理解。小说貌似简单的二元对立，不合时宜的"乌托邦"情结，虽然并不显得深刻，甚至也不新鲜，但是我们在小说中看到的是一种严肃思考的态度，一种与时尚观念疏离的姿态，一种诗意叙述的可能，一种积极介入当下现实问题的精神向度，一种将思想和审美实践结合的文学探索。

第四节

跪拜乡土：生命与苦难的抗辩

陈占敏这位以写农村农民而自命的"乡土作家"，以独特的艺术感觉向度和审美价值取向，在小说创作方面呈现着鲜明的艺术个性。他沉潜于乡土的民间世界，展示出了民间生命的那份质朴、完整和真实。

对于生活在20世纪的中国乡土作家来说，对养育自己的故土和哺育自己的乡土文化往往有着既怀念又诅咒、既眷恋又反叛的矛盾心态，既强烈地渴望逃离它，而一旦在时空上完成了逃离，却又在都市中感到漂泊无依，渴望皈依之情油然而生。这种背反的情绪驱策着他们登上文坛，抒写着对乡土的吟唱和批判。他们以现代意识和理性之光对地域文化心理进行触摸与审视，可以在对乡土风俗的脉脉怀念中构筑自己的精神避难之所，也可以把愚陋穷僻的故土作为有待征服的"殖民地"来抒发他们的雄心壮志。但总的来说，他们都已是民间乡野的局外人。尽管这些作品有着直接的道德激情和审美判断，又不乏冷静客观，然而我们却总能感到一个游离于文本之外的灵魂高高在上，操纵着那出按自己的计划上演的"戏"。陈占敏一直潜居于古齐地，登州海角的大青山下，这是他精神的游牧与栖居之所。历史之河从这里流淌而过，留下了痕迹，岁月的无情流逝将笼罩在历史之上的水汽不断蒸腾，积淀下一层层民间传统文化的晶体，犹如鲜活的化石，记录着民间的传统精神。这是一片沉默的土地，传统的思想观念和行为仍牢固地主宰着人们的生活。这里的生活苦涩艰难，甚至连最起码的温饱也达不到，人们需要扒老鼠洞，抢夺老鼠的存粮来维持生命（《苍苔荫荫》），这里往往有着畸形的关系和丑陋的人性，甚至爆发流血冲突（《日月经天》），但也有着温馨美好，其乐融融的一面又使困顿的生活充满希望（《心香》）。作者自觉地沉入民间乡土，在中国传统文化底蕴极为原始丰厚的土地上讲述着生活的鸿爪鳞片，在时光流逝、桑田变迁中挖掘出民间古老风情的熠熠神韵，在深广的忧愤和沉思中展示民间生活亘古不变的粗鄙与卑琐。所以他笔下放弃了对重大社会、历史或政治命题的承担，剩下的只是世世代代生活在大青山下的男人和女人、老人和孩子，他们生活于社会的底层，享受着凡庸的欢乐，忍受着凡庸的痛苦。生活没有被时代或历史所遮蔽，人们的一切努力和抗争只是为了填饱从没有饱过的肚子，延续香火聊以自慰。满足口腹之欲、男女之爱，成为生命本色得以显现的途径，而这卑微的诉求却宿命般笼罩在苦难之下，既难以挣脱又无法实现。难以预料的苦难随时随地可能袭击每一个人，将他们的美好追求毁灭殆尽，这无论是对于恶人还是善者而言，皆是如此。陈占敏执着地在他的小说中将苦难呈现出来，成为一个贯穿核心的主题，并在对苦难的直面和咀嚼中表达了生之坚韧与生之乐观。

在这片贫瘠、孤独、闭塞的土地上，生存苦难自然最受关注，这不仅因为个人要吃饭，而且关系到种族的延续。饥饿威胁着每一个人的生命，十二口人的家庭，因为继父没有买到粮食而几近断炊，每人的粥碗里都倒映着一个明晃晃的月亮。十二双筷子齐刷刷伸向菜盆，展开一场令人惊悚的"搏斗厮杀"。新近丧夫的母亲和丧妻的伯父在生计的逼迫下匆匆结合，是为了填饱各自五个孩子的肚皮，使他们在食不果腹的困境中能够活下去（《心香》）。跛脚的男人蜷缩在西间的炕上，听任自己的女人被伤残军人占有，在"别人家的日子都过得极艰难，不光没肉吃，粮也极少"的情况下，他却"也有肉吃，吃完肉以后，还能说什么呢？"他是无话可说了（《中流河记事》）。壮汉姚义盛贪吃白膘子肉而吃坏了肚子，险些丧命（《祖宅》），姚志宝为了经常吃到"一碗羊汤两根面鱼"而无情揭发即将超生的女儿（《十五的月亮桔黄色》），王琪把玩迷恋程美玉的小脚，是因为它像好吃的粽子而非出于爱意（《沉钟》）。他们都是极善良的人，但只缘一个"吃"字就把他们完完全全击败，使他们做人的尊严和道德感失落。在生存成为第一要务之时，他们的举动只有遵循一个严酷的现实法则，那就是如何活着。但作者并不就此放弃了道德理性的判断，放任笔下的人物以生存为幌子而不择手段、为所欲为。《水长流》写出了被金钱灌醉了的人欲是怎样的泛滥膨胀。父辈的杨凤仪用腚夹金子，只是为了换回更多的白面，"累苦了屁股舒服了嘴"，儿子辈的杨宝坤却在拜物欲中表现了人类欲望野性的增长和道德日趋沦丧的经过。人类在解决了最低层次的饥饿苦难后，却陷入了灾难更加深重、不可自拔的泥淖中，那里的人们普遍得了一种不治之症"肛门直流黄水"。《沉钟》展示了人生苦难诸相。宗族和亲情都已微不足道，人们挖空心思、机关算尽就是为了吃，无节制地疯狂淘金，尽管解决了吃的问题，但也带来了毁灭性的灾难，他们连同自己的村庄一起被大地吞噬，显示了作者深广的忧患意识和浓烈的道德色彩。人们在千方百计地满足了食欲的同时，也念念不忘种的延续，这里的苦难同样显得触目惊心。《酸果》讲述的是借腹生子的故事。弟弟品性恶劣，生理残疾，换来的媳妇爱上了一生未娶的哥哥老两，彼此被痛苦的饥渴煎熬着；当弟媳妇要求借腹生子时，事情顺理成章地发生了。然而，根深蒂固的伦理道德严重地压抑和扭曲了人性，老两被吓疯了。《春种秋收》中五三的女人，为了拥有自己的孩子而三番五次向医生借种，忍受着屈辱和折磨。但是作家没有把对苦难的书写仅仅停留在形而下层面的肉体生存上，他还在更高层面上关注了人们的精神苦难，这深切地表现在他对爱情失落与情欲失控造成的两难困境的描写上。在生存成为第一要务之时，爱情变成了奢侈，成为令他们魂牵梦绕而又无力享用的"无花果"。性爱的欢娱在很大程度上只是完成传宗接代的"根"性，并随之堕入爱情灾难的深渊。喜财的媳妇不管多么反叛,最终也不能和情人姚兴结合(《后窗》),老三的媳妇为了借种生子而吓疯了深爱她的老两(《酸果》),孙玉芬的女儿以死殉情,生不能爱,死后才能与心上人合坟(《坟》),冯玉与李淑芝两性相悦,却有缘无分(《沉钟》);而为人称道的自由恋爱更是结局凄惨,《流向》中的李玉燕,《热天》中的小护士,《血缘》中的连霞,《古筝一曲月儿圆》中的月桂,她们要么被活活拆散,要么被始乱终弃。理想的爱情幻灭了,铭刻在心的是永久的创伤和悲剧。在物质生存和爱情苦难的双重压迫下,人性往往很难健全发展,从而导致人性灾难的发生。杨宝坤物欲极度膨胀而被干兄弟谋杀(《水长流》),妮在生活的重压下,逐渐丧失了做人的良心(《大轮回》),刘四的善良诚实遭到众人嘲笑(《路口》),亲兄弟间的绝情杀戮(《日月经天》),等等。尽管在重重苦难的压榨下,人们的生存步履艰难,却没能阻止他们对生之渴望及性之生命强力的本真展现和追求。马永田的女人另有所爱,要继续地爱下去,"愿意怎么疯狂地爱就怎么疯狂地去爱",传统的宗法观念束缚不住她的手脚(《泥石流》),程宽荣在缺盐少油、没滋寡味的困顿潦倒中,毅然顶着压力爱上了温柔的寡妇(《牛车》),两性相悦的私通战胜法律规定的"强奸"(《后窗》),婶子用性爱挽救了大力的生命,伦理已变得无足轻重(《一等人儿》),何常福家侵吞食堂的粮食,夏四海家用发明的"灰里拱"吃法填饱了肚子,而且成为村里仅有的能在饥荒年代添丁生女的家庭,夜里的欢愉之声,让小村人分外眼红(《沉钟》),三木匠拼命喝掉难以下咽的人奶茶,只是为了在性生活上无餍足地折磨三太太(《红晕》)。叔公公花白的胡子夜里是月光,日里是阳光,与日月同在,与日月争辉,昭示着家族文化和宗法制度顽强的生命力,但即便他时时刻刻坐在门口,也无法阻止侄媳妇的偷情;在青年男女勃勃生机的性爱面前,他除了一天到晚地晒太阳,晒月亮,其存在到底有多大意义呢?(《昨夜月光》)民间自身蓬勃生长的自由精神,滋养着他们的生命活力,民间真实的生命与生存状态得到了体现。这里有为生存不得已而为之的无奈，也有为情爱欲望的真诚而产生的冲动和疯狂。这就是一方乡土世界中的生存和行为方式，在此善与恶、美与丑相互纠结在一起，真实地凸显了民间的原生状态。

陈占敏专注于描写尚未摆脱贫穷的普通农民的生存状态，不加任何修饰地从生活中把活脱脱的人的生存问题摆上台面，不溢美、不掩饰、不丑化，在"美丑并举"中裸露他们的粗鄙和生命力，在瑕瑜互见中展示他们的世欲心和现世性。不管命运如何把他们玩弄于股掌之间，他们为生存而追求生命的完整意义始终昭示着丰盈的生命和旺盛的力量。正是在这种为生存而抗争的过程中，我们看到了农民化解苦难的一种深厚力量，生命面对苦难呈现出了坚韧的精神品格，形成民间坦荡悠长的、永恒的、生生不息的生存活力。面对丈夫的客死他乡，儿子的夭折，女儿的背叛，王淑英以韧性、乐观的精神承受并抗拒了一切生活的灾难，具有了超越苦难后的宁静与平和的心境，而不是对于人生的怨恨和刻薄（《白铁》）；年轻聪慧的得道高僧德明，一生与牛为伴，很难与人交流，虽然他与牛的相处并不像有的作品写得那么浪漫，反倒非常沉重，但他只有在与牛的对话中才能显现真实的自我，充满了活力，洋溢着智慧，并萌发生命的冲动（《沉钟》）。在极其低微的生活和接踵而来的灾难下，我们看到了些许明亮动人的幸福感的流动，发现了每个人都有各自化解苦难的方式，这正是重重苦难下的底层小人物得以艰难生存的缘由，它是民间几千年来在内外力作用下积淀和生成的，犹如一种无所不在、无所不为的魔力，支撑人们哪怕是卑微地活着。在陈占敏笔下，这种化解的方式是沉重的，它既不是幸福甜美的爱情滋润，如《难死》中的程有安，《一等人儿》中的大力，《酸果》中的弟媳妇，《古筝一曲月儿圆》中的月桂，他们根本得不到爱情的抚慰；也不是主动地逃离多灾多难的故土，如《牛叫》中的秋莲，《流向》中的李玉燕，他们的逃离是根本无法实现的白日梦；更不是归乡者的援救，如《秋色》中的

"我",《沉钟》中的程志远,《祖宅》中的信,他们无力改变家乡的一丝毫发,只有失望地再次出走。人们依赖自己顽强的抗争,最终只有一个超脱的结局,那就是死亡。这是一个沉痛的话题,却在陈占敏的小说中频频出现。但死亡在此已不是一种残暴的剥夺,也不是一种悲剧,而只是一种与生命的隔膜。焦虑消失了,痛苦消失了,留下的只有无奈和平静。人们独自吞食着死亡的威胁,体味从未有过的释然和放松,如《沉钟》中的冯树尊和夏二奶奶,《阁楼》中的林凤英,《西风依旧》中的李珍,《红晕》中的高凤歧。他们没有临死前的痛苦追忆,没在躯体的抽搐和扭动,没有痛苦的挣扎、绝望的呻吟,没有令人惊悸、惨不忍睹的场景。高凤歧在遭受酷刑致死时,脸上浮现出骄傲的冷笑,说出了一句令报复他的对手丧气的话,"到底叫我猜准了"。面对死亡如此坦然,这既是对死亡的反讽,也是对生命的张扬,死亡作为对生命苦难的逃遁,既有麻木和愚钝,又有对生命的真诚面对和无可退避。面对死亡的厄运,倘使没有不屈抗争和坦然接受的双重情感,他们便不会有面对宿命时的微笑,而这正是民间精神的特质。作者无疑具有强悍的精神,他没有彷徨无着的生命沉吟,而是一往无前地面对生活,苦难所激起的怨恨,并没有导致以恶抗恶,却生出一种向善的力量,人在苦难的磨砺中最终超脱。这种生之强力在民间大地上平和坦荡,绵延悠长,展示了感人的艺术魅力。

  对乡村苦难的理解和同情,陈占敏是颇见真情而又独具特色的。他不像莫言把高密东北乡打造成"红高粱"的神话,构建一个充满生命力的极为主观的乡土世界,又不像张炜那样将胶东海边作为民间神秘的诗意显现之地,激励着生命的月下狂欢,也不像刘震云那样对乡村历史进行无情的嘲弄、质疑和解构,更不像李锐、韩少功那样不动声色地展示地域民间文化的畸形。他知道无论如何农民实实在在地离不开土地,世世代代的农民与土地长相厮守,向土地索取衣食,养家糊口,也毫不吝惜、毫无怨言地向土地奉献自己的汗水和生命。所以他采取了平实的视角，用横移的长镜头式的手法向我们展示民间真实的生存状态和心态。在紧紧拥抱现实的同时，他没有去空泛地追问人生的哲理，也没有为苦难的农民展示和预构一个冠冕堂皇的"未来"。村支书冯振山向村民两次许诺诱人的未来，两次使村民为此遭难（《沉钟》），憧憬着美好生活并时刻奋斗的王维升却为此失掉了生育能力（《红晕》），一心向往城里生活的女人们，无一例外地失败了（《流向》《牛叫》）。苦难的境况从没有因为文明和技术时代的到来而离我们远去，它与我们的生存相随相生，这使民间精神中坚忍的美德得到了合理的阐释和永存的根基。陈占敏就是这样提示民间超常稳定的一面，他呈现给我们的是在一片孤独、闭塞、贫瘠的土地上世代相承的一统血脉、一种文化传统。这种血脉和传统成为认识民族、乃至人类历史的活化石。《沉钟》所叙述的也是这样一种民间的历史，呈现着民间生命的丰实与驳杂、深沉与悠远。一村之长冯树尊是传统美德的化身，他使传统的生命意识和人格魅力突进到自在自为的存在之域，他死后的影子仍然存留在墙上，像幽灵般出入人间，还原了民间的原始之力。海洲姥娘的灾患警示，如天书般渲染着一种不可言说、更不可闪避的悲剧氛围，保留了初民时期人类集体无意识的心灵本真，在瑰丽的想象和思索中捕捉到某种来自心灵深处陌生的东西，一种常人所不熟悉不理解却带有强烈感情的原始经验，这种经验总结着老店村的历史，也预示着它的未来。民间的精灵冯子明在老店村被工业文明开凿得千疮百孔，他企图带领全村人寻找下一艘人类的"诺亚方舟"，但没有人愿意接受，他怀着家园被毁灭的悲痛，漂泊流浪，片刻没有停歇，一路寻找人类新的居所。这种悲壮的义举激活了民间日常生活中蛰伏的精灵，并得到了艺术的表现和提升。尽管寻找人类的精神家园是一个白日梦，但是这寻找的壮举就是一段净化灵魂的心路历程。夸父逐日的精神亘古流传，民间的精魄就是在精神朝圣的路上永不止息。

第七章 / 新世纪初文坛热点与新质

第一节

文坛病相报告：名家的媚雅与媚俗

这是一个可以拒绝合唱，追求个人声音的"无名时代"。你可以无所顾忌地高声喧哗，也可以自怨自艾地窃窃私语，而不用在意倾听社会的回声，这使当代作家有可能摒弃文学借以获得巨大轰动效应的社会学和政治学的功能，从而转向探索和关注文学本身存在的话语方式。可悲的是那些曾经被我们寄予厚望的"中生代"作家，他们的媚态让人不能原谅。聪明者"媚雅"，愚蠢者"媚俗"，文坛正人多势众、气势磅礴地奏出男女声数重唱。只要你读罢文坛几位炒红作家的那几部被捧红的作品，你就会惊叹他们的唱腔是那么和拍和调。要么听从"学院派"理论的指导，为理论名词写作，看似在共同努力，探索文学新路；要么貌似为纯文学献身，实则是在向掌握话语批评权的雅人献媚；要么彻底放下作家独立行走的尊严，匍匐向前，向大众的趣味投降。他们或仰仗权威和轰动，或为了时髦和名利，正在不负责任地戕害文学，我们有理由说"文坛狼来了"！

先说媚雅。陈思和先生在1994年发表于《上海文学》上的《民间的沉浮》一文中所初步设定的"民间"这个具有多重内涵的变动不居的概念，是知识分子意欲传达对现实的批判和反抗而又没有更好的依托方式时的一个"力场"，曾使一度陷入言说困境而又端着知识分子架子的一些作家，重新找到了广阔的叙事空间和坚定的写作立场，即隐身民间，讲述一个老百姓的故事，来表达难以言说的时代真相和内心思考。这在张炜的《九月寓言》、韩少功的《马桥词典》、余华的《活着》《许三观卖血记》、张承志的《心灵史》中得到了较好的诠释和展示，将文学理论批评和创作实践在众生喧哗、各自为阵的 90 年代紧密地结合在一起。这种良好的互动关系的确扩大了当时日益衰微的文学的影响，提升了渐趋形而下的文学审美品格，用更加宽厚和含蓄的姿态曲折隐讳地强化了知识分子的批判立场和启蒙精神。知识分子那种绝望末路的心态和浮嚣骚动的情绪得到缓解，救世责任的重新复活，使他们在一个"精神独语的时代"重新找回言说的自信和批评的精神向度，为这个日趋功利的世俗社会提供了新的诗意和美丽，新的审美空间和对神圣的向往。这种共鸣的声音如果是一种创作主体的自觉和"无序时代"的精神需要，那是有可能重新赋予文坛秩序和意义，改变当代作家的目光短浅和对信念的拒斥，并在无拘无束的自由表达中带来文学价值和文学观念的深刻转型。然而，不幸的是，当这批以"民间"自命的作家逐渐获得广泛认可，成为评论的焦点、传媒的"宠儿"、获奖"专业户"时，他们没有深刻的自醒。他们沦为理论的傀儡，"民间派"文学的创作成为另一种意义上的自觉，作家自主的"民间性"已经消失殆尽。由于缺乏一种超越性的总体反思和更加宏阔的历史感，这诱使"民间派"文学滑入了知识分子文化意识形态的轨道。"媚雅"性正在悄悄瓦解"民间派"真正的民间性。

  他们自觉自愿地被假象遮蔽了双眼，欢天喜地地放弃了对现代文化的承继，特别是对西方文学表现技巧的盲目拒斥，使他们越来越沉浸在一种文化虚妄的泡沫之中，无法将自己的存在、经验和记忆化为诗意的文字。几年前，名噪一时的真正"民间派"作品几成绝响。比如张炜，《九月寓言》唤起了我们对他的期待，摩罗先生甚至撰文探讨"张炜，是否有第四次超越的可能"[1]。于是，我们揣想他会用以笔为旗、化笔为剑的民间姿态一直走下

---

[1] 摩罗：《张炜：需要第四次腾跳》，《当代作家评论》1998 年第 1 期。

去，融入他所向往的野地，与大地对话，坚守常识，坚守自我，用刻骨铭心且自由自在的表达，展示民间精神的广阔和无限。尽管这可能是一条绝路，但义无反顾的姿态常常令人赞扬。《柏慧》《家族》显示了他不妥协的抵抗，然而道德理想主义的愤激显然致命性地伤害了作品的文学性，鲁迅先生有云"脾气太盛，会折杀诗美"，张炜显然已经意识到了这个问题，而他又做得如何呢？借用吴俊先生的话："《外省书》的出现，总算明白了……张炜用他90年代以来的写作越来越证明了他已经变得不会写小说了。"[1] 的确如此，《外省书》在笔者看来完全是一部图解民间理论的概念之作，精神没有提升和掘进，艺术没有超越和新意。主人公史珂是京城权威学术机构的高级知识分子，厌弃俗世，倦鸟归林，回到乡下，又看不惯侄子史东宾之流，于是进一步退居野地，过起了与世隔绝的生活。在这片民间的土地上，他遇到了情欲过剩而情感匮乏的"鲈鱼"。"鲈鱼"的泛爱、大爱体现在他的世俗生活中，与史珂提心吊胆、备受残害的爱情生活形成强烈对比，从而歌颂民间俗世生活的诗意之美。也许，张炜认为情感的发泄不够，或是长篇的字数太少，他又杜撰出史珂到美国探望哥哥的情节，用工业文明社会人性堕落的丑态，来颂扬农业文明，衬托民间野性生活之壮美。这种单一的二元思维模式让人很容易联想到他对陈思和先生"民间"理论的简单图解，概念化大于形象化，使小说的生活气息逐步淡化，影响了小说创作自觉地向精神深处掘进。吴俊先生以"另一种浮躁"为题，对张炜"七年苦修，四载磨砺"的"金长篇"《能不忆蜀葵》的病症作出了全面的诊断，虽然不无偏激，但忠言逆耳利于行，总比那种一边倒的溢美之词对张炜的创作有益。"浮躁本是针对写作中肤浅而功利的现象提出的批评，张炜并非如此"[2]，所以，吴俊

---

[1] 吴俊：《另一种浮躁——从〈能不忆蜀葵〉略谈张炜的小说写作》，《文汇报·书缘专刊》2002年3月22日。
[2] 吴俊：《另一种浮躁——从〈能不忆蜀葵〉略谈张炜的小说写作》，《文汇报·书缘专刊》2002年3月22日。

先生将其称为"另一种浮躁"。但笔者却认为功利之心张炜是有的，只是他的"媚雅"之心比媚俗更隐蔽，更容易伪装罢了。尽管在吴俊看来张炜是因"理念化、虚构力和想象力的缺乏及其叙述的割裂"而无法从事长篇的写作，但他却与余华不同。张炜在复旦大学的演讲坦言自己是一个非常看重学院派批评的作家。莫言是近年来备受瞩目的作家，在长篇力作《檀香刑》的后记中，他着重提到了"自己大踏步地后退"，努力摒弃国外魔幻现实主义创作方法的影响，甚至是有意规避，不惜因为带有魔幻的味道而推倒五六万字的初稿重写，力求用完全的民间视角、语言及形式，展示高密东北乡的民间天地和精神，以此彰示自己的"真民间"。然而，当我们读罢作品，就会对莫言的"自觉"打上问号。首先，作品里的大段大段的心理独白，结构上的时空倒错明显是很魔幻、很西方的。其次，作品并没有超越那个充满生命力的极为主观的"红高粱"神话，而这个神话恰恰正是莫言借助西方魔幻现实主义的创作方法构建起来的。恐怕几十年之后，我们提起莫言，脑海中显现的还是《红高粱》而非《檀香刑》。"越是民族的就越是世界的"，这是谁都懂得的道理，但互通有无，取长补短，海纳百川，是中国文学迎头赶上的必由之路。在信息化高度发达的今天，文学更没有理由闭关自守，退守"民间"，不管是创作方法，还是题材和内容。当代作家更不应该曲解民间理论的倡导者陈思和先生的初衷，用作品对民间特性的阐释无限扩大来自我麻痹，甚至自高自大地瞧不起西方的文学艺术。借用陈思和先生的弟子姚晓雷的话："先以客观的态度承认它（民间），再以浪漫的态度张扬它"，但"倘若不是由于（中国）特殊背景下知识分子的精英文化表现的偏颇，倘若从长远的角度去考虑传统的民间话语和知识分子的精英话语到底哪一个更能体现民间的利益？到底哪一个的赋值方式更能赋予民间以更人的生存自由？"他肯定地回答是后者，并希望民间能"在最终意义上实现和知识分子精英话语异曲同工的目的"[1]。这在很大程度上是体现陈思和先生本意的。

在费劲地说完"媚雅"之后,再说"媚俗"就简单多了。在市场经济条件下,作家追求自己广泛的读者,不能简单地斥为"媚俗",而作为一种心理动机,恰恰是多数写作者所共有的。作家也是有血有肉的凡尘俗子,我们不能在自己物欲极尽满足之后,来要求作家在吃糠咽菜、食不果腹的生活困境中,十年磨一剑地捧出一本本"红楼梦",续补我们的精神空缺;苛求他们都为文学献身,成为生前默默无闻、死后流芳百世的曹雪芹、卡夫卡,这显然是过分的责难。况且,让我们退一步想,知识分子要"化大众",要启蒙,就需要大众能够阅读他们的作品,在一定程度上这是无可厚非的。但我们却有理由要求我们的作家遵守市场经济最起码的道德准则,即等价交换原则。然而,我们遗憾地发现,当下数量众多的作品中,真正具有可读性且经得起考验的却是凤毛麟角,其中包括那些备受推崇、获得各类大奖的作品。如果我们还稍稍承认作家从事的写作与工人做工、农民种地是有精神上的不同的话,那么我们就有理由对作家提出更高的要求,正如我们要求工人生产出质量合格的产品一样。在笔者看来,当下中国作家所面临的困境并不是商品经济挤压下的通俗化、大众化,而是如何在大众化的过程中"化大众"。这是要求他们不放弃现代"知识立场",对正义和真知等关乎人类命运的问题作出独立的思考、真诚的回应。国外作家经历了上百年的市场经济,照样能写出激动人心、观照人类的精品,就是因为他们在大众化的过程中始终没有放弃"化大众"的信念,而我们的作家却在大众化的过程中"化了自己"。所以"媚俗"在中国简单地说就是媚读者,媚大众,媚市场。因为中国的普通读者并没有多么高的文学审美修养,所以,也就制造了一个个文坛神话。随着市场竞争机制的全面展开,一套新的市

---

[1] 姚晓雷:《民间:一个演绎于主体与客体之间的价值范畴》,《文艺争鸣》2001年第1期。

场评价体制诞生了，特别是版税制，使每一个作家对印数的热情空前高涨，他们为印数写作。充分依靠文化生产市场的调节机制，这在国外是完全行得通的、运转较为良好的文学评价机制。然而，中国读者还缺乏作为文化市场上的消费者的自觉自主的能力，所以作家就应该为大众读者负责。

苏童这个名字是裹挟着"先锋"的力量冲进我们视野的。难能可贵的是他的小说与同代作家相比，又不仅仅局限于形式的先锋。他带给我们一种独特的江南水乡的文体风格，一种久违了的、然而又是自觉的关于自然、历史、人世解剖的折光，充盈着柔柔水意的书写方式。他的"成长历史小说"弥漫着江南水乡特有的阴暗、糜烂、湿淋淋的味道，伴着那绮丽诡调的想象和俗艳靡丽的色彩，用迟缓凝滞的节奏和暧昧阴柔的格调娓娓道来，无不构成苏童标签式的印记。在笔者看来苏童和莫言是中国当代文坛最好的短篇小说家，尽管苏童的特长并不是讲故事。当原来所谓的"先锋"小说的代表作家们现在早已经纷纷转回到最传统的讲故事，并大获成功后，苏童终于难耐诱惑和寂寞，长篇小说《蛇为什么会飞》首次主动正面触及现实题材，以贴近现实生活的眼光和笔法，塑造了一群生活于社会底层的小人物。苏童承认，"写现实题材这是生平第一次"，"如果说我过去作品和现实的距离有1 000米，这次可能只剩下了50米，真的是贴得很近了"。"我'这一变'完全是'破坏性'的，就是要把以前'标签化'了的苏童全部打碎，然后重新整合自己的风格和主题。"作家主动改变和尝试新的风格与题材，是值得称道和敬佩的。然而，作家的写作又常常受到诸如自身能力和思维视域的限制，再伟大的作家也会有力所不逮之处。但苏童说："我已经准备了好久，而且这种'破坏自己'的欲望非常强烈，几乎就是'置于死地而后生'，'死地'是到了，能否'后生'还不得而知。"《蛇为什么会飞》通篇描写的这群"小人物"多重的性格和离奇的命运，我们已经在90年代"新生代"作家那里读过。苏童说：

"我的写作绝对不是为了挽留哪一部分人（从前的"苏童迷"），那样的话就太廉价了。"[1] 笔者理解苏童的自信和决心，即使失去从前的"苏童迷"，他也完全可以赢得更多的读者。

许纪霖先生有云："在大众社会里，知识分子所能做的和应该做的，大概只有一件事：在金钱和权力之外建立第三种尊严——人文价值的尊严。"[2] 那么作家所能做的和所应该做的那就是在"媚雅"和"媚俗"之间找到自己的尊严。

---

[1] 苏童：《蛇为什么会飞·后记和访谈录》，云南人民出版社2002年版，第270页。
[2] 许纪霖：《第三种尊严·卷首小语》，人民文学出版社1996年版，第1页。

第二节

"十七年文学":高调与低调间的叙述裂缝

《青春之歌》是我国当代文学史上第一部描写学生运动、反映女性知识分子成长道路和革命历程的"红色经典"。其中,女性在自我实现和民族国家的拯救之间呈现的契合与规训逻辑,典型地体现了革命政治话语的符码和解码规则。这既成就了小说在"十七年文学"中的显赫地位,也为当代文学批评者留下了诟病的话柄。然而,正如杰姆逊所言:"第三世界的文本,甚至那些看起来好像是关于个人和利比多趋力的文本,总是以民族寓言的形式来投射一种政治","讲述关于一个人和个人经验的故事最终包含了对整个集体本身的经验的艰难叙述"[1]。此论断在中国乃至世界文学范围内,大抵是成立的。

事实上,作为"十七年"革命经典中唯一的一部女性自传体长篇小说,杨沫的《青春之歌》虽以革命历史为题材,但却不以厚重的历史感取胜,而重在讲述一个女知识青年"爱情+革命"的故事。通过描写知识分子情感生活的演变,既配合和图解了革命历史的演绎与构建过程,又写出了爱情本身的丰富性、复杂性和现实性,是对长期以来简单的"革命+恋爱"小说模式的反拨。与同时期的长篇革命历史题材小说相比,初版的《青春之歌》因为林道静"缺乏政治上敏锐的眼力",反而使得小说内容摆脱了严肃沉闷的阶级斗争窠臼,而作者满怀"小资产阶级情调"的爱情生活描写,与《红旗谱》中春兰与运

---

[1] 杰姆逊:《处于跨国资本主义时代中的第三世界文学》,张京媛译,《当代电影》1989年第6期。

涛、江涛与严萍,《创业史》中改霞与梁生宝,《艳阳天》中焦淑红与萧长春,《林海雪原》中白茹与少剑波,《东方》中杨雪与郭祥,《红日》中黎菁与沈振新之间简单粗疏的符号式男女搭配相比,显得细腻、温婉和人性化。在那个反对"小资产阶级情调"而其又确实顽固存在着的年代里,真正体现人性真实情感的爱情故事,其吸引力是可想而知的。因此,《青春之歌》在当时中国社会形成了巨大冲击波,并一度成为中国当代文学史上最畅销的文学书,特别是它在知识阶层获得了广泛的认同,昭示出作品开启了一扇通向集体无意识的隐秘之门。

《青春之歌》叙事的起点明显地延续了"五四"一代女作家所开创的路径:反叛、出走、追求自由恋爱。丁玲、庐隐、凌叔华、白薇等女作家,塑造了"为开拓一条争取爱情自由的血路"而出走或殉情的莎菲、露沙、隽华们,建构起了"爱情至上"的神话:爱情自由了,关乎"人的问题"似乎都会迎刃而解,即便是描写严酷的革命斗争也都穿了"恋爱"的外衣,沐浴着爱的阳光和滋养。正如鲁迅先生所言:"你要是爱谁,便没命地去爱他,你要是谁也不爱,也可以没命地去自己死掉。"恋爱自由成为叛逆女性追求自我解放的目标。但在 20 世纪 50 年代,杨沫笔下的林道静,追求自由恋爱已经不再纯粹是主人公出走的动力与目的,因此也不会成为叙事的终点。因为此时的阶级矛盾、民族革命已经成为林道静与家庭决裂的根本内因,阶级压迫逼死了母亲,并在她的童年生活中打上悲惨的烙印。所以,林道静走出家庭跨入社会,从反抗包办婚姻迅速转向阶级斗争,乃至承担民族革命的重任,义无反顾地超越了"五四"时期的"娜拉模式"与"子君模式",这与"五四"文学中追求婚姻自由和个人解放的女性相较,其本身就拓宽了小说叙述与阐释的视野和意义。因此,时过境迁,在政治意识形态话语体系崩裂的罅缝中,我们完全可以收获更为广阔的自由,以及更加符合人性真实的阐释空间。

毋庸置疑，小说《青春之歌》是林道静用自己的女性青春演绎的一曲革命赞歌。虽然，革命的赞歌将女性独特的生存体验和性别境遇笼罩在民族国家的公共叙事中，但是，也正是这曲赞歌赋予了女性以时代的语汇讲述民族国家和自己的机会，规避了女性的性别身份，为女性赢得进入历史的权利。近些年的文学研究，都已经注意到女主人公复合的主体被一步步"规化"为单一的平面的自我，主体的成长和自我认同，被个人对民族、国家、阶级身份的认同所覆盖。小说甚至排除了女主人公获得其他身份的种种可能性——与余永泽决裂，卢嘉川被捕，江华下落不明——借此来使林道静只能成长为党的女儿，民族的女儿，而不是一个妻子、母亲和女人；只能在革命生活的天地中拼搏，而不能回归家庭生活的温暖。《青春之歌》中时刻隐含或传递这样的观点：在爱情和革命面前，女主人公只有选择革命，才有美好的青春和未来，否则下场凄惨——原本有进步倾向的白莉萍为实现自己的明星梦，嫁给了影片公司的经理，变得戏弄人生、玩世不恭；进步学生陈蔚如做了银行副理的太太，贪图安逸，最终被抛弃而自杀；北大"花王"李槐英虽同情革命，但不愿投身革命，便惨遭日寇蹂躏；等等。

小说在构建显在的宏大革命话语的过程中，却也潜在地泄露出个性话语和性别话语的浅吟低唱，女性的性别主体在小说中至少体现了一种"另类"主体的镜像。歌德曾说："哪个少男不善钟情，哪个少女不善怀春。"青春少女林道静绝对是一个"情种"，她的"青春之歌"，除了生硬的、外部的革命之歌，还有更为符合人性本真的恋爱和爱情之歌，正是伴随她成长的三次恋情，帮助她奏响了生命和革命相互交融的"青春之歌"；余永泽、卢嘉川、江华三个男性先后出现在林道静的生活和生命体验中，传达了林道静对爱情的感知。文本中对女性心理的细致描绘，流动着优雅与伤感，明丽而又清新。林道静不是天生的革命者，而是一个有血有肉、有情有义、有思想有抱负的真实女性。与余永泽情投意不合的短暂同居,却不乏幸福的体验;对卢嘉川的暗恋符合少女的英雄崇拜情结,她追随卢嘉川,不只因为卢是一个进步革命的符号,而是因为在外貌、志向、追求上他都较余永泽更胜一筹。离开生活在一起的余永泽,她又是那么犹豫踌躇,这一切显得合情合理;与江华的牵手,在革命过程中显得顺其自然,水到渠成。在此意义上说,《青春之歌》将个人的生命体验与时代建构的主题颇为有机地结合起来,成为"十七年"文学中文学性和革命性兼备的优秀之作。事实上,知识分子曲折坎坷的成长历练,应该充满着个体身份和性别身份与阶级身份和民族身份这几种不同质地的身份归属以及主导意识形态的纠缠和操控,它们彼此碰撞、疏离、反叛、争斗、媾和、结盟,其界限也在叙述中一再变得暧昧与模糊,尽管我们的文学创作实践几乎总是让前者在突兀和荒诞中屈服于后者。

第三节
2001 文坛：教授作家、自由作家与自传体小说

2001 年，葛红兵出版两部学术批评文集、四部随笔集、四部长篇小说，开文坛内外闻所未闻之先河，作为教授作家、自由作家致力于创作自传体小说的现象，理应引起我们的关注和思考。

教授作家

教授在中国的历史还不长。遥想教授当年，陈独秀、胡适、鲁迅、沈从文等人，都极有个性，透出一股"士"气，是一个主体性极强的群体。作为知识分子群体的中坚、文化的承传者，他们不仅具有精湛的专业知识，而且有天然的关怀社会的责任，通过写文章、办报纸来为社会正义鼓与呼。教授著文抒怀呐喊，倡导人文关怀，健全世风正气，引领社会趋利避害，显示了良好的文化水准和自由的精神状态。

坦白地说，钱理群先生把摩罗奉为"精神界战士"谱系的自觉承继者，多有老师对学生提携和鼓励的味道，但笔者可以肯定地说，在"精神界战士"的"战斗"方式上，葛红兵是佼佼者。他虽师出名门，有着专业系统的学术素养，但却不是那种从书本到书本的守望型学者。他既是知识广博的名教授，涉猎文学史学、文艺理论与批评、文化学、哲学、人类学等，又是诗人、小说家，荣登《青年文学》关注的十位"68 年生作家"榜单。葛红兵在体制内左冲右突，

努力找寻拯救困顿自我的"诺亚方舟";他毅然选择"作家身份",自觉继承了"五四"学人的处世之道:为民众写作。2001年,"教授作家"在葛红兵身上再次得到完美的展示:学术与文学并非风马牛不相及的对立物,如果有足够的才情和介入社会的责任感,两者会相得益彰,即充分发挥大学和教授的思想与精神资源,发挥其固有的独立不依的非功利品格,发挥其所凝聚的知识和话语的可信度,创出一种集思想和体验于一体的写作方式,从而为知识分子介入社会探索一条可行之路。

这也使葛红兵的创作区别于同代作家。如果说新生代作家的创作是一种自发的青春型狂欢,那么青春的背后却隐藏着他们的偏执、颠覆的可怕倾向,缺乏反思的维度必然带来内在的危机。葛红兵对他们的批判毫不容情,一针见血,这淋漓尽致地体现在《跨国资本、中产阶级趣味与当代中国文学》[1]中。所以,他能够自觉地趋利避害,并反思和"拷问"自我的灵魂,显示出可贵的清醒和独立,独自体味深切的裂变与痛苦。这痛苦来自他自我扬弃中的回肠九转:恐惧、孤独、焦虑、惆怅、压抑、震惊、荒诞……在《我的N种生活》中传递出了人类时刻面对却又处处遮蔽和设法逃避的主题。在精神已经貌似"成熟"到闲云野鹤、自由自在的今天,葛红兵却如此"不合时宜"地思考如此沉重的话题,的确需要勇气。把自我置于知识分子对立面,无情剖析自身的鄙俗,以一己之痛唤起知识者的良知和觉悟,忏悔中透出无可逃遁的"罪感"意识。这种"罪感文化"在西方文化史上一直是知识分子凸显灵魂深层意识的有效手段,而它在中国是缺失的,这是制约中国知识者成为大师的瓶颈。葛红兵的忏悔和罪感犹如一把锋利的手术刀,切向知识分子自我及其同类。这不是一种故作姿态的表演,也不是伤害别人后乞求宽恕和谅解,而是灵魂的超度所

---

[1] 葛红兵:《跨国资本、中产阶级趣味与当下中国文学》,《山花》2000年第3期。

必然付出的代价——肉体和心灵的炼狱过程。我不敢说他与奥古斯丁和卢梭等人的忏悔意识相比，达到了何等高度，也不能断言他是否会像卢梭一样把文学进一步引入一个巨大的舞台——中国人的重新发现，但他至少将"罪感文化"真正导入了中国，使知识分子辩证地认识自身成为"可能"，这种"可能"也是理解他人存在的重要维度。作为"教授作家"，葛红兵很孤独，但他"将埋身于抵抗之中"，丰富的经验与苦难的阅历、渊博的知识与卓越的才华汇集于一个有人格力量的思想者身上，成为烛照我们灵魂的希望所在。

自由作家

自由作家或曰自由撰稿人在中国还是一个时髦的"另类"，我们通常把它理解为"没有职业的、纯粹靠写作谋生的"作家[1]。难道"自由作家"在中国可以简单到仅以有无工作来划分吗？然而，事实上，越来越多的年轻作家如王小波、北村、朱朱、李冯、西飏、潘军、林白、陈染、残雪、虹影、王芫、魏微……为了实现自由写作的过程，他们断然与体制内的身份拜拜，笔者佩服他们的勇气和执着。这种拒绝和解的姿态，绝不是逃避和表演，而是主动的选择和抗争。

作为自由作家的"自由"主要在于他们可以卸下体制内的身份，获得一种个人身份的自由。创作主体首先应该获得一种现实中的个人独立，这对创作出真正意义上的个人化小说，塑造出具有现代意义的个人，看似是非常必要的。但是仅仅获得身份的自由却又是远远不够的，它与自由创作所需要的心灵和精神的自由还有很长的一段距离。客观地说，在 21 世纪初的中国，图书市

---

[1] 刁斗：《自由在我》，载韩东、朱文等编：《我的自由选择》，上海文艺出版社 2000 年版，第 4 页。

场和读者还没有成熟到足以能够养活所谓纯粹的个人化写作者，这迫使"自由作家"陷入了一个可怕的误区，即刚刚摆脱某种体制，旋即又跌进了衣食无着的万丈深渊，以至于我们在书摊上看到了被利益的绳索牵着鼻子团团转的写手们无聊的话语泡沫，以及遭受生计折磨而日渐卑琐的心灵。自由作家吴晨骏坦言："压力主要是经济上的。写作的最好状态，我觉得应该是在经济有保证的情况下全身心地投入写作。目前我无法做到这一点……"[1]由此可见，"自由作家"的身份和头衔绝不是一个"护身符"，也不是成为好作家的必要条件，辞职与写作间并没有必然的联系。正如北村所言：如果我是女性，我一定像狄金森一样一生做家务，写点诗；或者像卡夫卡一样做保险员跟总经理去布鲁塞尔开会，然后休假到结核病院写点东西。从不同国家、不同时代供职于各行各业的作家身上，我辨出了更为清醒的声音：保险公司职员卡夫卡，魏玛共和国的高官歌德，禽兔稽查员博尔赫斯……他们并没有把作家当成唯一崇高的职业，但他们思想的独立性进而使他们获得了某种人格的公正性，站在边缘角度，在文学意义上建立纯粹公正的形象，获得高贵、自由、独立的心灵空间。

葛红兵"教授作家"的身份，使他对当下的文化生产市场有着清醒的理性认识。他没有在潮流中捡起"自由作家"的话语外衣，而是将自由写作落实到写作自身，他让纸面上的文字在自由精神的支配下活了起来，让它们自由地呼吸，透着神圣不可侵犯的尊严。在《我的N种生活》里，他诘问人为什么一定要有所谓身份，谁又能从身份中获取生存的真正意义呢？所谓身份，不过是人们满足虚荣、实现"人治"的幌子。而在困扰人类本原的终极问题上，他又不能不对自己发问，焦灼于欲有所言却又永远无处畅所欲言的苦境中，他必须要写作。这种内心的催逼和拷问使他对自由的体会和对世界感知的能力无限扩

---

[1] 吴晨骏：《自由撰稿人与写作》，载韩东、朱文等编：《我的自由选择》，上海文艺出版社2000年版，第87页。

大,激活了创作的灵感。心灵自由状态下写作,使当下一切身体自由的写作都成为苍白的空话。他既本能地躲避一切理性的观念化写作,也拒绝身体浅表的激动和狂欢,他情愿做一个"中间物",被挤压、被刺痛、被解剖。正如"盗火者"普罗米修斯,他眷恋自由和阳光,更憎恶苦难和黑暗,但正是苦难给予他的生存以更博大更崇高的意义,使他无可退避。我不知道这种献身抗争的精神究竟能让他走多远,但葛红兵正在躬身前行……"我渴望写作,在写作上我是一个冲动的人……写作就是我的生活,不写作我就会陷入忧郁的状态,写作对于我来说是一种心理治疗学。"这种对写作的依赖和"侵略性的激情"使他不放过任何一个思考的现象,勇敢地贴近对象的灵魂,寻找一切对话的可能,实践着自由写作的真谛。"教授作家"的头衔除了保障他写作的物质基础外,对他谈不上束缚和压力,因为他彻底放飞自我,在文学的天地中无拘无束地翱翔,"有知者无畏"才是真正的"无畏"。

自传体小说

自传体小说在当代中国文坛还是一个稀罕的"另类"。倒不是说它有多么难写,关键还是作家心态和观念的问题,还有就是生活的"含金量"。自20世纪末出现了几部自传体小说,如林白的《一个人的战争》、虹影的《饥饿的女儿》、周洁茹的《小妖的网》、卫慧的《上海宝贝》等,但很可惜的是,她们往往被认为是女人为获取女权而故作的一种表演的姿态,因而淹没了应有的精神内涵;而且她们创作的精神指向也在不自觉中有渐趋形而下的危险。另外,这些年轻女作家的生活"含金量"也让人怀疑她们的自传体小说在多大程度上代表了一代人的生命体验。夜幕下上演的酒吧游戏、迪厅舞蹈,在多大程度上能代表我们这个时代的生活面貌?沉溺于网络的好奇和想象,在多大程度上粉饰了我们现实生活的残酷本相？生活资源的贫乏，生活方式的单调和无聊，并没有激发她们形而上的精神思考，而是使其沉迷其中，逐渐丧失体验生活的能力。她们的所谓"自传体小说"，只是生活表象的展示，甚至是赤裸裸的肉欲展览，而展示或展览却绝不是文学。在西方文坛非常流行并极被看重的自传体小说，在中国被黑色幽默般地化为招摇的幌子。

葛红兵一反过去对"美女作家""身体写作"的热情赞扬，转而以"一种批评的立场，且用语相当激烈"地解剖"新生代"的精神"病灶"[1]。所以，他能够较好地克服了困扰女性作家写作自传体小说的诱惑和难题。《我的N种生活》作为"中国第一部晚生代作家的思想自传"[2]，是一部非情节化小说，在一个漫长的回忆式的语言总量中反抗了日常的庸俗和非良知的东西，在共有的经验系统内表达了个人化的立场。他清醒地认识到，虽然生活广阔无限，但"自我的疆域"同样也是无法抵达的。与其在起伏跌宕中描画生活的外在丰富性，倒不如在近乎无事中体验生活的内在丰富性来得真实。他在自传体小说中为我们思索和展示了：愤与恨、退与缩、绝与望、欢与乐、情与性、耻与辱、恐与怖、学与术、邪与恶、贫与穷、我与你、你与他……这些直面灵魂的真切剖白，既属于葛红兵本人，又属于"68年生"的一代人，也属于人类共同面临的永恒话题。"我喜欢这本书以及这样一种自我独白的忏悔录的方式。学院派和学理至上主义已经毁掉了生命的感受性，而它召回了一个'60年代人'的奇特经验。我们中的许多人都深负着灾难和苦役，但在身体写真集四处泛滥的年代唯独灵魂的痛楚遭到忽略。这部心的写真无疑有助于改变这种可耻的景象。"[3]在诸多名家论评中，朱大可的话很让人感动。葛红兵作为"酷评家"对

---

[1] 葛红兵：《跨国资本、中产阶级趣味与当下中国文学》，《山花》2000年第3期。
[2] 桂晓东：《和心灵的不安作斗争》，《东方》2002年第3期。
[3] 间引自葛红兵：《我的N种生活·专家推荐语》，民族出版社2001年版。

作家们从没有手下留情，这让人很容易想到"酷吏"的形象，但难能可贵的是葛红兵对自己也丝毫没有手软，这让我们没有理由怀疑他的创作心态，他的真诚几近纯粹。诗一般的语言放飞思想者的心灵，自由写作指向一种纯洁的精神，听命于不羁灵魂的召唤和指引，生活的"含金量"在此被无限延展和提纯，只要你读后有所思。那么一个人的存在和他的自传体小说到底有多大的意义呢？卡夫卡说："生命就像我们上空无际的苍天，一样的伟大，一样无穷的深邃。我们只能通过'个人的存在'而从这细狭的锁眼谛视它，而从这锁眼中我们感觉到的要比看到的更多。"这正是葛红兵和他纯粹的自传体小说存在的意义：透过自我个人存在的细狭的锁眼，向我们展示一个生命存在的可能世界，尽管它是那么灰暗、甚至还有些肮脏，但却是真实的存在。

  2001年，葛红兵出版十部作品，作为一个独特的文化现象，我们应该能够从中得到有益的启示。

第八章

中国文学「走出去」与德语译介研究

第一节
王安忆作品在德语国家的译介与接受

新时期以降，中国大陆最具国际声望的女作家大抵非王安忆莫属。尽管，她的小说"故事性不强"；全都是"精致的细节描绘与刻画"；"没有杨宪益、戴乃迭的本领，真是无法翻译"[1]，但是，因其在中国当代文坛举足轻重的地位，其作品的海外译介传播，可谓实绩斐然。然而，国内学界对其作品的译介研究却寥寥可数，与同属文坛"第一集团军"的莫言、余华等名家作品的译介相比相去甚远。德国作为世界第一翻译出版大国，在译入和译出图书总量上，一直非常可观，"中国当代文学最重要的作家作品几乎全部能有德文译作出版。"[2] 而且，德国文学一贯保持庄重肃雅的正典叙事传统，对王安忆这样的纯文学作家自然青睐有加。早在 30 多年前，王安忆已获邀作为德国文化名城吕贝克的"驻城作家"，成为新时期中德文学交流史上的先行者。尤为重要的是，王安忆早期的代表性作品在德国几乎是以同传的速度被译介，且不乏重译和多次出版。因而，王安忆作品在德国的译介自然不容忽视，值得梳理和研究。

王安忆的作品主要以小说集、译文集收录和期刊译文选登的形式在德国译介出版。据统计数据显示，20 世纪 80 年代是王安忆作品德语翻译的高峰，在 1984—1989 年间共有 13 种德语出版物以不同形式发表了《本次列车

---

[1] 谢元振等：《呼唤伟大的文学作品与杰出的翻译（上）——首届中国当代文学翻译高峰论坛纪要》，《东吴学术》2015 年第 2 期。

[2] 顾彬：《海外中国当代文学与文学史写作》，《山西大学学报（哲学社会科学版）》2014 年第 1 期。

终点》《小城之恋》《小鲍庄》《锦绣谷之恋》《荒山之恋》《流水三十章》（节选）和《新来的教练》等19篇/次。在90年代，有7种德语出版物发表了《喜宴》《米尼》《好姆妈、谢伯伯、小妹阿姨和妮妮》和《逐鹿中原》等9篇/次。在新世纪，亦有4种德语出版物发表了《遗民》《舞伴》《喜宴》等6篇/次。统而观之，王安忆的作品总共有34篇/次在德国译出，数量非常可观；剔除重译和再版，也有21篇，作品数目还是相当可观。此外，如果加上学术研究、评论推介的文章，译介总数肯定突破50篇/次，其中包括2部专著、4篇长文专论等。

1984年，是王安忆作品德语译介的开端。短篇小说《本次列车终点》首次由汉学家莱纳·穆勒翻译，收录于柏林人民与世界出版社的《探险：十六位中国小说家》作品集中。年轻的王安忆与玛拉沁夫、冰心、王蒙、茹志鹃、欧阳山、陈国凯、莫应丰、李准、谌容、艾芜、陆文夫、高晓声、汪曾祺、张弦、邓友梅等十五位重量级文学名家携手登陆德国文坛，足见德国翻译家的慧眼独具。1986年作品集再版，1988年由多罗莫尔出版社购买版权后第三次出版，更名为《大山飨宴》。"这十六位中国作家的小说让读者形象地概览40年代以来中国当代短篇叙事散文和中国生活现状。"主编在封底对书名"探险"做出解释："1957年，一群青年中国作家自称为'探险者'，热衷于探究现实生活中的积极与消极现象。1976年后的中国文学重新继承并推进了这一中断多年的势头。……个中代表是年轻的王安忆和谌容，她们开始追求自我实现，并以极大的热忱投身于社会经济关系和精神文化氛围的重塑之中。"[1] 该书展示了中国的文学景观和现实生活的复杂层面，备受瞩目。王安忆以自己不俗的文学创作实绩，借势中国文坛的超豪华阵容，令德国文坛印象深刻。

---

[1] Irmtraud Fessen-Henjes, Fritz Gruner, Eva Müller (Hrsg.). *Ein Fest am Dashan. Chinesische Erzählungen*. München: Droemersche Deutsche Verlagsanstalt Th. Knaur Nachf., 1988, S. 329.

1985年，《本次列车终点》再次被艾克·齐沙克重译，收录于拉穆芙出版社的《寒夜号泣：中国当代小说集》[1]（收录包括京夫、王润滋、高晓声、赵本夫、迟松年、陈国凯、王安忆的作品）。"本书所选八篇小说皆写于1976年毛泽东逝世及'四人帮'粉碎之后，以不同方式揭露和批判了新中国当下的社会发展和问题，是中国政治和文化生活解放之后新兴文学的典范。……本书所收录的各位作者是中国最具名望也最著名的一批作家。……而其中的年轻作家则是新一代中国批判作家的代表。"[2] 齐沙克在序言中称赞王安忆"在其短篇小说《本次列车终点》中展现了对上海普通家庭日常生活的洞察……读者从中获得了丰富的信息：严重的住房紧缺、落后的交通设施、择偶问题、下乡知青返城问题、失业、环境污染、当下生活标准……体现了新一代作家的良知和尊严"[3]。

此外，艾克·齐沙克的译本还节选发表于《时序》[4]季刊1985年第2期。《时序》创刊于1955年，作为德国老牌纯文学期刊，专注"文学、艺术和批评"，在译介世界文学新潮作家作品的基础上，也有针对性的高质量学术讨论，深具国际影响；伦敦《泰晤士报》称《时序》是德国最具判断力的长寿期刊之一。王安忆的小说被《时序》杂志推介，既是肯定，亦是褒奖。

1985年，对王安忆作品的德语译介来说，是丰收的一年，也是突破的一年。是年，王安忆终于从名家群体中突围，以独立成书的姿态呈现于德国读

---

[1] Wang Anyi. *Die Endstation*. Übersetzt von Eike Zschacke. In: Eike Zschacke (Hrsg.). *Das Weinen in der kalten Nacht: Zeitgenössische Erzählungen aus China*. Bornheim-Merten: Lamuv-Verlag, 1985, S. 171-214.

[2] Eike Zschacke (Hrsg.). *Das Weinen in der kalten Nacht: Zeitgenössische Erzählungen aus China*. Bornheim-Merten: Lamuv-Verlag, 1985, S. 2.

[3] Eike Zschacke. Vorwort. In: Eike Zschacke (Hrsg.). *Das Weinen in der kalten Nacht: Zeitgenössische Erzählungen aus China*. Bornheim-Merten: Lamuv-Verlag, 1985, S. 9.

[4] Wang Anyi. Dieser Zug endet hier. Übersetzt von Eike Zschacke. In: *Die Horen. Zeitschrift für Literatur, Kunst und Kritik*, 2/1985, S. 234-238.

者。安娜·安格尔哈特出版了德语小说集《道路：王安忆小说选》，收入了王安忆三篇短篇小说，分别是安德里亚·杜特贝尔格和让·维特翻译的《新来的教练》、莱纳·海尔曼翻译的《本次列车终点》、艾克·齐沙克翻译的《B角》。主编为小说集取名"道路"，可谓恰切至极，充分凝练了王安忆小说的"文眼"，"标题中的'路'并非选自任何一部王安忆的作品。以此为标题是因为三篇小说的主人公对中国现实的理解有相同之处：他们按照各自的愿望和目标踏上了一条路，在这条路上，他们看到实现生活意义之所在和希望"[1]。《道路》作为德国雅知出版社出版的"中国女性文学"翻译系列丛书之一（该套丛书还包括张辛欣的小说《我们时代的梦》、刘晓庆的自传《我的路》等），力图展示中国女性在新时代的崭新命运。安娜·安格尔哈特在序言中强调："在中国，女性在文学中占有特殊的一席之地。然而，中国的女性文学直到今日仍很少被译介，也鲜为人知。本文集旨在为弥补这部分翻译作品的缺失而尽绵薄之力，同时也将潜力无限的中国女性文学介绍给大众。此外，由中国女性撰写的文学作品借由自身的感受、想法和视野反映了中国的社会生活，也为读者提供了另一种理解中国社会生活的可能。"[2] 需要特别指出的是，雅知出版社甘愿冒着巨大的风险和压力出版《道路》。"自1984年三月始，我们就在为出版此本王安忆短篇小说集而做努力，彼时德国尚未有任何一篇王安忆短篇小说译作。然而在准备过程中，市场上已出版了两个不同译本的《本次列车终点》。但即便如此，我们也没有放弃这一计划。在业内看来，不同译本的重复出版令人遗憾，这是一件同市场利润本位背道而驰的事。但是不同的译本也给读者和专业人士一个进行比较的机会，并应能如我们所愿那般，激发起批判性的讨论并由

---

[1] Anne Engelhardt, Ng Hong-chiok. Vorwort. In: Anne Engelhardt, Ng Hong-chiok (Hrsg.). *Wege. Erzählungen aus dem chinesischen Alltag*. Bonn: Engelhardt-Ng Verlag, 1985, S. 8.

[2] Anne Engelhardt, Ng Hong-chiok. Vorwort zur Übersetzungsreihe: Chinesische Frauenliteratur. In: Anne Engelhardt, Ng Hong-chiok (Hrsg.). *Wege. Erzählungen aus dem chinesischen Alltag*. Bonn: Engelhardt-Ng Verlag, 1985, S. 4.

此提高翻译水平，这一期望也正是中国文学翻译领域的合理诉求。"[1] 据此，足以显示王安忆作品在德国文学翻译界已备受瞩目，在一定意义上已被视为中国文学的一个标本。

主编安娜·安格尔哈特能够力排众议，出版王安忆的小说集，是基于对王安忆小说的洞见："我们认为，这本王安忆短篇小说集不应划入所谓'伤痕文学'的范畴，因为其中没有包含任何狭义上对'文革'的总结。王安忆的短篇小说是从中国日常生活的不同范围出发，对'文革'进行反思。经由巧妙的心理方面的观察，王安忆将普通人的问题、担忧和愿望作为她小说的核心，描写的人物与中国当代文学中常见的形象亦不同，并不是典型的英雄。就此而言，王安忆的作品可以被看成中国文学新现实主义的一种尝试。即使某些地方仍稍显笨拙粗糙，但其写作风格整体而言仍不失趣味，有些地方更充满幽默。"[2] "小说刻画的人物像凸透镜一般，从中展现出中国当代日常生活中生存抗争问题的方方面面。小说中并未给出理想的解决方法，恰是其难能可贵之处，这使得小说备受热议，并引人深思。"[3] 作为译者，安娜·安格尔哈特的理解是准确的、恰切的，她读出了王安忆的小说中不仅有令人悲观的"现实主义"，更有给人以力量、信念和不断探索的"浪漫主义"。

同年，达格玛·斯博特翻译了散文《感受·理解·表达》（刊载于《腔调》1985年第2期），并给予积极评价："通过近年来在其叙事散文作品中对主题朴实地表达，王安忆变为一位积极的发言人，为中国青年一代发声"，她笔下

---

[1] Anne Engelhardt, Ng Hong-chiok. Vorwort. In: Anne Engelhardt, Ng Hong-chiok (Hrsg.). *Wege. Erzählungen aus dem chinesischen Alltag*. Bonn: Engelhardt-Ng Verlag, 1985, S. 7.

[2] Anne Engelhardt, Ng Hong-chiok. Vorwort. In: Anne Engelhardt, Ng Hong-chiok (Hrsg.). *Wege. Erzählungen aus dem chinesischen Alltag*. Bonn: Engelhardt-Ng Verlag, 1985, S. 7.

[3] Anne Engelhardt, Ng Hong-chiok. Vorwort. In: Anne Engelhardt, Ng Hong-chiok (Hrsg.). *Wege. Erzählungen aus dem chinesischen Alltag*. Bonn: Engelhardt-Ng Verlag, 1985, S. 9.

的人物"代表了许多中国青年人对崭新纯粹关系形式的欲望。以一种平铺直叙的语言,将一切掩饰除去"[1]。著名汉学家马汉茂也高度评价了王安忆文学创作的意义及其对中国当代文学史的贡献。"1979年后出版的中国文学作品是中华人民共和国政府改革开放政策的象征和产物。当下那些活跃的作家以自己的作品吸引了城里城外很大一批读者群。这一时期的作品和1920—1950年间产生的民国时期文学也截然不同。"[2] "许多作者不满足于历史角度的表述,转而希望通过某一特定人物的命运来表现新中国的历史。非常年轻的女作家如王安忆、张抗抗甚至有种野心,将典型代表置于历史回顾的焦点之中。"[3]

1985年,《小院琐记》由瓦尔特劳特·保尔萨克斯翻译,收入德文版《七位当代中国女作家作品选》[4](包括茹志鹃、黄宗英、宗璞、谌容、张洁、张抗抗、王安忆),经由北京外文出版社的努力在慕尼黑结集出版。作品选在前言中指出:"虽然女作家们在年龄、经历和个人背景方面各不相同,但她们都不约而同地展现出了强烈的社会责任感。……女作家在她们的作品中可以毫无顾忌地对爱、社会不公、个人价值、人道主义和其他之前被视为禁忌的主题展开书写,绝大多数集中讨论'文革'期间及'文革'结束后存在着的社会问题。"[5] 同时,"七篇小说的写作风格朴实无华而又直截了当。这样的风格很好地展现了中国如今的生活状况和王安忆这一代人的迥异想象"[6]。

---

[1] Wang Any. Fühlen, Verstehen zum Ausdruck, Übersetzt von Dagmar Siebert. In: *Akzente. Zeitschrift für Literatur*. Heft 2, 1985, S.183.

[2] Helmut Martin. Zur Einführung. Ein Neuanfang in nur sechs Jahren: 1979–1984. In: Akzente. 2/1985, S. 98.

[3] Helmut Martin. Zur Einführung. Ein Neuanfang in nur sechs Jahren: 1979–1984. In: Akzente. 2/1985, S. 100.

[4] Waltraut Bauersachs, Jeanette Werning, Hugo-Michael Sum. *Sieben chinesische Schriftstellerinnen der Gegenwart*. Beijing: Verlag für fremdsprachige Literatur, 1985.

[5] Gladys Yang. Vorwort. In: Waltraut Bauersachs, Jeanette Werning, Hugo-Michael Sum. *Sieben chinesische Schriftstellerinnen der Gegenwart*. Beijing: Verlag für fremdsprachige Literatur, 1985, S. 1–2.

[6] Waltraut Bauersachs, Jeanette Werning, Hugo-Michael Sum. *Sieben chinesische Schriftstellerinnen der Gegenwart*. Beijing: Verlag für fremdsprachige Literatur, 1985, S. 298.

同年，北京外文出版社还出版了《小院琐记》德语单行本。短短一年多时间，王安忆作品的德语译介集束性爆发，令德国汉学界为之瞩目。正如卢兹·彼格在《持续着的文学》中写道："自1978年起，中国文学主要表现为短篇小说。但新中国的文学在西方世界一直鲜有人知，也极少被译介。对王安忆作品翻译是一个突破和尝试。"[1]

1986年，由赫尔穆特·黑泽尔翻译并主编的《中国妇女：小说集》收录了6篇女性小说，其中包括《小院琐记》。该书封底写道："在这6篇小说中，中国当代女作家直率地、现实地重点探讨了中国妇女的生活。"小说集出版后，引发持续关注，于当年四月发行了第二版。赫尔穆特·黑泽尔在序言中指出："她们的写作方式别致，蕴含着极大的热忱和真情。这对欧洲的读者而言是一种陌生的敏感情绪"[2]，"使我们有机会从中国女作家们的视角出发，更深层地体会中国日常生活的忧虑和困苦"[3]，特别是"王安忆的《小院琐记》阐释了中国社会各阶层间价值观的差异，而这些不同的价值观不仅仅区分开了世代不同[4]……也是女性笔下的'解放文学'"[5]。

1987年，《小城之恋》节选翻译刊登于7月13日的《日报》。1988年，王安忆的两篇极具代表性的作品《锦绣谷之恋》和《荒山之恋》由卡尔·汉瑟出版社辑合出版，取名为《小小的爱情·两部小说》[6]。译者卡琳·哈赛尔布拉特是柏林著名的自由职业翻译家。王安忆在《旅德散记》中这样描述卡琳：

---

[1] Lutz Bie. Weiterführende Literatur. In: Michael Krüger (Hrsg.). *Akzente. Zeitschrift für Literatur.* 2/1985, S. 189.
[2] Helmut Hetzel (Hrsg.). *Frauen in China. Erzählungen.* München: Deutscher Taschenbuch Verlag, 1986, S. 11.
[3] Helmut Hetzel (Hrsg.). *Frauen in China. Erzählungen.* München: Deutscher Taschenbuch Verlag, 1986, S. 13.
[4] Helmut Hetzel (Hrsg.). *Frauen in China. Erzählungen.* München: Deutscher Taschenbuch Verlag, 1986, S. 150.
[5] Helmut Hetzel (Hrsg.). *Frauen in China. Erzählungen.* München: Deutscher Taschenbuch Verlag, 1986, S. 15.
[6] Wang Anyi: *Liebe im verwunschenen Tal. Liebe im Schatten des Berges.* In: Karin Hasselblatt (Hrsg.). *Kleine Lieben. Zwei Erzählungen.* München: Carl Hanser Verlag, 1988.

"有一双十分严肃的眼睛,她的译笔非常之好。"[1] 哈赛尔布拉特则这样形容王安忆:"身材高挑,一旦熟悉了周围环境就整装出发;她十分自信,说起话来像机关枪一般语速飞快……如今,王安忆被视作中国年轻一代中最有天赋的女作家之一。"[2] 德文版封底这样概括了两部小说:"现实生活中女人的力量比男人更为强大,但却无处可证明此种优越,女人唯有与爱为伍。女人渴望男人依赖自己,因为男人的依赖可以丰富她的爱情和生活。出于爱与温柔,女人需要男人的依赖。女人希望男人安心,因为她相信她能够让男人和自己幸福。"[3] 王安忆兴奋地描述道:"汉瑟出版社是一个历史很久并有实力的大社,自从出版张洁的《沉重的翅膀》获得成功之后,他们便将中国当代文学的翻译出版列入了日程。他们拥有庞大的宣传网络,具有将作家与书推出去的力量。当他们决定出一个作家的一本书,他们就做好了准备,要将这个作家和这本书推上引人注目的位置。我碰巧在了这个位置上,我了解其中的偶然因素,也了解其中商业化的含义。可是,我想无论出于什么原因,一个中国的作者,能够在一个世界性的书市上登场,应是一种幸运,至少我将此视作幸运。"[4] 这已经是王安忆三年内在德国出版的第二部小说集。

卡琳·哈赛尔布拉特在《小小的爱情》的后记中客观评价了两篇小说:"王安忆笔下人物的失败不是由社会主义的浅滩和激流或是中国社会的特定结构之类的原因引起的,这在纽约、悉尼、加尔各答、开罗或是哈默费斯特,同样也会自然而然发生。人物失败背后的原因几乎与社会秩序的表象形式无

---

[1] 王安忆:《波特哈根海岸》,新星出版社 2013 年版,第 221—222 页。
[2] Karin Hasselblatt. *Nachbemerkung*. In: Karin Hasselblatt (Hrsg.). *Kleine Lieben. Zwei Erzählungen*. München: Carl Hanser Verlag, 1988, S. 266–267.
[3] Wang Anyi. *Liebe im verwunschenen Tal. Liebe im Schatten des Berges*. In: Karin Hasselblatt (Hrsg.). *Kleine Lieben. Zwei Erzählungen*. München: Carl Hanser Verlag, 1988, Buchdeckel.
[4] 王安忆:《波特哈根海岸》,新星出版社 2013 年版,第 256 页。

关，皆因人类心灵和人们共同生活必然产生的矛盾所致……残忍也是王安忆的主题，残忍不仅主宰了性爱，而且也主宰了所有其他人与人之间的关系。她笔下的人物显得如此的绝望孤寂，就好像每个人都在勉强维持一座孤岛的痛苦存在……残忍、冷酷和孤寂是王安忆文学世界的核心，但其锋芒也没能盖过另一重要主题：女性的力量和坚毅。本书的两篇小说都有力地证明了这一点……两篇小说中的男性角色都是胆怯的男孩或极其无聊的丈夫，相反女性则都是勇敢的母亲、无畏的妻子和果敢的爱人。"[1] 她褒扬了王安忆的文学观："王安忆认为，国外一直仅讨论和翻译那些暗藏爆炸性政治观点或代表某种特定政治路线的文学作品，这是一种错误的选择标准。她主张文学作品的普适性和长久生命力。因此，王安忆不过度激进碰触雷区，而是以一个女性的视角探讨在中国现代社会中的青年人问题、返城知青问题、传统相亲介绍的问题和无爱婚姻问题。"[2] 汉学家马汉茂对王安忆的小说集厚爱有加，他专门撰文评论道：《锦绣谷之恋》和《荒山之恋》这样的新恋爱故事表现了王安忆在深层次的创作力。王安忆用对于中国读者来说最具挑衅性的方式描写了招致灾祸的性关系，或深沉的爱慕与阴郁的婚姻生活之间的冲突——这是一个在中国文学历史上一直被忽略的主题。在这两部短篇小说中，王安忆成功克服了罪恶感，不理会传统道德的约束。1988年，这两部作品的译本在德国受到积极追捧。然而在中国，王安忆这种冷漠的存在主义风格却令许多读者惶恐不安，也招致评论家的不满。"[3]

1988年10月，王安忆应邀参加法兰克福国际书展，她在《又旅德国》中

---

[1] Karin Hasselblatt. *Nachbemerkung*. In: Karin Hasselblatt (Hrsg.). *Kleine Lieben. Zwei Erzählungen*. München: Carl Hanser Verlag, 1988, S. 265.

[2] Karin Hasselblatt. *Nachbemerkung*. In: Karin Hasselblatt (Hrsg.). *Kleine Lieben. Zwei Erzählungen*. München: Carl Hanser Verlag, 1988, S. 266.

[3] Helmut Martin（Hrsg.）. *Bittere Träume. Selbstdarstellungen chinesischer Schriftsteller*. Bonn: Bouvier Verlag 1993, S. 135.

感慨道："德国本来像一个古典的梦,而再次来到德国的旅行使这梦变成了现实。"[1] 法兰克福书展隆重推出了《小小的爱情·两部小说》,"我将每一个小时接受一位报刊或电台或电视台的采访与摄像。我看见了我的书陈列在书架上,以一幅中国画作封面,题名为'小小的爱情',这'小'的德语的含义有'非法'、'私情'等内容,其中收集了《荒山之恋》和《锦绣谷之恋》"[2]。对书展上德国读者的热情,王安忆在《波特哈根海岸》中回忆道:"当无数照相机围绕了我,摄像机为我工作,记者静听着我朗诵我的作品并对自己作着解释和表白,我想我是快乐的,我想起了很多事情,其中有一件是八三年在美国,有一个人对我说:中国有什么文学?这时照相机的闪光灯组成一个耀眼辉煌的景象,我觉得自己成了这辉煌的中心。这是转瞬即逝的一刻,可是我想我为这一刻却做了长久的等待……我想我的声音终究是微弱和单薄的,转眼间被浩荡的风声卷没了。汉瑟出版社的经理先生问我:看见你的书在这样多的书里面,你有什么感想?我说,我骄傲。他又问,可是你的书几乎被淹没了啊!我逞强地说:再过几年,或十几年,我要我的书在这里不被淹没。他惊喜地说道:太好了!然后就拥抱了我,而我心中充满了疑虑。"[3]

1988年9月,王安忆的《小鲍庄》选段译文发表于沃尔夫·艾斯曼出版的《文学工作手册:中国特刊》[4]。该中国特刊是"汉堡—中国文学月"专为1988年9月27日至10月3日汉堡德中作家见面会推出的,特刊中包括阿城、程乃珊、邓友梅、刘索拉、鲁彦周、王安忆、张洁的叙事散文和北岛、马德胜的诗歌。

---

[1] 王安忆:《波特哈根海岸》,新星出版社2013年版,第251页。
[2] 王安忆:《波特哈根海岸》,新星出版社2013年版,第253页。
[3] 王安忆:《波特哈根海岸》,新星出版社2013年版,第256—257页。
[4] Wang Anyi. *Das kleine Dorf Bao (Auszug)*. Übersetzt von Zhang Wei, Wang Bingjun. In: Wolf Eismann (Hrsg.). *Literarisches Arbeitsjournal. Sonderheft China*. Weißenburg: Verlag Karl Pförtner, 1988, S. 17–27.

与此同时，作为"第一本致力于介绍中国文学与文化界最新发展概貌的德语期刊"——《龙舟：中国现代文学与艺术期刊》1988 年第 2 期集中刊发了卡琳·哈赛尔布拉特翻译的《小城之恋》[1]、访谈《中国当代文学中的爱、性和寻根：王安忆访谈》[2]、评论文章《〈锦绣谷之恋〉的阅读笔记》[3]以及顾彬的《"我生命中的小玫瑰"——相遇王安忆》[4]。"这一期我们确定了两个重点：介绍两位著名的中国作家从维熙和王安忆。前者是中国'文化大革命'前的一个重要的代表性的作家，后者是中国当代杰出的作家。我们可以通过本期的两篇作品《小城之恋》和《方太阳》看出，两位作家在他们的文学作品中表达了不同的观点。"[5]《龙舟》第三期继续发表了《荒山之恋》。1988 年 5 月，在"波恩—中国文学月"上，王安忆朗读了《小城之恋》和《荒山之恋》的片段。

1989 年，德国著名的汉学研究杂志《袖珍汉学》创刊号上，刊登了顾彬夫妇翻译的王安忆创作谈《〈流水三十章〉随想》[6]。该刊随即对王安忆小说进行了持续译介和关注，1990 年第 1 期发表了卡琳·哈赛尔布拉特翻译的《好姆妈、谢伯伯、小妹阿姨和妮妮》[7]节选，1990 年第 2 期发表米歇尔·聂黎曦的评论文章《罪孽的种子——杂谈戴厚英、张抗抗和王安忆的作家个性》，

---

[1] Wang Anyi. Kleinstadtliebe. Übersetzt von Karin Hasselblatt. In: Drachenboot. *Zeitschrift für moderne chinesische Literatur und Kunst*, 2/1988, S. 5-41.

[2] Karin Hasselblatt. Liebe, Sexualität und die Suche nach den Wurzeln in der chinesischen Gegenwartsliteratur. Ein Gespräch mit Wang Anyi. In: Drachenboot. *Zeitschrift für moderne chinesische Literatur und Kunst*, 2/1988, S. 70-73.

[3] Suikzi Zhang-Kubin, Wolfgang Kubin. Lesehinweis auf "Liebe im verwunschenen Tal". In: Drachenboot. *Zeitschrift für moderne chinesische Literatur und Kunst*, 2/1988, S. 89-91.

[4] Wolfgang Kubin. „Die kleine Rose meines Lebens." Begegnungen mit Wang Anyi. In: Drachenboot. *Zeitschrift für moderne chinesische Literatur und Kunst*, 2/1988, S. 60-69.

[5] Die Herausgeber. Vorwort. In: *Zeitschrift für moderne chinesische Literatur und Kunst*, 2/1988, S. 1.

[6] Suizi Zhang-Kubin, Wolfgang Kubin. Gedanken zu „Dreißig Kapitel aus einem unwiederbringlichen Leben". In: *minima sinica*, 1/1989, S. 135-146.

[7] Wang Anyi: Prima Ma, Onkel Xie, Fräulein Mei und Nini. Übersetzt von Karin Hasselblatt. In: *minima sinica*, 1/1990, S. 105-139.

指出"对王安忆来说，戴厚英和张抗抗在'文革'中对抗教条是过去的事情。通过打破所谓的'禁区'和禁忌，王安忆找到了能够平衡各方面的解决方法"[1]。

1990年，平装出版社的《中国小说选》收录了由安德里亚·杜特贝尔格和让·维特在1985年共同翻译的小说《新来的教练》。主编安德里亚·沃尔勒评价道："通过中国文学的文学特质，西方读者可以从中读到中国对人类和自身历史的刻画，而且这种刻画现实且兼具批评性。本书包含从20世纪初到当代的文学作品和传记文章。选录作者有现代文学经典巨匠巴金、极具批判性的女作家张洁，还有王安忆。"[2] 同时，该书在后记中指出："女性一同主宰了80年代的新批评文学，本书第二部分的三位女作家可谓是其中表率，王安忆是最著名的年轻女作家之一"[3]；"她的小说主题从来都是围绕着女性视角、社会变迁、两性关系以及男女之间新型的交往关系。如今，王安忆被认为是……最具个性、最积极的代表之一"。[4]

1991年，卡琳·哈赛尔布拉特翻译的《锦绣谷之恋》节选——题为《似乎只是一场梦》被收录在赫尔姆特·马丁和克里斯蒂安娜·哈默尔主编的《中国现代作家作品——从改革到流亡》[5]中。该书翻译了20世纪80年代30位中

---

[1] Michaela Nerlich. Das Samenkorn der Sünde. Essays zur Individualität des Autors: Dai Houying, Zhang Kangkang, Wang Anyi. In: *minima sinica,* 2/1990, S. 17-33.

[2] Andrea Wörle. *Über dieses Buch.* In: Andrea Wörle (Hrsg.). *Chinesische Erzählungen.* München: Deutscher Taschenbuch Verlag, 1990, S. 1.

[3] Andrea Wörle. *Nachwort.* In: Andrea Wörle (Hrsg.). *Chinesische Erzählungen.* München: Deutscher Taschenbuch Verlag, 1990, S. 277.

[4] Andrea Wörle. *Nachwort.* In: Andrea Wörle (Hrsg.). *Chinesische Erzählungen.* München: Deutscher Taschenbuch Verlag, 1990, S. 298.

[5] Wang Anyi. *Als sei es nur ein Traum gewesen.* Übersetzt von Karin Hasselbaltt. In: Helmut Martin, Christiane Hammer (Hrsg.). *Die Auflösung der Abteilung für Haarspalterei. Texte moderner chinesischer Autoren. Von den Reformen bis zum Exil.* Reinbek bei Hamburg: Rowohlt Verlag, 1991, S. 195-202.

国作家[1]的短篇小说、杂文和长篇小说节选,共计33篇,并按照九大主题分类,王安忆、张洁、遇罗锦、残雪的作品被列入"女性:欲望与实验"主题。"80年代,年轻的女作家们非常成功,她们不仅触碰了性欲、爱情、伴侣关系等长期被禁忌的话题,而且还致力于全新的、受西方启发的表现方式。"[2]主编赫尔姆特·马丁在后记《留守在家、流亡梦想与通往对立文化的道路》中写道:"女性文学是由女性撰写并讲述中国妇女面对的首要问题的叙事作品,无疑是当代文学中的核心议题。此核心地位也表现出了女性文学的独特性和高质量,个中代表有遇罗锦的《一个冬天的童话》、张洁的小说《方舟》,以及王安忆和谌容的作品。本书所选王安忆小说《锦绣谷之恋》其中一章,就是关于这一引起极大关注的主题。"[3]马汉茂、卡尔-因兹·波尔、米夏尔·克鲁格于1991年出版的《寻找光明的黑眼睛——80年代的中国作家创作谈》,特别强调了王安忆创作的意义:"这一时期许多作家的写作立场不再仅限于历史角度,转而试图通过特定的个人命运描写来记录中国的历史。年轻女作家如王安忆就在这种历史反思中重点表现出了这般雄心和典型的代表意识。"[4]

1993年,马汉茂主编的《苦梦:中国作家的自我描述》收录20世纪20年代至90年代的中国43位作家的创作谈。他在前言中写道:"有的作家对自己肩负中国新时代独立知识分子之领军人物的身份十分自觉,这类作家自然被

---

[1] 全书涉及的30位作家是:多多、柏杨、古华、冯骥才、宗璞、刘宾雁、汪曾祺、杨绛、刘心武、蒋子龙、北岛、鲁彦周、王蒙、张洁、张辛欣、桑晔、韩少功、钟阿城、李锐、马建、遇罗锦、王安忆、残雪、王若望、巴金、陈若曦、白先勇、吴锦发、李昂、苏晓康。

[2] Wang Anyi: *Als sei es nur ein Traum gewesen*. Übersetzt von Karin Hasselbaltt. In: Helmut Martin, Christiane Hammer (Hrsg.): *Die Auflösung der Abteilung für Haarspalterei. Texte moderner chinesischer Autoren. Von den Reformen bis zum Exil*. Reinbek bei Hamburg: Rowohlt Verlag, 1991, S. 195.

[3] Helmut Martin, Christiane Hammer (Hrsg.): *Die Auflösung der Abteilung für Haarspalterei. Texte moderner chinesischer Autoren. Von den Reformen bis zum Exil*. Reinbek bei Hamburg: Rowohlt Verlag, 1991, S. 297.

[4] Helmut Martin (Hrsg.). *Schwarze Augen suchen das Licht: Chinesische Schriftsteller der achtziger Jahre*. Bochum: Brockmeyer, 1991, S. 100.

优先考虑选入本书中。"[1] 在"反对自我满意：女作家们"的专题章节中，马汉茂选取王安忆和张洁为代表，并翻译王安忆1986年8月25日在上海作的报告《追问审查的勇气或是与自我的对抗》[2]，主要讨论80年代文学发展中的新方向和新潮流。"在王安忆80年代初叙事散文中探讨的一些主题中，王安忆表现为一位积极的发言人，为中国青年一代发声。近年来她敢于挑战禁忌领域：在几部短篇小说中王安忆从弗洛伊德的视角探究被压抑的性欲，描绘现代中国通过肉体吸引确立的恋爱关系。"[3]

1995年，项目出版社出版乌瑞克·索梅克的研究著作《内外世界之间：中国女作家王安忆的叙事文学1980—1990》[4]，该书旨在研究王安忆创作的发展历程及其各个创作阶段的内容和形式特征。乌瑞克·索梅将王安忆的创作生涯分为三个阶段：第一阶段，王安忆的早期作品意在对自己早年经历的再加工，如"雯雯小说"系列，以及《本次列车终点》《小院琐记》《B角》《舞台小世界》《尾声》《墙基》《金灿灿的落叶》《新来的教练》《流逝》《69届初中生》等；第二阶段，王安忆在"寻根文学"背景下的文学创作，以阐释中国人的文化认同及其对个体自我理解的重要性为第一要务，在内容和形式上有所创新，作品有《大刘庄》《小鲍庄》《海上繁华梦》等；第三阶段，王安忆的写作重在探索人与人之间的关系，其中重点探讨两性关系的话题，作品包括《荒山之恋》《小城之恋》《锦绣谷之恋》《岗上的世纪》《弟兄们》及其1989年后创作的短篇小说。作者通过分析作品进一步指出，王安忆的创作发

---

[1] Helmut Martin (Hrsg.). *Bittere Träume. Selbstdarstellungen chinesischer Schriftsteller.* Bonn: Bouvier Verlag, 1993, S. I.
[2] Wang Anyi. *Mut zur Überprüfung gefragt oder die Konfrontation mit sich selbst.* In: Helmut Martin (Hrsg.). *Bittere Träume. Selbstdarstellungen chinesischer Schriftsteller.* Bonn: Bouvier Verlag, 1993, S. 134–139.
[3] Helmut Martin (Hrsg.). *Bittere Träume. Selbstdarstellungen chinesischer Schriftsteller.* Bonn: Bouvier Verlag, 1993, S. 134.
[4] Ulrike Solmecke. *Zwischen äußerer und innerer Welt. Erzählprosa der chinesischen Autorin Wang Anyi 1980–1990.* Dortmund: Projekt-Verlag, 1995.

生了两次根本性的转变，且每一次都在主题和形式上展现出新的定位。但这三个阶段又是共通的，那就是王安忆越来越聚焦在人物日常生活的细节上。通过精致描述日常生活和看似微不足道的细节，王安忆设法准确描绘其笔下人物的形象并捕捉小说背景中那种特有的氛围[1]。此外，作者在该书附录中翻译了《逐鹿中街》节选[2]。

1997年，王安忆的小说《米尼》由塞尔维亚·克特兰胡特翻译，取名《两岸之间》[3]出版。顾彬为该书撰写后记，德国的亚洲文化评论网站隆重推介："《米尼》一书在中国出版时由于书中女主角'米尼'过度自由的行为而引起了严厉的批评。书中的'米尼'虽原本毫无此中意向，但因生活所迫而以偷窃和卖淫为业。这样一个可以激发人们无限想象的角色在书中却几乎没有主动的表达。米尼的生活已固化：一个除了花言巧语之外毫无是处的男人，米尼在精神上依赖他，也不对这一境况进行反思。故事的写作风格十分新颖。……王安忆的这本小说是中国文学的重要组成部分，在其中已隐含关于九十年代中国社会变革的深层描写。这一点在当时仍被讳言，爱、性和自我意识这类的女性解放话题也还是一个新奇的领域。王安忆引进了一种新的女性生活感触和情绪，由此一炮而红，成了知名的上海女作家，对卫慧等后来者也产生了影响。对中国文学和女性文学特别感兴趣的人而言，王安忆绝对值得一读；相反，对只想听一个有个性的现代绮丽故事的人来说，则会觉得《米尼》十分无聊。"[4]小说《米尼》销量不错，2002年再版。

---

[1] Ulrike Solmecke. *Zwischen äußerer und innerer Welt. Erzählprosa der chinesischen Autorin Wang Anyi 1980–1990*. Dortmund: Projekt-Verlag, 1995, S. 134–135.

[2] Wang Anyi. *Die Fährte*. In: Ulrike Solmecke. *Zwischen äußerer und innerer Welt. Erzählprosa der chinesischen Autorin Wang Anyi 1980–1990*. Dortmund: Projekt-Verlag, 1995, S. 137–161.

[3] Wang Anyi. *Zwischen Ufern*. Übersetzt von Silvia Kettelhut. Berlin: Edition q. 1997.

[4] Dragonviews.de: *Kritik zu Wang Anyis „Zwischen Ufern"*. http://www.dragonviews.de/kritik/buecher/zwischen-ufern/

1999年，《东方向》第2期刊登了王安忆的两篇小说译作，由爱娃·里希特翻译的《冷土》[1]，尤利娅·博格曼和芭芭拉·侯斯特翻译的《男人与女人—女人与城市》[2]（节选于《荒山之恋》）。同期刊发了哥廷根大学格尔林德·吉尔德撰写的专论文章《作家王安忆小说中的中国身份认同》，指出："最能触动中国作家的就是文学作品对国人的文化身份认同和特有性格特征的描写"[3]，而"王安忆的短篇故事有一种关于中国身份认同的特殊自觉，而且这种自觉不是服务于外部利益。她十分成功地把文学中的身份认同探索与读者需求联系在一起。通过此种方式，王安忆在其小说作品中详尽地表明了中华民族思想中所隐含的东西"[4]。吉尔德同样将王安忆的作品划分为三个阶段，而且论述其各阶段的核心内容各不相同[5]，并称赞"王安忆富有成效地开创了借助心理描写定义和呈现身份认同的创作手法，其笔下的人物探索出了在传统和现代之间矛盾突围的一条路径"[6]。

新世纪以来，尽管德国翻译界对中国文学的译介热情降至冰点，但仍保持着对王安忆的适度关注。小说《遗民》[7]由莫妮卡·甘斯保尔翻译，发表在《袖珍汉学》2001年第1期；小说《舞伴》[8]亦由莫妮卡·甘斯保尔翻译发表在《东方向》2003年第2期。在2004年发行的学术杂志《东亚文学杂志》上，王安忆的短篇小说《喜宴》[9]被翻译刊登。

---

[1] Wang Anyi. Kaltes Land. Übersetzt von Eva Richter. In: *Orientierungen*, 2/1999, S. 81-118.

[2] Wang Anyi. Männer und Frauen — Frauen und Städte. Übersetzt von Julia Bergemann, Barbara Hoster. In: *Orientierungen*, 2/1999, S. 119-127.

[3] Gerlinde Gild. Chinesische Identität in den Erzählungen der Schriftstellerin Wang Anyi. In: *Orientierungen*, 2/2000, S. 99.

[4] Gerlinde Gild. Chinesische Identität in den Erzählungen der Schriftstellerin Wang Anyi. In: *Orientierungen*, 2/2000, S. 103.

[5] Gerlinde Gild. Chinesische Identität in den Erzählungen der Schriftstellerin Wang Anyi. In: *Orientierungen*, 2/2000, S. 102.

[6] Gerlinde Gild. Chinesische Identität in den Erzählungen der Schriftstellerin Wang Anyi. In: *Orientierungen*, 2/2000, S. 110-111.

[7] Wang Anyi. Überlebende. Übersetzt von Monika Gänßbauer. In: *minima sinica*, 1/2001, S. 92-99.

[8] Wang Anyi. Der Tanzpartner. Übersetzt von Monika Gänßbauer. In: *Orientierungen*, 2/2003, S. 123-132.

[9] Wang Anyi. Geisterhochzeit. Übersetzt von Kathrin Linderer, Jan Reisch, Hans Kühner. In: *Hefte für ostasiatische Literatur*, 36/2004, S. 88-110.

顾彬评论道："王安忆的作品中融合了各种不同的文学思潮和影响，由此她不必被固定在某一单一方向上。但作品背后表现的基本主题几乎都是女性性欲。对王安忆作出公正评价的困难之处在于女作家至今都乐此不疲地把笔下内容当作自传性质的展示。"[1]顾彬多次表达了对王安忆作品的好评，并大胆预测王安忆是下一位中国诺贝尔奖的有力人选[2]。

2010年5月3日至6日，王安忆先后走访埃朗根、沃尔夫斯堡、奥尔登堡、柏林4座德国城市，朗读《启蒙时代》等小说片段，与专家读者见面交流。2012年，汉学教授莫妮卡·甘斯保尔出版了《大山峡谷的孩子们：中国当代杂文集》，翻译了11位当代中国作家的25篇杂文，其中收录王安忆的3篇杂文《风筝》《中秋节》《思维》。2014年7月23日，汉堡市文化部和汉堡孔子学院联合为王安忆举办了一场文学之夜，由她朗读小说《长恨歌》片段。7月25日，在中国柏林文化中心，王安忆介绍小说《启蒙时代》，并再次朗诵小说《长恨歌》片段。

1984—2012年间王安忆作品在德国的译介总数（包括学术研究、评论推介文章）（共计51篇/次），如图1所示：

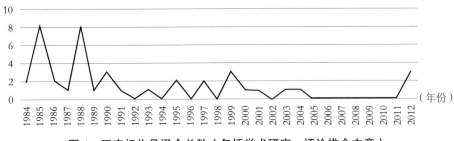

图1 王安忆作品译介总数（包括学术研究、评论推介文章）

---

[1] Wolfgang Kubin. *Die chinesische Literatur im 20. Jahrhundert*. München: K.G. Saur, 2005, S. 356.
[2] 潇潇：《诺贝尔奖下的中国文学——潇潇对话顾彬、陈晓明》，《延河》2013年第1期。

如果剔除评论推介文章，28年间王安忆的文学作品被翻译了34篇/次，如图2所示：

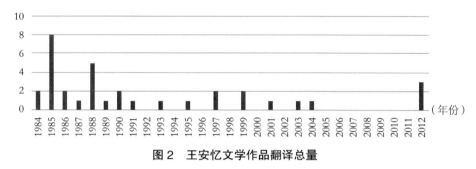

图2　王安忆文学作品翻译总量

以上是对王安忆的德语翻译和研究状况所做的较为详尽的梳理。当然，如此简单的罗列介绍显然并不令人满足。这需要我们对王安忆的德语译介在定量分析的基础上进一步做定性分析，并与整个中国现当代文学德译的大背景勾连，以王安忆为个案，点面结合，分析和反思译介过程中存在的问题及原因，从而推动中国文学更快地"走出去"，更好地"走进去"，更深地"扎下根"。据笔者耙梳统计，1949—2016年，中国现当代文学共有784篇德语译文[1]，如果按50年代、60年代、70年代、80年代、90年代和新世纪六个阶段分别作统计，可清晰发现王安忆德译作品的数据变化，这恰好与中国现当代文学在德国的整体译介情况相吻合。

表1显示，20世纪80年代是德国译介中国现当代文学的高峰期，映射出德国对重开国门的中国充满好奇和期待，文学在此扮演着增进国家、民族和个人之间了解交流的重要角色。最早的德国"驻城作家"的王安忆，明显是作为中国女性文学和批判现实主义文学的代表作家被译介到德国的，特别是20世

---

[1] 孙国亮、李斌：《中国现当代文学在德国的译介研究概述》，《文艺争鸣》2017年第10期。

表1　1949—2016年中国现当代作家德语译作数量统计

年　代	翻译作品篇数	年　代	翻译作品篇数
50年代	15	80年代	396
60年代	8	90年代	274
70年代	13	2000至今	78

纪80年代，标签尤为鲜明，这一点在前文引述的在其作品翻译的译序、后记和推介评论文章中显露无遗。正如德国汉学家雷丹所言："中华人民共和国于1978年开始改革开放，在德国，公众对于中国的兴趣也随之重新高涨。除了'中国经济'这个主题，中国的文学也在德国读者中激起了反响，尤其是'新时期'文学作品在不同的出版社以单行本或者合集的形式出版；与此相应，在80年代中期，翻译作品数量至少在联邦德国达到了新的历史高度。"[1]"由中国作家撰写的文学作品借由自身的感受、想法和视野反映了中国的社会生活，也为德国读者提供了另一种理解中国社会生活的可能。"[2]这也恰好印证了费雷德里克·杰姆逊的"第三世界文学理论"，即"所有第三世界的文本均带有寓言性和特殊性，我们应该把这些文本当作民族寓言来阅读"[3]。事实上，80年代早期的中国文学的确存在着政治与艺术、个人与集体、私人经验与民族历史高度杂糅的现象。亲历者莫言对此坦言："政治问题、社会问题、历史问题永远是一个作家描写的最主要的一个主题。"[4]顾彬则一语道破"天机"："研究中国现当代文学好像基本上都是一种社会学角度……觉得通过研究中国当代文学可以

---

[1] 雷丹：《对异者的接受还是对自我的观照？——对中国文学作品的德语翻译的历史性量化分析》，载马汉茂、汉雅娜、张西平、李雪涛主编：《德国汉学：历史、发展、人物与视角》，大象出版社2005年版，第648页。

[2] Anne Engelhardt, Ng Hong-chiok. Vorwort. In: Anne Engelhardt, Ng Hong-chiok (Hrsg.). *Wege. Erzählungen aus dem chinesischen Alltag*. Bonn: Engelhardt-Ng Verlag, 1985, S. 4.

[3] 杰姆逊：《处于跨国资本主义时代中的第三世界文学》，张京媛译，《当代电影》1989年第6期。

[4] 莫言：《千言万语何若莫言》，载莫言：《莫言作品精选》，长江文艺出版社2013年版，第310页。

多了解中国社会，当时研究工作的目的不一定在于文学本身，而是在政治、社会学，文学无所谓。"[1] 当然，顾彬惯于语出惊人，其观点自然武断。即便编选标准在德国汉学界颇受认可的《中国小说选》，主编安德里亚·沃尔勒对于所秉持的"文学标准"也很纠结，"选择所录作品时，不仅参考了作品的文学价值，更参考了作品所含的历史和政治意义，当然也参考了作者本身的文学地位"[2]。有鉴于此，德国对中国现当代文学的译介和研究在伊始就某种程度上偏离了文学审美的轨道，而具有社会科学的特征。对此，主编安德里亚·沃尔勒坦言："自 70 年代始，越来越多的人可以出于工作或私人原因来访中国并从内部探查它。但要最真正了解一个国家，不仅要去看去观察，还是要去理解这个国家的一切。要建立这种理解就要去阅读那些国家的诗人、作家的作品。以此种方式理解中国有困难的地方也有便捷的地方，困难在于语言的障碍，因为大部分的西方读者只能看到翻译文本这一种理解，而便捷的地方则在于可以看到中国文学的特质。此种特质从 20 年代开始逐步成型，继承了数百年来叙事散文中具有的'诗歌'和'随笔'的特点。通过中国文学的文学特质，西方读者可以从中读到中国对于人类和自身历史的刻画，而且这种刻画现实且兼具批评性。"[3] 当然，这一"批评性"在很大程度上必然符合德国人对中国的"想象性批评"，而王安忆 80 年代早期的小说，紧扣时代脉搏，创作了一批表现知青、"文革""右派"题材的作品，为德国社会了解中国变革提供了一幅时代跃动图。此外，20 世纪七八十年代，西方女性主义文学蔚然成风，王安忆的女作家身份和叙事特征也是德国文学界持续关注的一个不可忽视的重要因素。

---

[1] 顾彬：《海外中国当代文学与文学史写作》，《山西大学学报（哲学社会科学版）》2014 年第 1 期。
[2] Andrea Wörle. Nachwort. In: Andrea Wörle (Hrsg.). *Chinesische Erzählungen*. München: Deutscher Taschenbuch Verlag, 1990, S. 273.
[3] Andrea Wörle. Über dieses Buch. In: Andrea Wörle (Hrsg.). *Chinesische Erzählungen*. München: Deutscher Taschenbuch Verlag, 1990, S. 1.

进入 90 年代，中国现当代文学的德语译介呈现明显颓势，王安忆作品的德译也相应地从 80 年代的 19 篇/次下降到 9 篇/次，两个逆转性的因素决定了 80 年代译介盛世的极速衰落。一是两德统一，许多大学取消汉学系，汉学家成为牺牲品。"处于私有化过程中的出版社和机构无法保证翻译与出版正常进行"[1]，许多与汉学有关的杂志也不得不关停，译介出版阵地陷落。本就不纯粹的文学译介，失去了政治热情和方向指引，汉学家集体"从中国当代文学这一关切现实的汉学研究领域向传统汉学的转向，这与其说是无奈的退回，毋宁说是文化传统影响的符号化过程中对中国当代文学及文化的无从判断"[2]。然而，这一被动转向和无奈退守并没有让德国汉学持守传统，随之而来的是德国汉学传统阵地的沦陷和更为激烈的蜕变。二是德国"学院派汉学转向"——定位于中国语言文学和历史研究的传统"汉学"被着眼于中国当代史的时事政治、经济、商贸的新派"中国学"取代。大学的汉学系纷纷走出象牙塔，变得"经世致用"和"媚俗务实"，更多的汉学家转换角色，成为政府资政、资商的智囊。他们不再通过文学曲折隐晦地"发现"中国，而是直接经由互联网大数据直观介入中国，试图以理性的数据和案例取代感性的文学形象来"深描"中国，"单一的德国汉学传统已不复存在"[3]。这些新变化为新世纪以降中国现当代文学德语译介更加惨淡的窘况埋下了伏笔。

跨入新世纪，王安忆作品在德国的译介只有 3 篇短篇（其中一篇还是重译）和 3 篇杂文。与此同时，中国现当代德语文学的译介更是雪上加霜、一落千丈。据"中国主题图书在主要发达国家出版情况的调研"课题组发布的"德国出版情况概况"的相关权威数据显示：1996—2006 年间，文学艺

---

[1] 龙健：《中国文学德语翻译小史：视我所窥永是东方》，《南方周末》2017 年 3 月 30 日。
[2] 毕文君：《小说评价范本中的知识结构——以中国八十年代小说的域外解读为例》，《当代作家评论》2015 年第 1 期。
[3] 小白：《单一的德国汉学传统已不复存在》，《社会科学报》2011 年 8 月 29 日。

术类图书共译介出版了 37 部，其中纯文学不足 10 部，尤其是 2005 年德国从中国总共只引进了 9 种图书，纯文学类为 0[1]。更为窘迫的是，"2004 年只有一本中国书被译成德文"[2]。即使莫言获得了诺贝尔文学奖，对中国现当代文学在德国的译介和出版市场也提振不大。德国埃尔朗根—纽伦堡大学图书学系乌苏拉·劳滕堡教授带领团队，通过考察 2006—2014 年间德国图书出版渠道后指出："65% 出版过中文图书德语译本的出版社只出版过一本相关图书。"[3] 其主要原因在于"中国文学在德国市场上的发展现状并不乐观，基本上没有畅销小说"，因此，"在德国书市出版中国文学作品，出版社恐怕都要赔钱"，即使中国一流的畅销书作家余华、莫言的德译小说也未能幸免[4]。如今，翻译稿酬偏低，致力于纯粹文学翻译的德国汉学家少之又少，"可能只有 15 个人左右"[5]，这直接导致"中国文学在德难觅，翻译成最大瓶颈"[6]。2014 年 7 月，王安忆在汉堡的《长恨歌》朗诵会，不得不让莫言的"专职"翻译郝慕天代劳，译者认为王安忆选定的第一章第一节《里弄》，若让德国观众只听这个部分，"王安忆非在汉堡栽跟头不可"，"一点情节都没有啊！"因为它太"王安忆"了，密密麻麻全是细节[7]。这也是王安忆最具代表性的长篇小说《长恨歌》《天香》等一直没有德译的主要原因，同时也削弱了王

---

[1] "中国主题图书在主要发达国家出版情况的调研"课题组：《中国主题图书在德国的出版情况概况》，《出版广角》2007 年第 9 期。
[2] 高立希：《我的三十年——怎样从事中国当代小说的德译》，《外语教学理论与实践》2015 年第 1 期。
[3] 劳滕堡、恩格、邱瑞晶：《德国图书市场上的中国形象——与中国相关的德语出版物研究》，《出版科学》2015 年第 5 期。
[4] 德国著名汉学家、翻译家乌尔利克·考茨直言："当代著名作家莫言、余华等人的书更多的是作为文学读物被翻译过去的，而不是畅销书。""余华的书在中国是畅销书，《兄弟》销量非常好。但是在德国，我把余华的《活着》翻译成德文了，但是在我看来不会超过四五千的销量，这在德国来看还是相当不错的，但是还是要赔钱的。"参见李晓：《中国作家在德国没有畅销书》，《北京晚报》2007 年 9 月 5 日。
[5] 李晓：《中国作家在德国没有畅销书》，《北京晚报》2007 年 9 月 5 日。
[6] 饶博：《中国文学在德难觅，翻译成最大瓶颈》，《参考消息》2015 年 3 月 16 日。
[7] 王竞：《王安忆 27 年后再访北德：不在意未出版德文〈长恨歌〉》，"腾讯文化"2014 年 11 月 10 日。

安忆在德国读者中的知名度和影响力。然而，王安忆对此已经相当释怀，因为写作对她来说，是兴趣和热爱，"我那么苦心经营的汉语书写，希望得到知己来了解，虽然我也很欢迎外国知己，但这很难"[1]。不过，在西方，《长恨歌》的英文版、法文版、西班牙文版，甚至意大利文版都已经上市多年了，德文版还会远吗？

---

[1] 许荻晔：《圈内的共识是"莫言现在蛮苦的"》，《东方早报》2014年3月12日。

第二节

沈从文作品在德语世界的译介与研究

中国现代文学巨匠沈从文曾两度入选诺贝尔文学奖最终候选人名单,在世界范围内拥有不凡的影响力,其作品被译成英、法、德、日、瑞、意、西等 40 多个国家的语言,广为传播,并被数十个国家或地区选入大学教材[1]。德国迄今共译介沈从文小说 25 部 / 篇,具体而言,20 世纪 80 年代 13 部 / 篇、90 年代 9 部 / 篇、新世纪以来 3 部 / 篇,译介规模不可谓不庞大。然而,国内学界的沈从文外译研究尚处方兴未艾之际,现有成果仍以英语世界为主,例如徐敏慧《沈从文小说英译述评》《汉学家视野与学术型翻译:金介甫的沈从文翻译研究》,以及邹小娟、李源琪《沈从文作品的英语译介探究——以〈湘西散记〉为例》等。针对沈从文德语译介展开的专门性研究十分罕见,大都是在沈从文外译述评中被泛泛提及,例如汪壁辉《沈从文海外译介与研究》、彭颖《社会历史语境下的沈从文文学作品外译述论》等,或是侧重对德译沈从文作品进行编年史式的罗列,例如张晓眉《沈从文文学在欧美国家传播及研究述评》等。本节依据潜心搜集的沈从文德译著作、相关德国汉学期刊以及德译中国文学选集等资料,力争尽可能全面地呈现沈从文作品在德国的译介与研究概貌。

---

[1] 数据参见王顺勇:《淳而真的沈从文》,北京工业大学出版社 2016 年版,第 199 页;又见谢世诚主编:《民国文化名流百人传》,南京出版社 2013 年版,第 159 页。

一、沈从文作品在德国的译介

相较于鲁迅或老舍等其他中国现代经典作家，沈从文作品的德语译介起步较晚。1980年，德国汉学家福尔克尔·克略朴士与罗德里希·普塔克主编的《寄望春天：中国现代小说集（第一卷 1919—1949）》收录沈从文自传体短篇《我的教育》，由此拉开了沈从文作品在德国的译介序幕。该小说"如实反映了沈从文驻扎怀化的那段跌宕起伏的经历"，"青年士兵兼第一人称叙述者很快便从上级的举措中猜到，每次为'保护'群众而临时驻扎的部队，实际上都是通过压榨农民以达到敛财的目的"[1]。译者赫尔穆特·马汀在其《沈从文及其小说〈我的教育〉》一文中评论道："沈从文从自身经历出发所勾勒的画面——在毫无愧疚之情或怜悯之心的野蛮行径下，手无寸铁的个体相继沦为死亡的祭品——定会令西方读者受到冲击。"[2]他亦高度肯定该小说超越文学层面的价值，即"从历史或政治角度对国共内战以及专横跋扈的地方军阀进行补充性研究，没什么比沈从文记录中华民国首个二十年的文学报告更合适了"[3]。沈从文早年的军旅生涯成为其日后创作的重要素材来源，例如"沉迷养鸡以逃避世事的部队伙夫会明的故事同样萦绕着军旅氛围，恐怖故事《夜》也以部队为背景，在沈从文30年代的其他小说集中还有很多故事关涉军队生活的方方面面，或是论及1911年辛亥革命前后情况对比"[4]。

---

[1] Helmut Martin. Shen Congwen und seine Erzählung „Meine Erziehung". In: Helmut Martin. *Taiwanesische Literatur—Postkoloniale Auswege. Chinabilder III*. Bochum: Projekt Verlag, 1996, S. 271.

[2] Helmut Martin. Shen Congwen und seine Erzählung „Meine Erziehung". In: Helmut Martin. *Taiwanesische Literatur—Postkoloniale Auswege. Chinabilder III*. Bochum: Projekt Verlag, 1996, S. 272.

[3] Helmut Martin. Shen Congwen und seine Erzählung „Meine Erziehung". In: Helmut Martin. *Taiwanesische Literatur—Postkoloniale Auswege. Chinabilder III*. Bochum: Projekt Verlag, 1996, S. 272.

[4] Helmut Martin. Shen Congwen und seine Erzählung „Meine Erziehung". In: Helmut Martin. *Taiwanesische Literatur—Postkoloniale Auswege. Chinabilder III*. Bochum: Projekt Verlag, 1996, S. 273.

然而，沈从文真正"在德国获得较高的关注"，正如赫尔穆特·马汀所言："尤其是与汉学家乌尔苏拉·里希特的倾力投入不无关系，她在20世纪80年代中期将沈从文中短篇小说编译成册，从而使更多德国读者得以接触沈从文作品。"[1] 乌尔苏拉·里希特翻译的《沈从文：中国小说集》共收录沈从文《萧萧》《牛》《丈夫》《菜园》《灯》《三三》《月下小景》《贵生》与《王嫂》九篇短篇，1985年由法兰克福岛屿出版社出版。需要特别指出的是，上述作品均由沈从文亲自"从1982年北京人民文学出版社出版的两卷《沈从文小说选集》中圈出"[2]，译者在后记中详细记述了其于1983—1984年数次前往北京拜访沈氏夫妇的场景，为读者留下了弥足珍贵的资料[3]。乌尔苏拉·里希特的"德译本十分驯雅出色，是识者公论"[4]，《沈从文：中国小说集》一经出版便在德国获

---

[1] Shen Congwen, Helmut Martin (Hrsg.). *Türme über der Stadt. Eine Autobiographie aus den ersten Jahren der chinesischen Republik*. Aus dem Chinesischen von Christoph Eiden in Zusammenarbeit mit Christiane Hammer. Berlin: Horlemann Verlag, 1994, S. 189.

[2] Ursula Richter. Nachwort. In: Shen Congwen. *Erzählungen aus China*. Aus dem Chinesischen von Ursula Richter. Frankfurt am Main: Insel Verlag, 1985, S. 265.

[3] 乌尔苏拉·里希特第一次见到沈从文是在1983年9月，彼时，沈从文刚刚经历中风，身体仍旧十分虚弱。她看见"一位年长的男子躺在床上，胸前盖着一条被子，雪白的头发垂在他瘦削的脸颊上，嘴角缠绕着许多皱纹，鼻梁上架着一副厚厚的近视眼镜，那就是沈从文"。乌尔苏拉·里希特继续回忆道："他安静且友好地望着我。他的夫人张兆和女士介绍我们认识。沈从文微笑着看向他床榻边的一张椅子，用其温暖且微微颤抖的手与我握了握以示欢迎。他尝试着讲话，发起声来却是那么吃力与孱弱，我不得不很快结束了此次拜访，并请求几周后再来。"[Ursula Richter. Nachwort. In: Shen Congwen. *Erzählungen aus China*. Aus dem Chinesischen von Ursula Richter. Frankfurt am Main: Insel Verlag, 1985, S. 264-265.] 在随后的几次拜访中，沈从文的身体状况愈发好转，对于译者的请求，即为其德译文集选出十来篇短篇并用毛笔字写下中文书名，均欣然应允。据其夫人张兆和女士所言，沈从文自中风后，虽然"左侧偏瘫了，但右手还能握住毛笔……每天还是会练两三个小时的书法"。[Ursula Richter. Nachwort. In: Shen Congwen. *Erzählungen aus China*. Aus dem Chinesischen von Ursula Richter. Frankfurt am Main: Insel Verlag, 1985, S. 266.] 对于译者的另一个请求，即为《沈从文：中国小说集》作序，沈从文起初是拒绝的。张兆和女士解释道："自从1983年和1984年他两度获得诺贝尔奖的非官方提名以来，世界各国的翻译家络绎不绝地前来，仅去年就有30多位，大家都请他作序。沈从文已经没有力气再给所有人作序了，而且他也不想偏袒谁。"对此，译者自然是完全可以理解的，"但在热络的交谈后，沈从文心情大好……提出倘若我确实不介意序文长短，他大概可以写上几句"。[Ursula Richter. Nachwort. In: Shen Congwen. *Erzählungen aus China*. Aus dem Chinesischen von Ursula Richter. Frankfurt am Main: Insel Verlag, 1985, S. 273-274.] 于是，便有了沈从文《致我的德国读者》这样一篇宝贵的前言。

[4] 汪珏：《沈从文先生四帖》，《吉首大学学报（社会科学版）》1991年第Z1期。

得热烈反响，不仅先后两次再版（更名为《沈从文小说选》，1986年法兰克福苏尔坎普出版社首次再版，1989年法兰克福岛屿出版社再次再版），而且文集选篇被多部中国现当代文学作品合辑收录，例如安德利亚斯·多纳特主编《中国讲述：14个短篇》（1990）收录《牛》，认为"沈从文不顾现实主义传统，再现了农夫及其驮畜的对话，概因根据苗族万物有灵论的观念，一切自然现象与物象皆有自己的生命"[1]；再如尤塔·弗洛伊德主编《中国故事集》（1990）与安德利亚斯·沃尔勒主编《中国小说集》（1990）皆收录《王嫂》，该短篇"述及一个女人的宿命论"[2]。1988年柏林人民与世界出版社编辑出版沈从文文集《〈边城〉及其他小说》，将彼时已有的德译沈从文作品网罗其中，包括《沈从文：中国小说集》全部短篇、福尔克尔·克略朴士与赫尔穆特·马汀合作翻译的《我的教育》，以及乌尔苏拉·里希特翻译的《边城》节选。

《边城》在1985年内共发行两个版本，其一由乌尔苏拉·里希特翻译，法兰克福苏尔坎普出版社出版；其二由德国汉学家福斯特－拉驰与玛丽·路易斯－拉驰共同翻译，科隆契丹出版社出版。上述两个版本在翻译技巧与策略上有着明显不同，对此，安德利亚·普夫阿特在其发表于德国汉学期刊《东方向》的论文中指出："乌尔苏拉·里希特的版本大量运用注释，不仅对相应段落，而且也对中国文化本身进行了详细说明。拉驰夫妇则假定读者已经具备了相对全面的前知，他们极少使用注释这一外在于文本的手段，诸如唢呐、风水等术语均不加解释地出现在译文中。"[3] 而在文体特征方面，"里希特一般使用冗

---

[1] Shen Congwen, Helmut Martin (Hrsg.). *Türme über der Stadt. Eine Autobiographie aus den ersten Jahren der chinesischen Republik.* Aus dem Chinesischen von Christoph Eiden in Zusammenarbeit mit Christiane Hammer. Berlin: Horlemann Verlag, 1994, S. 185.

[2] Shen Congwen, Helmut Martin (Hrsg.). *Türme über der Stadt. Eine Autobiographie aus den ersten Jahren der chinesischen Republik.* Aus dem Chinesischen von Christoph Eiden in Zusammenarbeit mit Christiane Hammer. Berlin: Horlemann Verlag, 1994, S. 186–187.

[3] Andrea Puffarth. Grenzstadt. Die Übersetzungen von Ursula Richter (Frankfurt/M. 1985) und Helmut Forster-Latsch/Marie-Luise Latsch (Köln: Cathy-Verlag 1985) im Vergleich. In: *Orientierungen*, 1/1992, S. 110.

长复杂、让人难以一眼看透的句子,并承袭汉语结构,大量使用关系从句。拉驰夫妇则倾向于紧凑、易读的句子,他们往往使用名词或分词结构代替从句,使其译文更加清晰易懂,也更符合德语语言习惯,但与原始文本相去甚远"[1]。《边城》的语言具有浓厚的乡土气息,湘西方言、俗语、歌谣、警句杂糅其中,上述种种"在两个德语版本中基本都被保留了下来。它们大都并非独立存在,而是被以补充性文字标记出来。例如里希特惯以'你知道这句谚语……'引出下文,拉驰夫妇亦采用类似的方法。点名某些段落是传统的、固定的习惯用语是有必要的,否则在德国读者看来,这些段落会显得相当奇怪,例如福斯特-拉驰译本直译'像豹子一样勇敢,像锦鸡一样美丽',将人与锦鸡相提并论,这种表达在德语中并不常见,本就存在的异国情调又被无意义地扩大化了"[2]。总而言之,"里希特的主要目的在于引领西方读者进入一个异域世界,而拉驰夫妇的译本对于原始文本的处理更加自由,因此也在文体方面更胜一筹,但由于缺乏对中国文化的注解,非汉学专业读者阅读起来具有一定难度"[3]。

此外,沈从文《从文自传》由德国汉学家克里斯托弗·艾登与克里斯蒂娜·汉莫共同翻译,译名《城上群塔:中华民国初年自传》,1994年由德国霍勒曼出版社出版,该译本"不仅用词准确,而且贴合作家惬意闲谈的语气"[4]。德国汉学家沃尔夫·鲍斯称《从文自传》为"一个乐观的局外人的自传"[5],

---

[1] Andrea Puffarth. *Grenzstadt*. Die Übersetzungen von Ursula Richter (Frankfurt/M. 1985) und Helmut Forster-Latsch/Marie-Luise Latsch (Köln: Cathy-Verlag 1985) im Vergleich. In: *Orientierungen,* 1/1992, S. 111.

[2] Andrea Puffarth. *Grenzstadt*. Die Übersetzungen von Ursula Richter (Frankfurt/M. 1985) und Helmut Forster-Latsch/Marie-Luise Latsch (Köln: Cathy-Verlag 1985) im Vergleich. In: *Orientierungen,* 1/1992, S. 112.

[3] Andrea Puffarth. *Grenzstadt*. Die Übersetzungen von Ursula Richter (Frankfurt/M. 1985) und Helmut Forster-Latsch/Marie-Luise Latsch (Köln: Cathy-Verlag 1985) im Vergleich. In: *Orientierungen,* 1/1992, S. 112–113.

[4] Wolf Baus. Shen Congwen: Türme über der Stadt. Eine Autobiographie aus den ersten Jahren der chinesischen Republik. In: *Hefte für ostasiatische Literatur*, 17/1994, S. 104.

[5] Wolf Baus. Shen Congwen: Türme über der Stadt. Eine Autobiographie aus den ersten Jahren der chinesischen Republik. In: *Hefte für ostasiatische Literatur*, 17/1994, S. 105.

他在书评中写道:"作家满怀深情且淡然自若地回顾自己的青年时代……文中没有任何瞬间有刻意讨巧之嫌,比起叙事野心,让人感触更深的是叙述之乐。我推想,沈从文用写作追溯其青年时代,是对自我和某些知识分子的清算,他自1922年来到北京,十年来一直在知识分子圈子里游走,作为'乡下人',他感觉受到嘲笑和孤立。尽管其文并不带有挑衅意味,但反知识分子的怨恨情绪犹如一条主线贯穿始终。"[1] 德国汉学家顾彬则将《从文自传》视为"西方教育小说在中国的变种",沈从文的教育"并不是来自学校,而正是那从残忍场景中也能了解到的生活本身,正如他说,帮助了他个性的形成"[2]。对于德国读者而言,"沈从文的自传超出了文学之外,还是重要的历史见证。譬如中国的历史诠释很多情况下都是从高度美化的观点来看待辛亥革命。沈从文却展现了一幅兵痞的反面图景,他们不管是站在哪一边,都是既无纪律性又无端正态度,跟人们设想的他们任务的高度严肃性毫不相称"[3]。

除上述单行本外,兴办于20世纪80年代的多部德国汉学期刊构成了沈从文作品的另一重要译介阵地。德国汉学家鲁普雷希特·迈尔主编《中国讯刊》在十年内向德国读者推介了沈从文七篇短篇,即由其本人翻译的《柏子》(1982年第2期)和《生》(1983年第5期),沃尔夫·鲍斯翻译的《福生》(1985年第10期)、《往事》(1985年第11期)、《雨后》(1986年第12期)和《静》(1987年第16期),以及德籍学者汪珏与苏珊娜·艾特-霍恩菲克合作翻译的《龙朱》(1991年第18期)。鲁普雷希特·迈尔赞叹沈从文作品"文字鲜活简朴,而余韵不尽"[4],汪珏以生动的文字再现了这位德国著名"沈迷"翻译

---

[1] Wolf Baus. Shen Congwen: Türme über der Stadt. Eine Autobiographie aus den ersten Jahren der chinesischen Republik. In: *Hefte für ostasiatische Literatur*, 17/1994, S. 104.
[2] 顾彬:《二十世纪中国文学史》,范劲等译,华东师范大学出版社2008年版,第126页。
[3] 顾彬:《二十世纪中国文学史》,范劲等译,华东师范大学出版社2008年版,第127页。
[4] 汪珏:《沈从文先生四帖》,《吉首大学学报(社会科学版)》1991年第Z1期。

《柏子》与《生》的情景:"至今我还记得他的笑声,一面向我叙述柏子带着两条泥腿扑倒在女人床上,楼板上的脚印……种种细节,一面连呼:'妙极了,妙极了'……此后他还译了《生》,却只有叹息低徊。"[1] 沃尔夫·鲍斯是沈从文作品的"翻译高手",从其译文中"就可以想见其功力,不能领略文中的意境、气氛的重要,是无法表达出如《雨后》《静》这些文章里的真味的"[2]。《雨后》颇受沃尔夫·鲍斯偏爱,被其称作"沈从文最明快、最乐观的短篇小说之一"[3],时隔多年,该作复又被《东亚文学杂志》2011年总第51期收录,印证了沈从文小说经久不衰的经典魅力。

顾彬主编《袖珍汉学》收录沈从文《凤凰》(1992年第1期)、《看虹录》(1992年第2期)与《长河》(1998年第2期)节译[4]。《长河》被视为《边城》的"对照物",因为"《边城》刻画的是如田园诗般的湘西过往与古朴纯真的湘西人民,《长河》则展现了20世纪30年代的现代湘西,即已遭文明'蹂躏'、人际关系逐渐恶化的湘西"[5]。此外,《东亚文学杂志》于2009年总第46期刊登沈从文《都市一妇人》,译者芭芭拉·布瑞指出"沈从文惯于描绘乡村田园风光,展现中国西南山区人民自然原始的人性,上述种种,在这篇小说中是感受不到的"[6],强调了该短篇的独特性。《东亚文学杂志》2014年总第56期刊登沈从文《七个野人与迎春节》,德国汉学家汉斯·库纳推测:"该小说或是取材自口头流传于沈从文

---

[1] 汪珏:《沈从文先生四帖》,《吉首大学学报(社会科学版)》1991年第Z1期。
[2] 汪珏:《沈从文先生四帖》,《吉首大学学报(社会科学版)》1991年第Z1期。
[3] Shen Congwen. Nach dem Regen. Aus dem Chinesischen von Wolf Baus. In: *Hefte für ostasiatische Literatur*, 51/2011, S. 102.
[4] Shen Congwen. Fenghuang. Aus dem Chinesischen von Jutta Strebe. In: *minima sinica*, 1/1992; Shen Congwen. Der Regenbogen. Aus dem Englischen von Simone Lakämper. In: *minima sinica*, 2/1992; Shen Congwen. Langer Strom. Aus dem Chinesischen von Corinna Sagura. In: *minima sinica*, 2/1998.
[5] Fang Weigui. *Selbstreflexion in der Zeit des Erwachens und des Widerstands—Moderne Chinesische Literatur 1919-1949*. Wiesbaden/New York: Harrassowitz, 2006, S. 156.
[6] Shen Congwen. Eine Frau aus der Großstadt. Aus dem Chinesischen von Barbara Buri. In: *Hefte für ostasiatische Literatur*, 46/2009, S. 93.

家乡湘西的一则苗族传说……中国拓荒者的入侵令定居于此的苗族与土家族节节退败，冲突与动乱此起彼伏，其中规模最大的几次在清政府长期且巨大的军事投入下才得以镇压，本文所述的事件唤起了人们对这些历史冲突的回忆。"[1]

回顾40年间沈从文作品的德译历程，20世纪80年代中期至90年代中期是其无可争议的高峰，1985—1994年间，沈从文共有7部译著/文集与11篇译文在德国出版发行，译介体量在全体中国现当代作家中名列前茅。随着自20世纪90年代中后期以来中国现当代文学德语译介的整体式微，沈从文作品在德国的译介形式只余汉学期刊译文，但在"中国现代文学经典几乎无一例外地淡出德国译介视野"的大背景下[2]，沈从文仍有4篇小说被译介到德国，可谓其经典性与影响力的有力证明。

二、德国的沈从文研究

在德国，沈从文研究以汉学家为主体，以其译著与文集前言或后记、汉学著作、汉学期刊书评以及汉学专业学位论文为载体，主要从以下角度，展开了广泛且深入的研究。

其一是沈从文作品富含的民族志特征。作为出身湘西的苗族作家，沈从文作品侧重描写湘西生活，同时植入大量湘西民间文化元素。正如顾彬所言，"抒情性图景'永远的湘西'"是德国研究者首先关注到的特征，"特别是在《湘行散记》（1936）和散文集《湘西》（1938）中摹写的那样，沈从文沿着河流寻访家乡，描写各种地点，叙述了湘西人的日常事务，刻画了可以用'爱情

---

[1] Shen Congwen. Die Sieben Wilden und das letzte Frühlingsfest. Aus dem Chinesischen von Hans Kühner und anderen. In: *Hefte für ostasiatische Literatur,* 56/2014, S. 68.

[2] 孙国亮、李斌：《中国现当代文学在德国的译介研究概述》，《文艺争鸣》2017年第10期。

与偷情'来概括的种种命运"[1]。与此同时,作家"发展了一种沉静的眼光,去观察家乡、细节和表面看来日常性的东西"[2]。《边城》的背景即"茶峒百姓的日常生活",小说将"尚未经历巨变的中国偏远地区的生活图景介绍给当代读者,它是如此生动鲜活,就连在时间上与空间上都与之存在距离的西方读者也倍感亲近熟悉"[3]。安克·海涅曼亦将"沈从文与他的故乡——湘西,还有生活在那里的少数民族——苗族之间的地域性与民族志的密切关联"视为其"许多作品的标签",正是这种关联"赋予其小说一种有别于其他作家作品的独特印记"[4]。沈从文以"民族志的细节装点其虚构故事,借此将民族志与文学作品联系起来",他使苗族浪漫化、理想化,通过这种方式"使苗族社会充当其诉求的投影,尤其是对于恋爱关系的诉求",由此,沈从文不仅"成功挣脱了令他感到压抑的现实环境",而且"向读者传递了某种积极信息,进而赢得了读者对苗族文化的青睐"[5]。沈从文在湘西山野间度过的"青年时代成为其日后作为文人的宝库,他不仅从中取材,而且从中汲取了种种感性印象,如气息、声响等"[6],诸如此类的民族志元素在沈从文作品中并非可有可无,而是每每起到推动乃至决定情节发展的作用,例如在《神巫之爱》中,沈从文"将神巫置于故事中心,且使傩戏与情节走向相互交织"[7]。沈从文作品的民族志特

---

[1] 顾彬:《二十世纪中国文学史》,范劲等译,华东师范大学出版社2008年版,第127—128页。

[2] 顾彬:《二十世纪中国文学史》,范劲等译,华东师范大学出版社2008年版,第130页。

[3] Ursula Richter. Nachwort. In: Shen Congwen. *Die Grenzstadt*, aus dem Chinesischen von Ursula Richter. Frankfurt am Main: Suhrkamp Verlag, 1985, S. 147.

[4] Anke Heinemann. *Die Liebe des Schamanen von Shen Congwen. Eine Erzählung des Jahres 1929 zwischen Ethnographie und Literatur*. Bochum: Brockmeyer Verlag, 1992, S. 1.

[5] Anke Heinemann. *Die Liebe des Schamanen von Shen Congwen. Eine Erzählung des Jahres 1929 zwischen Ethnographie und Literatur*. Bochum: Brockmeyer Verlag, 1992, S. 267.

[6] Wolf Baus. Shen Congwen: Türme über der Stadt. Eine Autobiographie aus den ersten Jahren der chinesischen Republik. In: *Hefte für ostasiatische Literatur*, 17/1994, S. 105.

[7] Anke Heinemann. *Die Liebe des Schamanen von Shen Congwen. Eine Erzählung des Jahres 1929 zwischen Ethnographie und Literatur*. Bochum: Brockmeyer Verlag, 1992, S. 265.

征也使其"出身偏远山区这一在大城市中饱受轻视的个人背景'转亏为盈'",并"以此在五四运动中确立了自己的独特地位"[1]。

同时,安克·海涅曼指出,沈从文的诸多作品皆围绕一个基本思想展开,即"宣扬自然与人道的生活,也就是一种能够使人与自身、与环境和谐相处的生活,一种灵魂与肉体、理智与情感不相矛盾的生活。沈从文注意到苗族人使这种生活成为现实,因此他将苗族构建为与汉族社会相对立的形象,间接表达了其社会批判"[2]。对此,乌尔苏拉·里希特亦有同感,在其看来:"满腔热血、心系自然的苗族人沈从文毫不掩饰他对干巴巴的书本知识、傲慢无礼且装腔作势的城里人及其对汉族人秉承重男轻女伦理的反感之情。在《边城》中,汉族女子矫揉造作的行为举止与苗族女孩翠翠浑然天成的自然魅力形成鲜明对比,作家意欲借此表明,相较于深受儒家思想影响的汉族人,生活在乡间的年轻苗族男女彼此之间的相处更加自由且不受拘束。"[3] 赫尔穆特·马汀同样认为,沈从文笔下"少数民族对性欲自由不羁的态度可被视为其对儒家思想中根深蒂固的清规戒律与性压抑等的唾弃"[4],同时,"通过对其理想社会的描写,沈从文指出汉族与苗族拥有共同的文化根基,以此暗示中国社会的改变之途"[5]。

其二是沈从文作品中的现代性内涵。沈从文以"乡下人"自居,其对现代文明进程持之以恒的深刻反思引起了德国学者的普遍关注。顾彬认为沈从

---

[1] Anke Heinemann. *Die Liebe des Schamanen von Shen Congwen. Eine Erzählung des Jahres 1929 zwischen Ethnographie und Literatur*. Bochum: Brockmeyer Verlag, 1992, S. 268.

[2] Anke Heinemann. *Die Liebe des Schamanen von Shen Congwen. Eine Erzählung des Jahres 1929 zwischen Ethnographie und Literatur*. Bochum: Brockmeyer Verlag, 1992, S. 268–269.

[3] Ursula Richter. Nachwort. In: Shen Congwen: *Die Grenzstadt*. Aus dem Chinesischen von Ursula Richter. Frankfurt am Main: Suhrkamp Verlag, 1985, S. 146.

[4] Shen Congwen, Helmut Martin (Hrsg.). *Türme über der Stadt. Eine Autobiographie aus den ersten Jahren der chinesischen Republik*. Aus dem Chinesischen von Christoph Eiden in Zusammenarbeit mit Christiane Hammer. Berlin: Horlemann Verlag, 1994, S. 182.

[5] Anke Heinemann. *Die Liebe des Schamanen von Shen Congwen. Eine Erzählung des Jahres 1929 zwischen Ethnographie und Literatur*. Bochum: Brockmeyer Verlag, 1992, S. 268–269.

文"以其作品去对抗现代性",对他而言,"备受称赞的文明只是一种'都市病''知识病'和'文明病'……乡村才代表了一种都市里业已消失的激情",正是"都市里不可避免的'禁欲主义'导致了中国人的疲软"[1]。在此基础上,顾彬进而指出,"沈从文把他家乡那些未经开化的人看作中华民族重新崛起的示范"[2],而于更大处落墨,"研究原始部落及其生命力与自然性",亦"可使现代文明焕发勃勃生机"[3]。沈从文作品的现代性内涵不仅表现在其着力呈现"中心、大都市、文明和汉人文化的反义词"[4],而且在于其"试图探讨那些在现代化进程中行将湮灭的东西"[5],以小说对抗"存在的被遗忘",正如作家本人所言:"我希望我的工作,在历史上能负一点儿责任,尽时间来陶冶,给他证明什么应消灭,什么宜存在。"[6]基于此,德籍学者汪珏认定沈从文既"不是写实的小说家,也不就是乡土小说家",沈从文"最好最成功的作品,所写的是不为时空局限的'恒',变动无常中的恒,人性之恒、生命之恒、天道之恒",他也因此在中国文学史上获得"独特不群"的地位[7]。对此见解,顾彬亦表示赞同,他写道:"由于沈从文只是到了北京(1922年冬)才开始写作的,他必然是通过回忆来书写,他以此重构了一种过去,他从亘古不变的生命循环角度去观察这个过去。在他那里,生命和命运的脉搏以其美妙的规律性不断轮回。乡村的'常'和都市的'变',那就是他的模式。"[8]另外,德国学者特别注意到

---

[1] 顾彬:《二十世纪中国文学史》,范劲等译,华东师范大学出版社2008年版,第124页。
[2] 顾彬:《二十世纪中国文学史》,范劲等译,华东师范大学出版社2008年版,第124页。
[3] Shen Congwen, Helmut Martin (Hrsg.). *Türme über der Stadt. Eine Autobiographie aus den ersten Jahren der chinesischen Republik.* Aus dem Chinesischen von Christoph Eiden in Zusammenarbeit mit Christiane Hammer. Berlin: Horlemann Verlag, 1994, S. 182.
[4] 顾彬:《二十世纪中国文学史》,范劲等译,华东师范大学出版社2008年版,第125页。
[5] 顾彬:《二十世纪中国文学史》,范劲等译,华东师范大学出版社2008年版,第125页。
[6] 沈从文:《从文自传》,人民文学出版社1997年版,第124页。
[7] 汪珏:《沈从文先生四帖》,《吉首大学学报(社会科学版)》1991年第Z1期。
[8] 顾彬:《二十世纪中国文学史》,范劲等译,华东师范大学出版社2008年版,第124页。

沈从文自始至终所秉持的"漠然旁观"的姿态[1]，即其逆现代洪流而行的另一明证。乌尔苏拉·里希特评价道："尽管沈从文与丁玲、胡也频等左翼作家关系密切，但他始终反对所有将其作品归类的企图，也从不顺应任何现代潮流趋势。"[2] 在"如何赋予人类生存以意义"的重大问题上，"沈从文似乎并不想以'五四'启蒙运动或者30年代唯物主义思想的风格去作解决"，对他而言，"一种意义显然只存在于自然，而不是在社会中……甚至根本不能对这样一个意义作出反思"[3]。而"正是这样一种同任何仓促解释都保持距离的态度"[4]，体现了其对生命庄严的维护及其作品反现代趋势的现代性内涵。

此外，在德国学者看来，沈从文的叙事手段具有显著的现代性特征。"作为片断性文学的代表"，沈从文被视为一个纯然的"现代叙事者"，他"习惯于不去交代具体地点，这种无地点性既是外在的也是精神上的，因此就为偶然的意外留下许多空间。就是回忆的仪式也通过重复原则获得了一种现代特征：唯一的一个回顾性的、一再被重新去讲述的故事好像一起头就被打断，然后又再次捡起，好像确乎存在一个唯一的情节，它只是不能被实现而已"[5]。而且，沈从文"学会了从现代社会科学的角度去观察、阐释自己的家乡……尤其是其很多小说完全摆脱了传统的善恶模式，也在此意义上产生了现代效果"[6]。在《从文自传》中，"特别是在描画非人事件时所透射出来的简洁语调"，甚至"远远超出了现代，它实际上是伴随后现代才开始在文学中落脚的，即当艺术和道德

---

[1] 顾彬：《二十世纪中国文学史》，范劲等译，华东师范大学出版社2008年版，第127页。
[2] Ursula Richter. Nachwort. In: Shen Congwen. *Die Grenzstadt*. Aus dem Chinesischen von Ursula Richter. Frankfurt am Main: Suhrkamp Verlag, 1985, S. 145.
[3] 顾彬：《二十世纪中国文学史》，范劲等译，华东师范大学出版社2008年版，第126页。
[4] 顾彬：《二十世纪中国文学史》，范劲等译，华东师范大学出版社2008年版，第126页。
[5] 顾彬：《二十世纪中国文学史》，范劲等译，华东师范大学出版社2008年版，第125页。
[6] Shen Congwen, Helmut Martin (Hrsg.). *Türme über der Stadt. Eine Autobiographie aus den ersten Jahren der chinesischen Republik*. Aus dem Chinesischen von Christoph Eiden in Zusammenarbeit mit Christiane Hammer. Berlin: Horlemann Verlag, 1994, S. 182.

最终无可挽回地开始分离时"[1]。

其三，沈从文作品的情欲叙事及其自杀主题备受德国汉学家关注。在沈从文小说中，"人类往往在某种情色氛围中和谐地融入了郁郁葱葱的自然"[2]，他"不以文明与否作为伦理与生活方式的塑造标尺或评判准绳，其标准是美，而美正体现在对待天然性欲的态度上"[3]。沈从文并非鼓励纵欲，而是将情欲视为健康体魄、整全人格与张扬个性的象征。赫尔穆特·马汀在《中国乡土文学：湘西山民世界》一文中指出，"由于性欲遭到压抑而导致的畸形发展以及诸多人际关系的灾难这一主题反复出现在沈从文20世纪二三十年代的作品中"。例如"《萧萧》讲述了童养媳出嫁后充当女佣的故事；而在《丈夫》中，生性胆怯的农民终究将其在城里花船上做皮肉生意的妻子带回了乡下；还有《贵生》，由于他的延宕，心仪女子最终被地主家纳为小妾，单纯鲁莽的贵生便一把火烧掉了心上人父母家"[4]。由于情欲而引发的祸事同样发生在《夫妇》中，一对年轻夫妇因情难自禁而被众人羞辱批判，因为"一旦被发现，象征着自然与未开化的乡间野合便会引起公愤，只有在婚姻制度里，情爱才是被允许的"[5]。即便是《边城》，描述的也是"性爱的觉醒和毁灭的故事"[6]，而且"为了使其神话更具神话色彩并使边城更富魅力，作家还饶有兴致地向我们展示了在河街吊脚

---

[1] 顾彬：《二十世纪中国文学史》，范劲等译，华东师范大学出版社2008年版，第126页。
[2] Shen Congwen, Helmut Martin (Hrsg.). *Türme über der Stadt. Eine Autobiographie aus den ersten Jahren der chinesischen Republik*. Aus dem Chinesischen von Christoph Eiden in Zusammenarbeit mit Christiane Hammer. Berlin: Horlemann Verlag, 1994, S. 185.
[3] Fang Weigui. *Selbstreflexion in der Zeit des Erwachens und des Widerstands—Moderne Chinesische Literatur 1919–1949*. Wiesbaden/New York: Harrassowitz, 2006, S. 150.
[4] Shen Congwen, Helmut Martin (Hrsg.). *Türme über der Stadt. Eine Autobiographie aus den ersten Jahren der chinesischen Republik*. Aus dem Chinesischen von Christoph Eiden in Zusammenarbeit mit Christiane Hammer. Berlin: Horlemann Verlag, 1994, S. 183–184.
[5] Frank Stahl. *Die Erzählungen des Shen Congwen: Analysen und Interpretation*. Frankfurt am Main: Peter Lang, 1996, S. 143.
[6] 顾彬：《二十世纪中国文学史》，范劲等译，华东师范大学出版社2008年版，第129页。

楼里接客的那群特殊女性"[1]，旨在以象征情欲的妓女形象颂扬湘西山民质朴真实的人性美及其由内而外散发的炽热情感。另外，在沈从文作品中，"很多女性人物皆以'招祸者'的身份出现，例如30来岁的'女巫'或是美丽未婚的落洞女子——按照沈从文的说法，她们由于情绪受到抑制而患上了精神疾病。其故事表明，恋人交往中所激发的本能情欲是唯一正确的生活方式，否则人们只会在误解与狂乱中迷失自我。例如《月下》便是关于某项地方风俗引发的悲剧性后果的故事，根据这项风俗，女人不得与初恋情人，而只得与其后的伴侣结婚"[2]。赫尔穆特·马汀继而追根溯源，点明"沈从文深受英国心理学家霭理士《性心理学》的影响"[3]，后者主张了解性是人类了解自己真实天性的唯一途径，也是通往人道生活方式的重要一环，故沈从文"在文学作品中讨论自然冲动及其受到的人为遏制"[4]。

除对情欲氛围的旖旎勾勒外，沈从文亦对沉郁压抑的自杀主题颇为青睐，主人公或因为爱情抗争、或因反抗社会压迫、或因为理想献身而走向死亡。作家大量的死亡书写引起了德国汉学家的注意，自杀被视作"沈从文作品万变不离其宗的一个主题"，例如《自杀的故事》，"作者以此讽刺20世纪初在中国知识分子群体中泛滥的维特式的自怜自艾，在文学上很是成功"[5]。当然，沈从文

---

[1] Fang Weigui. *Selbstreflexion in der Zeit des Erwachens und des Widerstands—Moderne Chinesische Literatur 1919–1949*. Wiesbaden/New York: Harrassowitz, 2006, S. 158.

[2] Shen Congwen, Helmut Martin (Hrsg.). *Türme über der Stadt. Eine Autobiographie aus den ersten Jahren der chinesischen Republik*. Aus dem Chinesischen von Christoph Eiden in Zusammenarbeit mit Christiane Hammer. Berlin: Horlemann Verlag, 1994, S. 184.

[3] Shen Congwen, Helmut Martin (Hrsg.). *Türme über der Stadt. Eine Autobiographie aus den ersten Jahren der chinesischen Republik*. Aus dem Chinesischen von Christoph Eiden in Zusammenarbeit mit Christiane Hammer. Berlin: Horlemann Verlag, 1994, S. 183.

[4] Fang Weigui. *Selbstreflexion in der Zeit des Erwachens und des Widerstands—Moderne Chinesische Literatur 1919–1949*. Wiesbaden/New York: Harrassowitz, 2006, S. 146.

[5] Helmut Martin. Shen Congwen und seine Erzählung „Meine Erziehung". In: Helmut Martin. *Taiwanesische Literatur—Postkoloniale Auswege. Chinabilder III*. Bochum: Projekt Verlag, 1996, S. 272–273.

的自杀叙事"往往只是被用来营造某种戏谑的时髦情调,以此作为其笔下主人公的一种微弱抗议,面对处于变革之中的中国,他们已然束手无策。这种自我毁灭的思想过程,其悲剧性余波最终表现在沈从文的自杀未遂上"[1]。

对于沈从文 1949 年以后自绝于文坛,德国学者每每提及唯有无限叹惋。不仅因为沈从文"那带有浓厚自传色彩且糅合了叙事散文与杂文的独特文体,在民国作家中独树一帜……除乡土主题外,战争故事、国家内部分裂,以及对于一去不复返的往日绝望且狂热的怀念皆是其书写的对象"[2],而且"在其抒情更胜叙事的创作基调中,沈从文小说无论在整体上或是在细节上,构思都十分巧妙:文字游戏、独具匠心的起名方式、意犹未尽的留白、模棱两可的并列句、典故、象征以及温和的嘲讽贯穿其中"[3]。这样一位"似乎仍有很多故事可讲的天生的小说家"在新中国成立后完全转向了文物研究[4],对此,德国学者结合彼时的时代背景作出了带有强烈政治倾向的解读。就外在境遇而言,"相较于其他知识分子,尽管他相对完好无损地从'文革'中脱身,但也在这场风波中失去了大量书籍以及尚未发表的作品手稿,这对他造成的伤害一定比身

---

[1] Helmut Martin. *Shen Congwen und seine Erzählung „Meine Erziehung"*. In: Helmut Martin: *Taiwanesische Literatur—Postkoloniale Auswege. Chinabilder III*. Bochum: Projekt Verlag, 1996, S. 272-273.

[2] Shen Congwen, Helmut Martin (Hrsg.). *Türme über der Stadt. Eine Autobiographie aus den ersten Jahren der chinesischen Republik*. Aus dem Chinesischen von Christoph Eiden in Zusammenarbeit mit Christiane Hammer. Berlin: Horlemann Verlag, 1994, S. 185-187.

[3] Ursula Richter. Nachwort. In: Shen Congwen. *Erzählungen aus China*. Aus dem Chinesischen von Ursula Richter. Frankfurt am Main: Insel Verlag, 1985, S. 269.

[4] Ursula Richter. Nachwort. In: Shen Congwen. *Erzählungen aus China*. Aus dem Chinesischen von Ursula Richter. Frankfurt am Main: Insel Verlag, 1985, S. 268. 在某次拜访中,听到乌尔苏拉·里希特赞叹其茶叶香气馥郁,沈从文兴趣盎然地向她介绍道:"这种茶来自我的老家湘西。它看上去其貌不扬,呈焦黄色,一点也不雅致,但有它特别的地方。我们那儿有个习俗,春天和秋天,待茶叶采好后,选出年轻漂亮的姑娘,她们洗得干干净净,也穿得整整齐齐,到村里指定的一户人家去炒茶。在她们炒茶的那些日子里,远近的乡亲都涌来围观,尤其是年轻小伙子,他们透过窗户盯着里面的姑娘看,满心欢喜。有些姻缘就是这么来的……所以我老家的年轻姑娘至今都很会炒茶,能炒出一股特别的香气。"沈从文随口讲出的小故事,立即令乌尔苏拉·里希特"想到了所有那些在他笔下变得鲜活的乡野人物形象",也对作家不再进行文学创作更加怅然。[Ursula Richter. Nachwort. In: Shen Congwen. *Erzählungen aus China*. Aus dem Chinesischen von Ursula Richter. Frankfurt am Main: Insel Verlag, 1985, S. 267-268.]

体上的损伤更为致命"[1]。因此,德国学者将沈从文弃文的原因部分归咎于当时严苛的政治环境,认为"无论是从普遍人性的角度抑或从其作为作家的发展潜力来看,这显然都是一场灾难"[2]。就内在意识而言,沈从文"从小到大从未屈从于任何胁迫,为了徜徉在家乡的青山绿野之间,在大自然这所学校里学习,他经常逃学。中学尚未毕业,还是半大小子的他加入了军队,1922 年又两手空空来到北京,靠打零工勉强度日……他所有的知识和技艺都是自学而成的。虽然在 20 世纪二三十年代与左翼先锋作家过从甚密,但他并未向其风格靠拢"[3]。可见,沈从文惯于坚持己见,绝不随波逐流。由此可见,"同政治离得稍远一点"(沈从文:《新废邮存底·五》)确是沈从文始终坚守的信念。

综上所述,沈从文作品德语译介至今已有四十载,经历了从艰难起步到蓬勃发展再到陡然回落的过程,译介年限虽然相对短暂,但已形成了相当可观的规模,成为德译中国现当代文学的中坚力量。沈从文以其极富民族特色的叙事风格与深沉悠远的文学意境获得了德国汉学家几乎众口一词的赞叹。顾彬更是多次公开表示,沈从文理应获得诺贝尔文学奖。在德国,沈从文研究也在展开,无论是对湘西元素的提炼,抑或是对作品内容与作家思想的剖析,均颇为深入透彻,可为国内沈从文研究提供有益的参照与补充。

---

[1] Ursula Richter. Nachwort. In: Shen Congwen. *Erzählungen aus China*. Aus dem Chinesischen von Ursula Richter. Frankfurt am Main: Insel Verlag, 1985, S. 271–272.

[2] Shen Congwen, Helmut Martin (Hrsg.). *Türme über der Stadt. Eine Autobiographie aus den ersten Jahren der chinesischen Republik*. Aus dem Chinesischen von Christoph Eiden in Zusammenarbeit mit Christiane Hammer. Berlin: Horlemann Verlag, 1994, S. 187.

[3] Ursula Richter. Nachwort. In: Shen Congwen. *Erzählungen aus China*. Aus dem Chinesischen von Ursula Richter. Frankfurt am Main: Insel Verlag, 1985, S. 270–271.

参考文献

1. 外文资料

[1] Andrea Puffarth. Grenzstadt. Die Übersetzungen von Ursula Richter (Frankfurt/M. 1985) und Helmut Forster-Latsch/Marie-Luise Latsch (Köln: Cathy-Verlag 1985) im Vergleich [J]. In: *Orientierungen,* 1992(1).

[2] Andrea Wörle (Hrsg.). *Chinesische Erzählungen* [M]. München: Deutscher Taschenbuch Verlag, 1990.

[3] Anke Heinemann. *Die Liebe des Schamanen von Shen Congwen. Eine Erzählung des Jahres 1929 zwischen Ethnographie und Literatur* [M]. Bochum: Brockmeyer Verlag, 1992.

[4] Anne Engelhardt, Ng Hong-chiok (Hrsg.). *Wege. Erzählungen aus dem chinesischen Alltag* [M]. Bonn: Engelhardt-Ng Verlag, 1985.

[5] Pierre Bourdieu, Jean-Claude Passeron. *Reproduction in Education, Society and Culture* [M]. London and Beverly Hills: Sage Publications, 1977.

[6] Eike Zschacke (Hrsg.). *Das Weinen in der kalten Nacht: Zeitgenössische Erzählungen aus China* [M]. Bornheim-Merten: Lamuv-Verlag, 1985.

[7] Fang Weigui. *Selbstreflexion in der Zeit des Erwachens und des Widerstands - Moderne Chinesische Literatur 1919–1949* [M]. Wiesbaden/New York: Harrassowitz, 2006.

[8] Frank Stahl. *Die Erzählungen des Shen Congwen: Analysen und Interpretation* [M]. Frankfurt am Main: Peter Lang, 1996.

[9] Fredric Jameson. Five Theses on Actually Existing Marxism [J]. In: *Monthly Review,* 1996(4).

[10] Helmut Hetzel (Hrsg.). *Frauen in China. Erzählungen* [M]. München: Deutscher Taschenbuch Verlag, 1986.

[11] Helmut Martin (Hrsg.). *Bittere Träume. Selbstdarstellungen chinesischer Schriftsteller* [M]. Bonn: Bouvier Verlag, 1993.

[12] Helmut Martin, Christiane Hammer (Hrsg.). *Die Auflösung der Abteilung für Haarspalterei.*

Texte moderner chinesischer Autoren. Von den Reformen bis zum Exil [M]. Reinbek bei Hamburg: Rowohlt Verlag, 1991.

[13] Helmut Martin (Hrsg.). *Schwarze Augen suchen das Licht: Chinesische Schriftsteller der achtziger Jahre* [M]. Bochum: Brockmeyer, 1991.

[14] Helmut Martin. Shen Congwen und seine Erzählung „Meine Erziehung" [A]. In: Helmut Martin. *Taiwanesische Literatur—Postkoloniale Auswege. Chinabilder III* [M]. Bochum: Projekt Verlag, 1996.

[15] Shen Congwen, Helmut Martin (Hrsg.): *Türme über der Stadt. Eine Autobiographie aus den ersten Jahren der chinesischen Republik* [M]. Aus dem Chinesischen von Christoph Eiden in Zusammenarbeit mit Christiane Hammer. Berlin: Horlemann Verlag, 1994.

[16] Irmtraud Fessen-Henjes, Fritz Gruner, Eva Müller (Hrsg.). *Ein Fest am Dashan. Chinesische Erzählungen* [M]. München: Droemersche Deutsche Verlagsanstalt Th. Knaur Nachf., 1988.

[17] Jürgen Habermas. *Zur Rekonstruktion des Historischen Materialismus* [M]. Frankfurt am Main: Suhrkamp Verlag, 1976.

[18] Karin Hasselblatt (Hrsg.). *Kleine Lieben. Zwei Erzählungen* [M]. München: Carl Hanser Verlag, 1988.

[19] Lutz Bieg. Weiterführende Literatur [J]. In: *Akzente. Zeitschrift für Literatur*, 1985(2).

[20] Michael Sprinker. *Imaginary Relations* [M]. New York: Verso, 1987.

[21] Michel Foucault. *Language, Counter-Memory, Practice* [M]. Trans. Donald F. Bouchard and Sherry Simon. Basil Blackwell: Cornell University, 1977.

[22] Michaela Nerlich. Das Samenkorn der Sünde. Essays zur Individualität des Autors: Dai Houying, Zhang Kangkang und Wang Anyi [J]. In: *minima sinica*, 1990(2).

[23] Shen Congwen. Die sieben Wilden und das letzte Frühlingsfest [J]. Aus dem Chinesischen von Hans Kühner und anderen. In: *Hefte für ostasiatische Literatur*, 2014, 56.

[24] Shen Congwen. Eine Frau aus der Großstadt [J]. Aus dem Chinesischen von Barbara Buri. In: *Hefte für ostasiatische Literatur*, 2009, 46.

[25] Shen Congwen. Fenghuang [J]. Aus dem Chinesischen von Jutta Strebe. In: *minima sinica*, 1992(1).

[26] Shen Congwen. Nach dem Regen [J]. Aus dem Chinesischen von Wolf Baus. In: *Hefte für ostasiatische Literatur*, 2011, 51.

[27] Suikzi Zhang-Kubin, Wolfgang Kubin. Lesehinweis auf „Liebe im verwunschenen Tal" [J]. In: *Drachenboot: Zeitschrift für moderne chinesische Literatur und Kunst*, 1988(2).

[28] Suizi Zhang-Kubin, Wolfgang Kubin. Gedanken zu „Dreißig Kapitel aus einem

unwiederbringlichen Leben"[J]. In: *minima sinica,* 1989(1).

[29] Ursula Richter. Nachwort [A]. In: Shen Congwen. *Die Grenzstadt* [M]. Aus dem Chinesischen von Ursula Richter. Frankfurt am Main: Suhrkamp Verlag, 1985.

[30] Ursula Richter. Nachwort [A]. In: Shen Congwen. *Erzählungen aus China* [M]. Aus dem Chinesischen von Ursula Richter. Frankfurt am Main: Insel Verlag, 1985.

[31] Waltraut Bauersachs, Jeanette Werning, Hugo-Michael Sum. *Sieben chinesische Schriftstellerinnen der Gegenwart* [M]. Beijing: Verlag für fremdsprachige Literatur, 1985.

[32] Wang Anyi. Als sei es nur ein Traum gewesen [A]. Aus dem Chinesischen von Karin Hasselbaltt. In: Helmut Martin, Christiane Hammer (Hrsg.). *Die Auflösung der Abteilung für Haarspalterei. Texte moderner chinesischer Autoren. Von den Reformen bis zum Exil* [M]. Reinbek bei Hamburg: Rowohlt Verlag, 1991.

[33] Wang Anyi. Das kleine Dorf Bao (Auszug) [A]. Übersetzt von Zhang Wei, Wang Bingjun. In: Wolf Eismann (Hrsg.). *Literarisches Arbeitsjournal. Sonderheft China.* [M] Weißenburg: Verlag Karl Pförtner, 1988.

[34] Wang Anyi. Der Tanzpartner [J]. Übersetzt von Monika Gänßbauer. In: *Orientierungen,* 2003(2).

[35] Wang Anyi. Die Endstation [A]. Übersetzt von Eike Zschacke. In: Eike Zschacke (Hrsg.). *Das Weinen in der kalten Nacht: Zeitgenössische Erzählungen aus China* [M]. Bornheim-Merten: Lamuv-Verlag, 1985.

[36] Wang Anyi. Die Fährte [A]. In: Ulrike Solmecke. *Zwischen äußerer und innerer Welt. Erzählprosa der chinesischen Autorin Wang Anyi 1980–1990* [M]. Dortmund: Projekt-Verlag, 1995.

[37] Wang Anyi. Dieser Zug endet hier [J]. Übersetzt von Eike Zschacke. In: *Die Horen. Zeitschrift für Literatur, Kunst und Kritik,* 1985(2).

[38] Wang Anyi. Geisterhochzeit [J]. Übersetzt von Kathrin Linderer, Jan Reisch, Hans Kühner. In: *Hefte für ostasiatische Literatur,* 2004, 36.

[39] Wang Anyi. Kaltes Land [J]. Übersetzt von Eva Richter. In: *Orientierungen,* 1999(2).

[40] Wang Anyi. Kleinstadtliebe [J]. Übersetzt von Karin Hasselblatt. In: *Drachenboot: Zeitschrift für moderne chinesische Literatur und Kunst,* 1988(2).

[41] Wang Anyi. Liebe im verwunschenen Tal. Liebe im Schatten des Berges [A]. In: Karin Hasselblatt (Hrsg.). *Kleine Lieben. Zwei Erzählungen* [M]. München: Carl Hanser Verlag, 1988.

[42] Wang Anyi. Männer und Frauen - Frauen und Städte [J]. Übersetzt von Julia Bergemann, Barbara Hoster. In: *Orientierungen,* 1999(2).

[43] Wang Anyi. Mut zur Überprüfung gefragt oder die Konfrontation mit sich selbst [A]. In:

Helmut Martin(Hrsg.). Bittere Träume. Selbstdarstellungen chinesischer Schriftsteller［M］. Bonn: Bouvier Verlag, 1993.

［44］ Wang Anyi. Prima Ma, Onkel Xie, Fräulein Mei und Nini［J］. Übersetzt von Karin Hasselblatt. In: *minima sinica*, 1990(1).

［45］ Wang Anyi. Überlebende［J］. Übersetzt von Monika Gänßbauer. In: *minima sinica*, 2001(1).

［46］ Wang Anyi. *Zwischen Ufern*［M］. Übersetzt von Silvia Kettelhut. Berlin: Edition q, 1997.

［47］ Wolf Baus. Shen Congwen: Türme über der Stadt. Eine Autobiographie aus den ersten Jahren der chinesischen Republik［J］. In: *Hefte für ostasiatische Literatur*, 1994, 17.

［48］ Wolfgang Kubin. „Die kleine Rose meines Lebens". Begegnungen mit Wang Anyi［J］. In: *Drachenboot: Zeitschrift für moderne chinesische Literatur und Kunst*, 1988(2).

2. 中文翻译资料

［1］ 阿莫西, 皮埃罗. 俗套与套语［M］. 丁小会, 译. 天津: 天津人民出版社, 2003.

［2］ 阿尔都塞. 保卫马克思［M］. 顾良, 译. 北京: 商务印书馆, 1984.

［3］ 艾尔文·古德纳. 知识分子的未来和新阶级的兴起［M］. 顾晓晖, 蔡嵘, 译. 南京: 江苏人民出版社, 2002.

［4］ 巴赫金. 巴赫金全集（六）［M］. 李兆林, 夏忠宪, 等, 译. 石家庄: 河北教育出版社, 1998.

［5］ 巴特勒, 拉克劳, 齐泽克. 偶然性、霸权和普遍性——关于左派的当代对话［M］. 胡大平, 等, 译. 南京: 江苏人民出版社, 2004.

［6］ 包亚明. 后现代性与地理学的政治［M］. 上海: 上海教育出版社, 2001.

［7］ 本雅明. 发达资本主义时代的抒情诗人［M］. 张旭东, 魏文生, 译. 北京: 生活·读书·新知三联书店, 1989.

［8］ 本雅明. 启迪: 本雅明文选［M］. 张旭东, 王斑, 译. 香港: 牛津大学出版社, 1997.

［9］ 比格尔. 文学体制与现代化［J］. 周宪译. 国外社会科学, 1998（4）.

［10］ 伯曼. 一切坚固的东西都烟消云散了［M］. 徐大建, 张辑, 译. 北京: 商务印书馆, 2003.

［11］ 博格斯. 政治的终结［M］. 陈家刚, 译. 北京: 社会科学文献出版社, 2001.

［12］ 布迪厄. 文化资本和社会炼金术［M］. 包亚明, 译. 上海: 上海人民出版社, 1997.

［13］ 布迪厄, 华康德. 实践与反思: 反思社会学导引［M］. 李猛, 李康, 译. 北京: 中央编译出版社, 2004.

［14］法兰克福.论扯淡［M］.南方朔，译.南京：译林出版社，2008.

［15］费尔克拉夫.话语与社会变迁［M］.殷晓蓉，译.北京：华夏出版社，2003.

［16］弗洛姆.弗洛伊德思想的贡献与局限［M］.申荷永，译.长沙：湖南人民出版社，1986.

［17］弗洛姆.在幻想锁链的彼岸：我所理解的马克思和弗洛伊德［M］.张燕，译.长沙：湖南人民出版社，1986.

［18］福柯.规训与惩罚［M］.刘北成，杨远婴，译.北京：生活·读书·新知三联书店，1999.

［19］福柯.知识考古学［M］.谢强，马月，译.北京：生活·读书·新知三联书店，2007.

［20］葛兰西.狱中札记［M］.曹雷雨，姜丽，张跣，译.北京：中国社会科学出版社，2000.

［21］顾彬.二十世纪中国文学史［M］.范劲，等，译.上海：华东师范大学出版社，2008.

［22］顾彬.海外中国当代文学与文学史写作［J］.山西大学学报（哲学社会科学版），2014（1）.

［23］郭颖颐.中国现代思想中的唯科学主义（1900—1950）［M］.雷颐，译.南京：江苏人民出版社，1995.

［24］哈贝马斯.公共领域的结构转型［M］.曹卫东，译.上海：学林出版社，1999.

［25］韩南.中国近代小说的兴起［M］.徐侠，译.上海：上海教育出版社，2004.

［26］赫德森.社会语言学教程.第2版［M］.杜学增，导读.北京：外语教学与研究出版社，2000.

［27］吉登斯.失控的世界：全球化如何重塑我们的生活［M］.周红云，译.南昌：江西人民出版社，2001.

［28］吉登斯.现代性与自我认同：现代晚期的自我与社会［M］.赵旭东，方文，译.北京：生活·读书·新知三联书店，1998.

［29］杰姆逊.处于跨国资本主义时代中的第三世界文学［J］.张京媛，译.当代电影，1989（6）.

［30］卡蒂尔韦.结构与符号：罗兰巴尔特传［M］.车槿山，译.北京：北京大学出版社，1997.

［31］卡勒.文学理论［M］.李平，译.沈阳：辽宁教育出版社，1998.

［32］克拉克，霍奎斯特.米哈伊尔·巴赫金［M］.语冰，译.北京：中国人民大学出版社，1992.

［33］勒庞.乌合之众——大众心理研究［M］.冯克利，译.北京：中央编译出版社，2000.

［34］ 罗丽莎.另类的现代性：改革开放时代中国性别化的渴望［M］.黄新，译.南京：江苏人民出版社，2006.

［35］ 马尔库塞.单向度的人：发达工业社会意识形态研究［M］.刘继，译.上海：上海译文出版社，1989.

［36］ 马汉茂，汉雅娜.德国汉学：历史、发展、人物与视角［M］.张西平，李雪涛，译.郑州：大象出版社，2005.

［37］ 马尔康姆.回忆维特根斯坦［M］.李步楼，贺绍甲，译.北京：商务印书馆，1984.

［38］ 马尔库塞.审美之维［M］.李小兵，译.桂林：广西师范大学出版社，2001.

［39］ 米勒.土著与数码冲浪者：米勒中国演讲集［M］.长春：吉林人民出版社，2004.

［40］ 帕克.城市社会学［M］.宋俊岭，译.北京：华夏出版社，1987.

［41］ 齐马.社会学批评概论［M］.吴岳添，译.桂林：广西师范大学出版社，1993.

［42］ 齐泽克.敏感的主体：政治本体论的缺席中心［M］.应奇，等，译.南京：江苏人民出版社，2006.

［43］ 齐泽克.幻想的瘟疫［M］.胡雨谭，叶肖，译.南京：江苏人民出版社，2006.

［44］ 桑塔格."侃皮"札记［OL］.张帆译.http://www.cul-studies.com/Article/contribute/200501/409.html.

［45］ 桑塔格.反对阐释［M］.程巍，译.上海：上海译文出版社，2003.

［46］ 斯诺.两种文化［M］.陈克艰，秦小虎，译.上海：上海科学技术出版社，2003.

［47］ 王德威.被压抑的现代性——晚清小说新论［M］.宋伟杰，译.北京：北京大学出版社，2005.

［48］ 威廉斯.关键词：文化与社会的词汇［M］.刘建基，译.北京：生活·读书·新知三联书店，2005.

［49］ 韦津利.脏话文化史［M］.颜韵，译.上海：文汇出版社，2008.

［50］ 维特根斯坦.哲学研究［M］.汤潮，范光棣译.北京：生活·读书·新知三联书店，1992.

［51］ 西美尔.时尚的哲学［M］.费勇，等，译.北京：文化艺术出版社，2001.

［52］ 伊格尔顿.二十世纪西方文学理论［M］.伍晓明，译.西安：陕西师范大学出版社，1986.

3. 本土中文资料

［1］ 安顿.绝对隐私［M］.北京：北京出版社，1998.

［2］ 毕文君.小说评价范本中的知识结构——以中国八十年代小说的域外解读为例［J］.当代作家评论，2015（1）.

［3］蔡翔.离开·故乡·或者无家可归——《二〇〇四年中国最佳短篇小说》序［J］.当代作家评论，2005（1）.

［4］蔡翔.日常生活的诗情消解［M］.上海：学林出版社，1994.

［5］蔡翔.专业主义和新意识形态——对当代文学史的另一种思考角度［J］.当代作家评论，2004（2）.

［6］曹筠武，徐楠.晏阳初到温铁军：知识分子百年乡恋［N］.南方周末，2006-03-16.

［7］陈桂棣，春桃.中国农民调查报告［M］.北京：人民文学出版社，2004.

［8］陈光金.从精英循环到精英复制——中国私营企业主阶层形成的主体机制的演变［J］.学习与探索，2005（1）.

［9］陈霖.文学空间的裂变与转型：大众传播与20世纪90年代中国大陆文学［M］.合肥：安徽大学出版社，2004.

［10］陈染.私人生活［M］.北京：作家出版社，1997.

［11］陈思和.现代都市社会的"欲望"文本——以卫慧和棉棉的创作为例［J］.小说界，2000（3）.

［12］陈巍.从德国"国际译者之家"看中国文学走出去［N］.文艺报，2017-04-12.

［13］陈晓明.无根的苦难：超越非历史化的困境［J］.文学评论，2001（5）.

［14］陈运贵.二十年代乡土作家的农民情结［J］.现代语文（文学研究版），2008（5）.

［15］程光炜.文化的转轨："鲁郭茅巴老曹"在中国（1949—1976）［M］.北京：光明日报出版社，2004.

［16］程光炜.文学想像与文学国家——中国当代文学研究（1949—1976）［M］.郑州：河南大学出版社，2005.

［17］程光炜.重返八十年代［M］.北京：北京大学出版社，2009.

［18］程巍.霍尔顿与脏话的政治学［J］.外国文学评论，2002（3）.

［19］程正民.巴赫金的文化诗学［M］.北京：北京师范大学出版社，2001.

［20］单继刚.翻译的哲学方面［M］.北京：中国社会科学出版社，2007.

［21］邓小平.邓小平文选（一九七五——一九八二年）［M］.北京：人民出版社，1983.

［22］丁景唐.学习鲁迅作品的札记［M］.上海：上海文艺出版社，1980.

［23］丁杨，林白.我的写作听从内心的召唤［N］.中华读书报，2005-05-09.

［24］董秋英，郭汉民.1949年以来的《新青年》研究述评［J］.近代史研究，2001（6）.

［25］董之林.亦新亦旧的时代——关于1980年前后的小说［J］.南京大学学报（哲学·人文科学·社会科学版），2005（1）.

［26］樊星.而今迈步从头越——当代中国作家的政治观研究［J］.海南师范学院学报，1996（2）.

［27］范并思.社会转型时期的中国社会科学——社会科学的科学计量学分析［J］.新

华文摘，2001（11）.
[28] 房向东.孤岛过客：鲁迅在厦门的135天［M］.武汉：崇文书局，2009.
[29] 封建华.论鲁迅的儿童文学［J］.集美大学学报（哲学社会科学版），2008（3）.
[30] 冯宪光.西方马克思主义文艺美学思想［M］.成都：四川大学出版社，1988.
[31] 冯玉文.鲁迅翻译思想研究［M］.北京：中国社会科学出版社，2015.
[32] 高立希.我的三十年——怎样从事中国当代小说的德译［J］.外语教学理论与实践，2015（1）.
[33] 郜元宝.智慧偏至论［J］.花城，2003（5）.
[34] 格非，王小王.用文学的方式记录人类的心灵史——与格非谈他的长篇新作《山河入梦》［J］.作家，2007（2）.
[35] 格非，谢有顺.我遇到的问题是整体性的［N］.南方都市报，2004-06-28.
[36] 格非.春尽江南［M］.上海：上海文艺出版社，2011.
[37] 格非.人面桃花［M］.沈阳：春风文艺出版社，2004.
[38] 格非.山河入梦［M］.天津：天津人民出版社，2011.
[39] 葛红兵.跨国资本、中产阶级趣味与当下中国文学［J］.山花，2000（3）.
[40] 葛红兵.让农民发声，还是让农民沉默？［J］.当代作家评论，2002（2）.
[41] 葛红兵.障碍与认同：当代中国文化问题［M］.上海：学林出版社，2000.
[42] 葛红兵.走出民族主义与文化相对主义［J］.社会科学论坛，2002（2）.
[43] 葛红兵，等.王朔研究资料［M］.天津：天津人民出版社，2005.
[44] 韩东，朱文，等.我的自由选择［M］.上海：上海文艺出版社，2000.
[45] 韩少功.世界［J］.花城，1994（6）.
[46] 何言宏.中国书写：当代知识分子写作与现代性问题［M］.北京：中央编译出版社，2002.
[47] 洪子诚.中国当代文学史［M］.北京：北京大学出版社，1999.
[48] 侯计先.鲁迅翻译中的未来意识——充满社会责任感的儿童文学翻译［J］.长春工业大学学报（社会科学版），2010（3）.
[49] 胡传吉.80后实力派五虎将：一场虚幻的盛宴［N］.新京报，2004-05-26.
[50] 胡从经.至尔·妙伦在中国（翻译文学史话）［J］.世界文学，1962（7—8）.
[51] 黄复生.从"俯视"到"平视"：新世纪我国教育价值取向的转型［J］.当代教育科学，2003（1）.
[52] 江筱湖.多看书少上网，文坛前辈忠告"80后"［N］.中国图书商报，2004-12-28.
[53] 敬文东.被委以重任的方言［M］.北京：中国人民大学出版社，2003.
[54] 康长福.百年沧桑与文学记忆——简述20世纪中国乡土小说流变［J］.德州学院学报（哲学社会科学版），2002（1）.

[55] 蓝棣之，梁妍.深入到艺术创造的生动内核中去——蓝棣之谈文学的症候批评[N].中华读书报，1999-05-19.

[56] 蓝棣之.现代文学经典：症候式分析[M].北京：清华大学出版社，2006.

[57] 劳滕堡，恩格，邱瑞晶.德国图书市场上的中国形象——与中国相关的德语出版物研究[J].出版科学，2015（5）.

[58] 李春林.鲁迅与外国文学关系研究[M].长春：吉林人民出版社，2003.

[59] 李洁非."她们"的小说[J].当代作家评论，1997（5）.

[60] 李龙牧.五四时期思想史论[M].上海：复旦大学出版社，1990.

[61] 李锐.拒绝合唱[M].济南：山东文艺出版社，2002.

[62] 李书磊.村落中的"国家"——文化变迁中的乡村学校[M].杭州：浙江人民出版社，1999.

[63] 李晓.中国作家在德国没有畅销书[N].北京晚报，2007-09-05.

[64] 李友梅，等.当代中国社会分层：理论与实证[M].北京：社会科学文献出版社，2006.

[65] 李战子.话语的人际意义研究[M].上海：上海外语教育出版社，2002.

[66] 林白，田志凌.彻底向生活敞开[N].南方都市报，2004-10-19.

[67] 林白.玻璃虫——我的电影生涯：一部虚构的回忆录[M].北京：作家出版社，2000.

[68] 林白.低于大地——关于《妇女闲聊录》[J].当代作家评论，2005（1）.

[69] 林白.瓶中之水[M].南京：江苏文艺出版社，1997.

[70] 林白.一个人的战争[M].南京：江苏文艺出版社，1997.

[71] 林白.致命的飞翔[J].花城，1995（1）.

[72] 林雪娜，林白.长风过处绽芳华[N].广西日报，2017-08-10.

[73] 刘淳，包立德.全球化背景中的中产阶级政治文化[N].世纪中国，2002-06-28.

[74] 刘复生.文学史的"双声"[J].南方文坛，2004（4）.

[75] 刘少勤.鲁迅的儿童观和他的童话翻译[J].福建师范大学学报（哲学社会科学版），2005（3）.

[76] 龙健.中国文学德语翻译小史：视我所窥永是东方[N].南方周末，2017-03-30.

[77] 鲁迅.而已集[M].北京：人民文学出版社，1958.

[78] 鲁迅.华盖集续编[M].北京：人民文学出版社，1958.

[79] 鲁迅.鲁迅论文艺[M].武汉：湖北人民出版社，1979.

[80] 鲁迅.鲁迅全集（第14卷）[M].北京：人民文学出版社，1973.

[81] 鲁迅.鲁迅全集（第1卷）[M].北京：人民文学出版社，1981.

[82] 鲁迅.鲁迅全集(第4卷)[M].北京:人民文学出版社,2005.

[83] 鲁迅.且介亭杂文二集[M].沈阳:万卷出版公司,2014.

[84] 鲁迅.三闲集[M].北京:人民文学出版社,1958.

[85] 马春花.刀刃上的舞蹈——评卫慧《上海宝贝》兼及晚生代女作家创作[J].小说评论,2000(3).

[86] 马国川.我与八十年代[M].北京:生活·读书·新知三联出版社,2011.

[87] 马原,等.文学究竟能承担什么?[N].南方都市报,2005-06-21.

[88] 眉睫.鲁迅精品文集——小彼得[M].南京:南京大学出版社,2016.

[89] 孟繁华,程光炜.中国当代文学发展史[M].北京:人民文学出版社,2004.

[90] 孟庆红.浅析媒体对农民工形象的再现与刻板印象[J].东南传媒,2007(4).

[91] 棉棉."美女作家"不服气——听听卫慧棉棉怎么说[N].中国青年报,2000-03-20.

[92] 棉棉.糖[M].北京:中国戏剧出版社,2000.

[93] 摩罗.张炜:需要第四次腾跳[J].当代作家评论,1998(1).

[94] 莫言.莫言作品精选[M].武汉:长江文艺出版社,2013.

[95] 莫言.文学创作的民间资源——在苏州大学"小说家讲坛"上的讲演[J].当代作家评论,2002(1).

[96] 南帆.符号角逐[J].天涯,2004(4).

[97] 南帆.后革命的转移[M].北京:北京大学出版社,2005.

[98] 倪墨炎,陈九英.鲁迅与许广平[M].上海:上海书店出版社,2001.

[99] 宁肯.好书是碰到的[N].京华时报,2007-08-27.

[100] 欧亚,李傻傻.网络时代的自然之子[J].花城,2004(4).

[101] 钱理群.鲁迅的"现在价值"[J].社会科学辑刊,2006(1).

[102] 秦弓.鲁迅的儿童文学翻译[J].山东社会科学,2013(4).

[103] 饶博.中国文学在德难觅,翻译成最大瓶颈[N].参考消息,2015-03-16.

[104] 沈从文.从文自传[M].北京:人民文学出版社,1997.

[105] 沈语冰.20世纪艺术批评[M].杭州:中国美术学院出版社,2003.

[106] 施战军.让他者的声息切近我们的心灵生活[J].当代作家评论,2005(1).

[107] 宋溟.至尔·妙伦的童话作品[J].鲁迅研究月刊,2015(8).

[108] 苏童.蛇为什么会飞[M].昆明:云南人民出版社,2002.

[109] 孙德喜.20世纪后20年的小说语言文化透视[M].武汉:长江文艺出版社,2005.

[110] 孙伏园.辛亥革命时代的青年服饰[J].越风,1936(20).

[111] 孙国亮,李斌.中国现当代文学在德国的译介研究概述[J].文艺争鸣,2017(10).

［112］孙国亮.20世纪80年代的"粗口"叙事与财富道德话语建构［J］.文艺争鸣，2014（12）.

［113］孙颙.中国新文学大系1976—2000［M］.上海：上海文艺出版社，2009.

［114］孙郁.鲁迅书影录［M］.北京：东方出版社，2004.

［115］谈蓓芳.再论中国现当代文学的分期［J］.复旦学报（社会科学版），2001（1）.

［116］陶东风.文体演变及其文化意味［M］.昆明：云南人民出版社，1994.

［117］涂春梅.鲁迅儿童文学译介探析［J］.名作欣赏，2009（12）.

［118］汪晖.死火重温［M］.北京：人民文学出版社，2000.

［119］汪星明.试论新感觉派对中国小说现代化的贡献［J］.广西师范大学学报（哲学社会科学版），1996（2）.

［120］王安忆.波特哈根海岸［M］.北京：新星出版社，2013.

［121］王宏图.狂欢的神话——也读《上海宝贝》和《糖》［N］.解放日报，2000-03-01.

［122］王竞.王安忆27年后再访北德：不在意未出版德文《长恨歌》［N］.腾讯文化，2014-11-10.

［123］王列生.先锋批评：需要校正的第三者［J］.粤海风，2001（1）.

［124］王铭铭.中国人类学评论［M］.北京：世界图书出版公司，2007.

［125］王顺勇.淳而真的沈从文［M］.北京：北京工业大学出版社，2016.

［126］王晓明.从"淮海路"到"梅家桥"——从王安忆近来的小说谈起［J］.文学评论，2002（3）.

［127］王晓明.底层与关于底层的表述（续）——L县见闻［J］.天涯，2004（6）.

［128］王晓明.后一种可能［J］.读书，2003（5）.

［129］王晓明.在创伤性记忆的环抱中［J］.文学评论，1999（5）.

［130］王友贵.翻译家鲁迅［M］.天津：南开大学出版社，2005.

［131］王志松.鲁迅外文藏书提要（二则）［J］.鲁迅研究月刊，2011（2）.

［132］卫慧."美女作家"不服气——听听卫慧棉棉怎么说［N］.中国青年报，2000年3月20日.

［133］卫茂平.德语文学汉译史考辨：晚清和民国时期［M］.上海：上海外语教育出版社，2004.

［134］吴俊.另一种浮躁——从《能不忆蜀葵》略谈张炜的小说写作［N］.文汇报·书缘专刊，2002-03-22.

［135］吴义勤.新生代长篇小说论［J］.文学评论，2004（5）.

［136］潇潇.诺贝尔奖下的中国文学——潇潇对话顾彬、陈晓明［J］.延河，2013（1）.

［137］小白.单一的德国汉学传统已不复存在［N］.社会科学报，2011-08-29.

［138］谢少波.抵抗的文化政治学［M］.北京：中国社会科学出版社，1999.

[139] 谢天振,等.呼唤伟大的文学作品与杰出的翻译(上)——首届中国当代文学翻译高峰论坛纪要[J].东吴学术,2015(2).

[140] 谢世诚.民国文化名流百人传[M].南京:南京出版社,2013.

[141] 谢有顺.消费社会的叙事语境[J].花城,2004(1).

[142] 须一瓜.第二届"华语文学传媒大奖"专辑·须一瓜的获奖演说[J].当代作家评论,2004(4).

[143] 许荻晔.圈内的共识是"莫言现在蛮苦的"[N].东方早报,2014-03-12.

[144] 许广平.鲁迅的写作和生活·许广平忆鲁迅精编[M].上海:上海文化出版社,2006.

[145] 许广平.鲁迅回忆录[M].武汉:长江文艺出版社,2010.

[146] 许纪霖.第三种尊严[M].北京:人民文学出版社,1996.

[147] 杨念群."地方性知识"、"地方感"与"跨区域研究"的前景[J].天津社会科学,2004(6).

[148] 杨义.文化冲突与审美选择[M].北京:人民文学出版社,1988.

[149] 姚公鹤.上海闲话[M].上海:上海古籍出版社,1999.

[150] 姚晓雷.民间:一个演绎于主体与客体之间的价值范畴[J].文艺争鸣,2001(1).

[151] 尹康庄.现代乡土文学流派描述[J].广州大学学报(综合版),2001(7).

[152] 余杰.爱情改变了我[J].作家,2002(5).

[153] 羽戈.鲁迅为什么不愿要孩子[J].阅读,2017(7).

[154] 郁达夫.故都的秋(郁达夫专集)[M].长春:吉林出版集团有限责任公司,2015.

[155] 查建英.八十年代访谈录[M].北京:生活·读书·新知三联书店,2006.

[156] 詹明信.晚期资本主义的文化逻辑[M].陈清侨,等,译.北京:生活·读书·新知三联书店,1997.

[157] 张光芒.道德形而上主义与百年中国新文学[J].当代作家评论,2002(3).

[158] 张京媛.新历史主义与文学批评[M].北京:北京大学出版社,1993.

[159] 张清华.《山河入梦》与格非的近年创作[J].文艺争鸣,2008(4).

[160] 张全之.在"民主"与"科学"的背后——重读《新青年》[J].福建论坛(人文科学版),2003(1).

[161] 张新颖.行将失传的方言和它的世界——从这个角度看《丑行或浪漫》[J].上海文学,2003(12).

[162] 张旭东.书房与革命(作为"历史学家"的"收藏家"本雅明)[J].读书,1988(12).

[163] 张旭光.加斯东·巴什拉哲学述评[J].浙江学刊,2000(2).

［164］ 张颐武，等.《私人生活》研讨会［J］.花城，1996（4）.
［165］ 张颐武，等.八十年代的诗意［M］.北京：中信出版社，2013.
［166］ 赵晓峰."秀才村"承载不了社会流动的梦想［N］.南方农村报，2008-07-24.
［167］ 赵旭东.乡村成为问题与成为问题的中国乡村研究［J］.中国社会科学，2008（3）.
［168］ 赵一凡.欧美新学赏析［M］.北京：中央编译出版社，1996.
［169］ 中国社会科学院文学研究所当代文学研究室编.新时期文学六年(1976.10-1982.9)［M］.北京：中国社会科学出版社，1985.
［170］ 周小仪.消费文化与生存美学——试论美感作为资本世界的剩余快感［J］.国外文学，2006（2）.
［171］ 朱文.断裂：一份问卷和五十六份答卷［J］.北京文学，1998（10）.
［172］ 朱学勤.狼奶反思录［N］.瞭望东方周刊，2003-11-24.
［173］ 朱学勤.往事——说不完的1976［N］.东方卫视·纪实频道，2006-12-10.
［174］ 朱雨晨，李亮，刘潇潇，等.80年代停薪留职一族追忆五味年华［N］.法制早报，2005-11-13.